Für Mama
Bitte überspringe die Erotik Szenen, danke.

»Im Leben kommt es nicht darauf an, ein gutes Blatt in der Hand zu haben, sondern auch mit schlechten Karten gut zu spielen.«

– Robert Louis Stevenson

Triggerwarnung:

- explizite Sexszene
- dominantes Verhalten
- Schusswaffen
- Mord

Playlist Herzass

Blackbear - @ my worst
Blackbear - hot girl bummer
Ava Max - Into Your Arms
Berlinist – Mae
Taylor Swift – Getaway Car
Sam Tinnesz - Play With Fire feat. Yacht Money
Sam Tinnesz - Legends are made
FINNEAS – Heaven
Gaullin - Moonlight
Ruelle - War Of Hearts
Shawn Mendes - Piece Of You
Feder – Goodbye feat. Lyse (slowed down)
Melanie Martinez - Play Date (slowed down)
Topic, Bebe Rexha - Chain my Heart
Ariana Grande - Into you
Agnes - Release Me
Zara Larsson - Ruin My Life
Zara Larsson – Love Me Land
James Arthur – Naked
One Direction – Perfect
Dove Cameron – So Good
CRMNL - A Little Bit Dangerous
Sia – Unstoppable
Olly Murs – Dear Darlin'
Lea Michele - Run to You (slowed down)
Coldplay - Hymn For The Weekend

Vorwort

Welcome to fabulous Las Vegas!

Schön hier, nicht wahr?

Komm, wir spielen ein Spiel. Wie wär' s mit einer Runde Black Jack? Roulette? Poker? Du darfst wählen. Aber lasse dir nicht zu viel Zeit, Sweetie. Du wirst merken, wie sehr ich es hasse, wenn man mich warten lässt. Wähle weise, denn aussteigen kannst du nicht. Dein Wetteinsatz steht fest. Sobald du auch nur einen Fuß in mein beschissenes Casino setzt, habe ich dich am Haken.

Eines solltest du jedoch wissen. Deine Gefühle interessieren mich einen Scheißdreck, aber bis du das herausfindest, habe ich dich längst gefangen und in meine Welt gezerrt. Denn die Wahrheit ist: Ich bin kein Loverboy, kein Beschützer, kein Held, der dich in letzter Sekunde vor dem Abgrund rettet. Ich bin derjenige, der dich zu mir in die Dunkelheit zieht; mitten ins Verderben.

Und das Beste: Es wird dir gefallen, Juniper.

Glaube ja nicht, du hättest auch nur den Hauch einer Wahl. Dein Schicksal liegt in meinen Händen und ich bin mir noch nicht sicher, was ich damit anstelle.

Ich könnte es stärken, kampfbereit machen für die Hürden, die dir im Leben begegnen werden. Genauso gut könnte ich es aber auch einfach in die Dunkelheit fallen lassen, aus der es nie wieder herausfinden wird. Fühlst du dich der Herausforderung gewachsen?

Dann tritt ein.

Ich wette, du bist die Erste, die vom Spielfeld fliegt.

Prolog

»Letzter Aufruf für den Flug nach Las Vegas«, krächzte die Frauenstimme aus dem Lautsprecher am California Airport.

»Beeil dich, June!«, rief Leah und drehte sich ungeduldig zu mir um. »Wenn wir den Flug wegen dir verpassen, kriegen wir Stress.«

Mühsam umklammerte ich meinen Rucksack und kramte im Laufen mein Ticket aus der Tasche. Mir blieb keine Zeit, um darauf zu achten, was links und rechts neben mir passierte, doch die allgemeine Hektik war deutlich spürbar.

Ständig lief mir jemand vor die Nase, schnitt mir den Weg ab oder rempelte mich an. Aber heute war mir das egal. Ich genoss das unruhige Vibrieren um mich herum, das auch ich in mir trug. So lange hatte ich auf diesen Tag gewartet. Es fühlte sich unwirklich an, dass er nun endlich gekommen war.

Immer größer wurde meine Vorfreude auf das, was auf mich wartete. In Las Vegas würde ich allen Pflichten und Erwartungen entkommen können. Wenigstens für ein paar Tage … Gerade noch pünktlich erreichten wir das Gate und wurden durch einem langen Verbindungstunnel ins Flugzeug geführt.

Dicht gedrängt versuchten wir, durch den schmalen Gang zu unserer Sitzreihe zu finden.

»Ich sitze am Fenster!«, bestimmte Cecilia energisch und ließ sich in den Sitz fallen. Leah und Cheyenne warfen mir daraufhin nur einen flüchtigen Blick zu, bevor sie in der Reihe dahinter Platz nahmen. Ich verstaute meinen Rucksack und setzte mich neben Cecilia, die mich aufgeregt angrinste.

»Ich kann es immer noch nicht glauben, dass wir das machen«, meinte sie und kicherte. »Las Vegas, Baby!«

»Pssst«, erwiderte ich und lachte, bevor ich ihr den Mund zuhielt. »Nicht so laut.«

Sie schlug meine Hand weg. »Sorry, ich bin nur so aufgeregt. Unser erster Girlstrip.« Ein verträumter Ausdruck verschleierte kurzzeitig ihren Blick. »Und dann auch noch nach Las Vegas.«

»Ist es dein erster Flug?«, fragte ich so leise, dass Leah und Cheyenne hinter uns nichts hören konnten. Cecilia nickte zögerlich.

»Meiner auch«, verriet ich ihr und sofort entspannten sich ihre Gesichtszüge.

»Mädels«, sagte Leah und lehnte sich nach vorne. »Das wird unsere Woche, verstanden? Scheiß auf Uni-Kurse und stundenlanges Büffeln.«

»Genau«, stimmte ich ihr zu. »Lassen wir in Vegas so richtig die Sau raus. Schließlich wollen wir uns noch an den Trip erinnern, wenn wir 80 sind.« Ich zwinkerte ihr zu.

»*Oh, hell yes!*«, rief Cheyenne. »Ich werde so lange feiern, bis ich meinen Alltag vermisse.«

»Das wird nicht so schnell passieren«, antwortete ich und lachte. »Ich bin froh, wenn ich ein wenig Auszeit von dem Chaos zu Hause bekomme. Ihr wisst gar nicht, wie lange ich schon darauf hoffe, so etwas Verrücktes mit euch zu unternehmen.«

Gerade holte Cecilia nickend Luft, als wir durch eine freundliche Stimme unterbrochen wurden.

»Meine Damen und Herren, wir heißen Sie herzlich willkommen an Bord. Sie werden im Folgenden eine kurze Sicherheitseinweisung erhalten, bevor wir in Richtung Las Vegas abheben. Wir wünschen Ihnen einen guten Flug.«

Mit einem zufriedenen Ausdruck schnallte ich mich an und nahm einen tiefen Atemzug. Es ging wirklich los. Schon seit Monaten planten wir vier diesen gemeinsamen Trip. Wir waren alle der Meinung, unser schwarz-weißes Leben könnte ein wenig Farbe vertragen. Und anstatt uns aufs neue Semester vorzubereiten, nutzten wir unsere Zeit, um uns diese Farbe zu holen. Zu Beginn unserer Reiseplanung hatte ich ganz beiläufig Las Vegas in den Raum geworfen.

Ich wusste, ich würde eine Stadt brauchen, die mich alle Probleme meines Alltags vergessen ließ. Und welche Stadt war bekannter dafür, das Leben auf den Kopf zu stellen, als Las Vegas?

Kapitel 1

Ich bin All-In.«

Lachend schob der ältere Herr, auf dessen Anzug ich schon die ganze Zeit neidisch war, seine Spielchips in die Mitte des Tisches. Er griff nach seinem Champagnerglas und nahm einen großen Schluck, bevor er siegessicher zu seinen Mitspielern hinübergrinste. *Wenn er sich da mal nicht zu früh freute.* Ich hatte schon so viele fallen sehen. Es waren immer die, die sich am sichersten wähnten.

Ich lehnte an einer Wand etwas abseits des Pokertisches und beobachtete angespannt das Geschehen. Meine Augen folgten den Karten, die so schnell über den Tisch huschten, dass jemand ohne Übung schon längst den Überblick verloren hätte. Und dann erkannte ich es.

In einer günstigen Sekunde tauschte mein Zielobjekt beim Aufdecken seines Blattes unauffällig eine der Karten aus. Ich konnte es nur sehen, da ich im richtigen Winkel zu ihm stand, so schnell und geschickt bewegte er seine Finger.

»So ein Arschloch«, ertönte eine vertraute Stimme hinter mir.

»Habe ich dir nicht gesagt, du sollst dich nicht ständig an mich heranschleichen, Rebecca?«

Grinsend lehnte sie sich neben mich und nahm einen der Bügel ihrer Sonnenbrille zwischen die Zähne. Mit einem kleinen Schmunzeln nahm ich sie ihr ab und steckte sie in die Tasche meines Anzugs.

»Du bist hier, damit es unseren gut betuchten Gästen gut geht und nicht, um sie vom Spielen abzulenken, klar?«

»Weiß ich doch. Oben ist es nur so langweilig.« Seufzend strich sie eine Strähne ihres schwarzen Haares aus dem Gesicht, die sich aus ihrem Zopf gelöst hatte. »Ich wollte nur nachsehen, was du hier so treibst.« Sie hob anzüglich die Brauen.

»Lass gut sein. Ich werde gleich einen arroganten Schnösel um einige Geldscheine erleichtern.«

»Und worauf wartest du dann? Ich meine, es ist offensichtlich, dass er betrügt.«

Ich hob meine Hand und deutete an, dass ich es langsam angehen lassen wollte. »Gönnen wir ihm doch erst noch den Sieg in der Pokerrunde. Danach wird es umso schmerzhafter für ihn.«

»Mach, was du willst, Sam. Hauptsache, der Arsch ist gleich hier raus und ich muss mir nicht länger sein selbstgefälliges, viel zu lautes Lachen anhören.«

Ein Schmunzeln zog sich über mein Gesicht. »Verlass dich auf mich. In meinem Casino ist noch niemand damit durchgekommen.«

»Du weißt schon, dass dir das Casino nicht gehört.«

»Aber bald«, entgegnete ich und warf ihr einen überlegenen Blick zu.

Mein Vater hatte mich lange darauf vorbereitet, das Casino zu übernehmen, und bald würde es so weit sein. Ich gab dem Ganzen höchstens noch ein halbes Jahr. Dann würde ich hier das Sagen haben. Im Prinzip hatte ich das sowieso schon, da alle Angestellten auf meine Befehle hörten.

»Ach, übrigens …« Rebecca stellte sich mit einem belustigten Lächeln vor mich. »Oben sind gerade ein paar junge Mädchen eingetroffen. Ich schätze sie so Anfang zwanzig.« Sie machte eine kurze Pause, um meine Reaktion abzuwarten, doch sie wusste ganz genau, was ich dachte.

»Jedenfalls werde ich dafür sorgen, dass sie lange bei uns bleiben und nicht nach zwei Runden Black Jack wieder abhauen.«

Meine Mundwinkel hoben sich leicht. »Du weißt, was ich will. Such dir die Hübscheste raus.«

»Natürlich. Und ich werde sie reichlich mit Gewinnen versorgen«, sagte Rebecca und stolzierte wie eine Diva an mir vorbei die breiten Treppen nach oben. Kurz blieb sie stehen, stützte sich auf dem goldenen Geländer ab und sah mir in die Augen. Doch als ich vermutete, sie würde etwas sagen, drehte sie sich wieder um und verschwand die Treppen hinauf.

***

»Das war das erste Mal, ich schwöre es Ihnen«, krächzte der ältere Herr, während ich ihn von meinen Securitys aus dem Casino bringen ließ.

»Tja, einmal ist leider schon zu viel«, flötete ich, während ich ihm die Tür nach draußen aufhielt. Unsanft wurde er nach draußen geschubst und ruderte mit den Armen, um sein Gleichgewicht wieder zu finden. Im letzten Moment fing er sich, bevor er der Länge nach auf dem Boden aufgeschlagen wäre. *Schade, dabei hätte ich gerne zugesehen.*

Bevor ich wieder ging, kam ich ihm gefährlich nahe und sah ihm direkt in seine ängstlich geweiteten, dunkelgrünen Augen.

»Ich hoffe, Sie wissen, dass Sie sich gerade Ihr Leben ruiniert haben. In mein Casino werden Sie so schnell keinen Fuß mehr setzen. Und Sie werden eine Geldstrafe erhalten, die höher sein wird als jeder Gewinn, den sie je mit ihrer dreckigen Masche gewonnen haben. Guten Tag.«

Mit diesen Worten trat ich ein paar Schritte zurück und ließ ihn stehen, bevor ich noch schaulustige Touristen anlockte. Darauf hatte ich gerade überhaupt keinen Bock.

Drinnen wäre ich beinahe Rebecca vor die Füße gerannt, die wie ein Wirbelwind von einem Roulette-Tisch zum nächsten huschte und Champagner verteilte.

»Deine Süße ist dort drüben.« Sie nickte mit dem Kopf in Richtung einer Gruppe Mädels.

Ohne etwas zu sagen, näherte ich mich ihnen und erkannte bereits aus einiger Entfernung, was sie gerade spielten. Black Jack. Schon mein ganzes Leben lang hasste ich dieses Spiel. Ich hatte es zu meinen Anfängerzeiten oft gespielt, jedoch fast immer verloren. Vielleicht mochte ich es deshalb nicht.

Ich nahm einen tiefen Atemzug und richtete meine Krawatte. Es wurde Zeit, dass ich einer von ihnen zeigte, mit welchen Spielen man das meiste Cash holen konnte.

Schweigend stützte ich mich auf dem Spieltisch ab und gab dem Croupier das Zeichen, kurz innezuhalten.

»Black Jack ist nicht das richtige Spiel für euch. Es gibt so viele bessere Möglichkeiten, eure Chips zu verlieren …« Abschätzig ließ ich meinen Blick über die Gesichter der Spielerinnen streifen. »Aber ich würde mich bereit erklären, euch ein paar Tricks zu verraten.«

Lässig schnappte ich mir einen der Spielchips und ließ ihn gekonnt zwischen meinen Fingern rotieren.

»Ich glaube, wir wissen selbst, welches das richtige Spiel für uns ist«, entgegnete eine der beiden hübschen Brünetten und funkelte mich abweisend an. Sie reizte mich definitiv am meisten. Auch die anderen sahen nicht besonders begeistert aus - bis auf eine.

»Also, ich hätte nichts gegen ein bisschen Weiterbildung«, warf das blonde Mädchen ein. Ihre Stimme war etwas zu schrill für meinen Geschmack, aber ich schenkte ich ihr dennoch ein charmantes Lächeln.

»Wenn deine Mädels keine Lust haben, kann ich sie schlecht dazu zwingen.«

Ich beugte mich nach vorne und flüsterte ihr ins Ohr: »Dann sollten sie später jedoch nicht überrascht sein, wenn du den Jackpot abräumst.«

Ich streckte meine Hand aus und ohne zu zögern legte sie ihre hinein. Das war zu einfach, aber vielleicht konnte sie mir nützlich sein.

Sanft drückte ich einen Kuss auf ihren Handrücken und verschwand mit ihr durch eine Seitentür, die ausdrücklich darauf hinwies, nur vom Personal genutzt werden zu dürfen. Den verdutzten Gesichtern der anderen schenkte ich herzlich wenig Beachtung, genau wie sie. Da ich annahm, dass die Mädchen befreundet waren, wunderte es mich doch ein wenig, dass sie uns einfach so gehen ließen. Vielleicht haben sie aber auch einen insgeheimen Hass auf Blondie und freuen sich, dass sie nun Ruhe von ihr hatten.

Die Tür führte in einen Gang, an dessen Wänden sich eingerahmte Auszeichnungen des Casinos befanden. Erstaunt tapste das Mädel hinter mir her. Ihre Gestalt war so dünn, dass ich beinahe annehmen würde, ein Windstoß könnte ihre Knochen zerbrechen.

»Wo gehen wir hin?«, fragte sie, als ich vor einer Tür stehen blieb und meinen Schlüssel hervorholte.

Ich gab ihr keine Antwort, sondern drückte sie vor mir in mein Büro. Na ja, zumindest stand es so auf dem Schild draußen. In Wirklichkeit betrat sie gerade den ersten Raum meines Meisterwerkes.

»So, Blondie, da wären wir«, sagte ich und schloss die Tür hinter mir.

Ich bedeutete ihr mit einem Nicken, auf dem schwarzen Ledersofa Platz zu nehmen, was sie zu meiner Überraschung sofort tat. Sie schien nicht zu den hellsten Kerzen auf der Torte zu gehören, aber ich hatte auch nicht das Gefühl, dass sie zu den dunkelsten zählte.

»Und was machen wir jetzt hier?«, fragte sie mich, während sie an ihrem schwarzen Jumpsuit herumzupfte.

»Warum so ungeduldig?«, raunte ich und trat hinter das Sofa. Ein Knarren ertönte, als ich auf ein ganz bestimmtes Brett auf dem Boden trat und Blondie zuckte kaum merklich zusammen.

Ich legte meine Hände über ihre Augen und beugte mich ganz dicht an ihr linkes Ohr. Sie sollte meinen Atem spüren, während ich sprach. Die Erfahrung hatte mich gelehrt, dass der Verlust der Sehkraft und das dadurch geschärfte Gehör eine ganz besondere Wirkung auf meine Spielerinnen hatte.

Sie sog scharf die Luft ein. »W-was?«

»Schscht, du sprichst nur noch, wenn ich es dir erlaube. Hast du das verstanden?«

Hektisch nickte sie und ich grinste zufrieden. So lange hatte ich an der perfekten Aura und Betonung dieses Satzes gefeilt, bis er schließlich genau diese Wirkung erzielte.

»Ich werde dir jetzt ein Angebot machen, das du nicht ausschlagen willst«, raunte ich an ihrem Ohr. »Du musst wissen, ich habe mich schon immer für Spiele begeistert. Ich weiß, nicht verwunderlich, wenn man in der Stadt lebt, die für ihre Spiele bekannt ist. Doch irgendwann kam der Tag, da haben sie mich alle gelangweilt. Und dann kam ich auf die exquisite Idee, selbst eines zu erfinden.« Ich machte eine dramatische Pause, bevor ich weitersprach. Bist du neugierig, was für ein Spiel ich gerne spiele?«

Sie nickte bereits, bevor ich die Frage beendet hatte und ließ mein zufriedenes Grinsen noch breiter werden.

»Braves Mädchen. Dann werde ich dir jetzt die Spielregeln erklären. Hör genau zu, denn ich werde mich nicht wiederholen. Fragen werden keine beantwortet und eines kann ich schon mal vorwegnehmen: So etwas wie einen Joker gibt es in meinem Spiel nicht.«

Das Ledersofa knarzte leise, als sich ihr Körper anspannte.

»Also, Blondie. Du befindest dich gerade in der ersten Runde. Wie sich die einzelnen Runden voneinander unterscheiden, erfährst du nicht. Doch jede hält Geheimnisse bereit und ich kann dir versprechen, dass sie deine Erwartungen bei weitem übertreffen werden. Bestehst du alle Runden zu meiner Zufriedenheit, gewinnst du den größten Jackpot dieses Casinos …«

Meine Hände ruhten immer noch auf ihren Augen und ich wechselte zu ihrem rechten Ohr: »Doch es gibt einen Haken an der Sache. Wenn du dich einmal dazu entschieden hast, anzutreten, kannst du nicht mehr aussteigen. Einzig und allein mir bleibt die Macht, dich aus dem Spiel zu werfen. Also, spielst du mit mir?«

Ich zog meine Hände zurück und kam gemächlich hinter dem Sofa hervor. Sie sah eingeschüchtert aus, beinahe verschreckt. War ich etwa so angsteinflößend?

»Ich … weiß nicht«, begann sie, doch die Worte blieben ihr im Hals stecken.

»Überleg doch mal. Möchtest du wirklich deine kostbare Zeit mit diesen Mädels verbringen, die nicht einmal etwas dagegen unternommen haben, dass ich dich einfach mit hierher nehme? Oder möchtest du dich der Herausforderung stellen und sehen, welchen Spaß das Leben so zu bieten hat? Denk daran, du wirst den Jackpot abräumen und für dein ganzes Leben ausgesorgt haben … die schicksten Klamotten, edelsten Autos und teuersten Champagner im ganzen Land besitzen.«

Vorausgesetzt, du verstehst den Sinn dieses Spiels und liegst am Ende nicht mit totem Herz im Dreck. Aber dieses Detail behielt ich lieber für mich.

»Du weißt gar nichts über meine Freundinnen, also sprich nicht so über sie«, beschwerte sie sich, doch ich schenkte ihren Worten keine Beachtung. Wenn sie wüsste, dass sie bloß der Köder für jemanden ist, den ich viel lieber an ihrer Stelle sehen möchte, würde sie meine Worte definitiv nicht so ernst nehmen.

»Wenn du eine kleine Kostprobe benötigst …« Ich stand auf und öffnete den großen, alten Schrank in der gegenüberliegenden Ecke des Raums. Ihre Augen weiteten sich, als sie die vielen Kleider zu Gesicht bekam, die nach Farben geordnet darin hingen.

»Wenn du antrittst, darfst du dir eines davon aussuchen. Als kleine Startprämie.«

Verbissen sah sie zwischen mir und den Kleidern hin und her, doch schließlich stand sie auf und stellte sich direkt vor mich.

»Ich bin dabei«, sagte sie und ihre braunen Augen begannen zu funkeln. »Und ich nehme das rote Cocktailkleid.«

Ich grinste verschmitzt und fuhr mit der Hand durch mein dunkles Haar. Wieder war mir ein Fisch viel zu einfach ins Netz gegangen. Wenn die Quote weiterhin so rasant stieg, bräuchte ich bald eine neue Reihe an Hotelzimmern. Auch wenn mich dieser Fang gerade nur deshalb reizte, weil ich vorhatte, ihn bald gegen einen viel prächtigeren einzutauschen.

Kapitel 2

Hätte ich nicht einfach Schwarz nehmen können?«, jammerte Cecilia neben mir, während ich nur augenrollend nach meinen Spielchips griff.

»Du musstest ja so von dir überzeugt sein und plötzlich alles auf einmal setzen«, entgegnete ich und richtete meinen Blick auf den Roulette-Tisch. Die kleine, weiße Kugel lag tatsächlich auf Schwarz, was mich jetzt, nach dem fünften Mal in Folge, langsam misstrauisch werden ließ.

Ich hatte vier Runden lang auf Rot gesetzt und mich danach, einfach aus Trotz und Prinzip, für die andere Farbe entschieden.

»Wie viel hast du jetzt gewonnen?«, fragte Leah neugierig und strich sich eine ihrer hellbraunen Haarsträhnen aus dem Gesicht.

»Ich habe bloß meinen Einsatz wieder raus, beruhigt euch«, meinte ich und lachte. Dann stapelte ich meine Spielchips vor mir.

»Wenigstens gewinnst du mal.«

»Im Gegensatz zu uns zwei Verliererinnen«, fügte Cecilia hinzu. Ich schmunzelte und nahm einen weiteren Schluck aus meinem Glas. Obwohl ich mir vorgenommen hatte, keinen Alkohol zu trinken, während ich spielte, konnte ich nun einfach nicht nein sagen. Der Champagner schmeckte köstlich und vor allem teuer. Normalerweise hielt ich mich im Beisein meiner Freundinnen eher zurück, doch heute war mir danach, der ganzen Welt zu zeigen, wie geil mein Leben doch war. Eigentlich war es das überhaupt nicht, doch ich hatte mir fest vorgenommen, die Woche unseres Girlstrips zur besten meines Lebens zu machen. Wer wusste schon, ob ich jemals wieder die Gelegenheit haben würde, einfach mal frei zu sein. Nicht jeden Schritt abzuwägen, nicht über jede mögliche Konsequenz nachzudenken und vor allem nicht genau zu wissen, was der nächste Tag mir brachte.

»Ich spiele noch eine Runde!«, rief ich und begeistert nickten mir Cecilia und Leah zu.

Ich trank erneut einen großen Schluck aus meinem Glas und schielte dabei auf die kleine Kugel, die fröhlich über das sich drehende Rad tanzte.

»Fuck«, stöhnte ich, als sie nun tatsächlich auf einem roten Feld landete.

»Tja, wie heißt es doch so schön: Man soll sein Glück nicht herausfordern«, betonte Leah, während ich dabei zusah, wie all meine Spielchips in die Hände des Croupiers wanderten.

»Ich denke, das war das Zeichen, dass wir für heute aufhören sollten. Was meint ihr Mädels?«, fragte sie.

Cecilia nickte zustimmend und in einem Zug leerte ich mein Glas, bevor ich ebenfalls nickte.

»Sind wir wirklich alle auf Null gefallen?«, fragte ich, während ich bemerkte, wie mein Kopf zu dröhnen begann.

»Wenn man bedenkt, dass Cheyenne sich nicht einmal angestrengt hat, um zu gewinnen, ja.«

»Apropos, wo ist sie eigentlich?« Ich ließ meinen Blick suchend durch die große Halle schweifen. Doch außer Spieltischen, Croupiers, betrunkenen Gästen und Kellnern, die wie wild Champagner auftischten, war nichts zu sehen.

»Sie ist anscheinend immer noch bei diesem Typen. Wie hieß er noch gleich?«, fragte Cecilia.

»Er hat uns seinen Namen nicht verraten«, erklärte Leah. Sie holte ihr Handy mit der hässlichen silbernen Hülle hervor und tippte auf dem Display herum.

»Sie geht nicht ran«, stellte sie nach einigen Sekunden genervt fest. »Wieso geht sie nicht ran? Sie weiß doch, dass wir nicht ewig hierbleiben.«

»Vielleicht hat sie zu viel Spaß beim Spielen lernen …«, vermutete Cecilia und wackelte anzüglich mit den Augenbrauen. Ich nickte grinsend.

»Ihr beide seid betrunken. Außerdem sieht es Cheyenne gar nicht ähnlich, ihr Handy nicht in greifbarer Nähe zu haben.«

»Schon mal drüber nachgedacht, dass sie auch getrunken hat? Vielleicht hat sie es irgendwo liegen lassen«, merkte ich an und lachte. Dann stand ich von meinem Stuhl auf. Prompt musste ich mich an der Lehne festhalten, um nicht das Gleichgewicht zu verlieren. *Holy moly.* Seit wann knallte Champagner denn so rein?

Am Empfang des Casinos wurden uns unsere Jacken gebracht, doch von Cheyenne war weit und breit keine Spur.

»Entschuldigung, wissen Sie vielleicht, ob hier ein etwas größerer Mann und eine junge blonde Frau vorbeigekommen sind, die das Casino verlassen haben?«, wandte sich Leah an einen der Türsteher, doch dieser schüttelte nur mit dem Kopf.

»Tut mir leid, Miss, aber diese Beschreibung trifft auf etliche Paare dieses Abends zu.« Er lachte kurz, setzte aber sofort wieder eine ernste Miene auf.

»Na toll«, stöhnte sie und drehte sich zu uns um. Cecilia und ich tauschten Blicke und fingen an zu kichern.

»Was ist daran jetzt bitte lustig?«, fragte Leah und musterte uns.

»Cheyenne wird schon wissen, wo wir sind. Sie kann sich ein Taxi rufen und zu uns ins Hotel kommen. Wo ist das Problem?«

»Das Problem ist, dass ich unsere Freundin nicht einfach allein hier zurücklassen möchte. Wir kennen den Typen nicht, mit dem sie mitgegangen ist«, versuchte sie uns den Ernst der Lage beizubringen. »Und was ist, wenn er ihr wehtut?«

»Sie hat doch ein Pfefferspray in ihrer Jackentasche«, erklärte Cecilia schulterzuckend, doch Leah schlug sich nur vor den Kopf.

»Ihre Jacke hängt hier vorne an der Garderobe, falls dein betrunkenes Gehirn das noch nicht gecheckt hat.«

»Oh!«, stellte sie fest, schien jedoch nicht sonderlich erstaunt darüber zu sein.

Mittlerweile begann meine Sicht leicht trüb zu werden und das Licht der gigantischen Kronleuchter über uns blendete mich immer mehr.

Leah nahm einen tiefen Atemzug, bevor sich ihre Augen plötzlich weiteten.

»Ich habe eine Idee. Die Wahrscheinlichkeit, dass unser Typ ein

Hotelzimmer im angrenzenden Hotel bewohnt, ist doch sicher verdammt hoch, oder?«

Sie zeigte auf ein großes Schild am Eingang, das darauf hinwies, dass das Casino mit einem Hotel verknüpft war.

Cecilia und ich zuckten nur mit den Schultern und dank Leahs Eigeninitiative wurden wir wenig später aus der Drehtür des Casinos in die kühle Nacht geschoben. Die Luft war trocken. Kein Wunder, wenn man sich mitten in der Wüste befand.

Meine Beine zitterten und mühsam zog ich an meinem blauen Paillettenkleid herum. Hatte das schon immer so gejuckt?

Sam

Kapitel 3

Hereinspaziert«, sagte ich, während ich Blondie die Tür zu ihrem Hotelzimmer aufhielt.

Zögerlich trat sie ein und sah sich um. Ihr Blick glitt von den seidenen Tapeten über das pompöse Himmelbett bis hin zu dem gigantischen Gemälde, das in einem goldenen Rahmen die Wand über dem weißen Regal zierte.

»Ich hätte nicht erwartet, dass alles hier so … teuer aussieht«, stotterte sie leise.

»Was hast du denn erwartet? Ein heruntergekommenes Drecksloch mit beschmierten Tapeten? Mache ich diesen Eindruck auf dich?«, bemerkte ich kalt.

Sie begann zu lachen. »Nein, nein. Ich war nur verwundert, dass du mich hier kostenlos wohnen lässt.«

Ich zog eine Braue nach oben. »Wer sagt denn, dass du hier kostenlos bleiben darfst?«

Zögerlich musterte sie mich und biss sich auf ihre rot bemalte Unterlippe. Doch bevor sie etwas darauf antworten konnte, sprach ich weiter.

»Du wirst leider nicht lange hierbleiben, Blondie. Aber du kennst die Person, mit der ich spielen möchte. Darum bist du hier.«

Mit diesen Worten nahm ich ihr die dünne Handtasche, die sie immer noch bei sich trug, aus der Hand, öffnete sie und holte kommentarlos ihr Handy heraus.

»Entsperren«, forderte ich und hielt ihr das Handy vor die Nase.

»Wieso?«, fragte sie skeptisch. »Es ist *mein* Handy und das hat dich nichts anzugehen.« Sie verzog das Gesicht.

Ihr kleines Muttermal tanzte dabei über ihren Lippen auf und ab.

»Du entsperrst jetzt dein Handy und gibst es mir«, wiederholte ich meine Forderung monoton.

Ihr Gesichtsausdruck verhärtete sich und sie verschränkte die Arme vor der Brust. »Nein, das mache ich nicht.«

Keine Sekunde später hatte ich die Distanz zwischen uns überwunden und drängte sie mit meinem Körper gegen die Zimmerwand.

»Hör zu, Blondie«, brachte ich zwischen zusammengebissenen Zähnen hervor. »Du kannst es leicht machen, indem du das tust, was ich dir sage. Oder du machst es uns beiden schwer, indem ich dich erst zwingen muss, mir zu gehorchen.«

Ich hielt sie alleine mit meinem Blick an der Wand und trat einen Schritt zurück. Schnaubend griff sie nach dem Handy und entsperrte es, aber ich konnte sehen, wie sie sich wand. Ihre Atmung ging schnell und ihre Augen huschten immer wieder über meinen Körper.

»Und was willst du jetzt damit?«, fragte sie aufsässiger, als ich ihr zugetraut hätte.

»Jetzt rufst du deine brünette Freundin mit dem blauen Kleid an.«

Sie warf mir einen misstrauischen Blick zu. »Wieso das denn?«

»Stell keine blöden Fragen und ruf sie an!«

Perplex tippte sie auf ihrem Handy herum. Dabei ließ ich ihre Finger nicht einen Moment aus den Augen.

»Stell auf Lautsprecher«, befahl ich, woraufhin sie augenrollend das Handy vom Ohr nahm. Wenn mich das Glücksspiel eines gelehrt hatte, dann war es die hohe Kunst des Menschenlesens. Ich erkannte kleinste Nuancen in den Augen und Bewegungen meiner Gegenspieler, die mir alles verrieten, was sie so sorgsam zu verstecken versuchten. Und egal, wie sehr Blondie auch versuchte, es zu verstecken, ich konnte ihre Unsicherheit genau sehen – Unsicherheit und ein wenig Angst. Glücklicherweise eigneten sich diese Gefühle perfekt, um Menschen dazu zu bringen, genau das zu tun, was ich von ihnen verlangte. Und so meldete sich nach einer halben Ewigkeit eine leise Stimme zu Wort.

»Cheyenne?«

***

Ich drückte die schwere Flügeltür auf, die das Hotel mit dem Casino verband. Sofort drang mir der Geruch nach Geld und teurem Champagner in die Nase.

Mit einem professionellen Blick schlenderte ich durch die Halle auf die Bar zu, an der Rebecca gerade dabei war, saubere Gläser in die Regale zu räumen.

Ich räusperte mich, woraufhin sie sich ruckartig umdrehte.

»Du hast mich erschreckt, Sam.«

»Damit wären wir quitt«, bemerkte ich und trommelte mit den Fingern auf der Marmor-Theke herum.

»Soll ich dir einen Mojito machen?«, fragte sie und sah mich abwartend an.

Ich schüttelte den Kopf und rieb mir übers Gesicht. »Ich brauche was Stärkeres. Whiskey oder so.«

Sie nickte und drehte mir wieder den Rücken zu. Dabei wirbelte ihr seitlich geflochtener Zopf, den sie jedes Mal zur Arbeit trug, umher. Erst jetzt fiel mir auf, dass ich Rebecca noch nie mit offenen Haaren gesehen hatte. Sie hatten eine pechschwarze Farbe, die ich jedes Mal, wenn ich sie sah, beneidete.

Meine Haare hingegen konnten sich wohl nicht entscheiden, was sie wirklich wollten. Sie schienen schwarz zu sein, solange ich mich drinnen aufhielt, doch sobald ich nach draußen trat, konnte man den braunen Unterton sehen.

»Nicht erst morgen, wenn es geht«, merkte ich genervt an, was Rebecca jedoch nur ein Schmunzeln entlockte.

»Natürlich, Mr. De La Cruz.«

Einige Sekunden später schob sie mir ein Glas mit einem unserer teuren Whiskeys über die Theke.

»Das macht dann 8 Dollar.«

Sie zwinkerte mir verschmitzt zu, machte sich dann aber wieder daran, die restlichen Gläser einzuräumen. Ich leerte das Glas in einem Zug und genoss das Brennen, das die Flüssigkeit in meinem Hals hinterließ.

»Hier«, sagte Rebecca und stellte mir demonstrativ die ganze Flasche Whiskey auf den Tresen. »Füll dir selbst nach. Ich habe Wichtigeres zu tun.«

Unbeeindruckt schnappte ich mir die Flasche. Rebecca hatte sich noch nie von mir herumkommandieren lassen. Am liebsten hätte ich ihr einen arroganten Spruch dafür gedrückt, doch das Letzte, was ich gerade wollte, war, einen Streit mit ihr anzuzetteln.

Kapitel 4

Als wir das Casino umrundeten, traf mich fast der Schlag. Vor uns lag kein Hotel, sondern ein verdammter Palast. Die Außenfassade glänzte in einem hellen Champagnerton und zwei kräftige Marmorsäulen hielten das wuchtige Konstrukt aufrecht.

Über dem Eingang stand in goldenen Buchstaben der Name des Hotels: *De La Cruz*.

»Ach. Du. Scheiße!«, entfuhr es Cecilia, bevor wir uns ansahen und die breiten Treppenstufen zur Eingangstür hinaufstiegen. Sie hatte definitiv recht. Gestern dachte ich schon, der Eingang des Casinos sei unschlagbar, doch dieser Anblick toppte all das, was ich bereits gesehen hatte.

Ein Türsteher, der einen teuer aussehenden Anzug trug, begrüßte uns freundlich und hielt uns die Tür auf. Wir betraten die Empfangshalle des Hotels und sofort stieg mir der zarte, kühle Geruch nach Rosen in die Nase. Meine Augen weiteten sich, als ich meinen Kopf in den Nacken legte und meinen Blick über die vielen Verzierungen und Bilder gleiten ließ.

»Wow«, war das Einzige, was ich herausbrachte.

Meine Freundinnen nickten zustimmend.

Wir folgten dem langen roten Teppich bis zur Rezeption und lächelten die ältere Dame hinter dem Tresen an.

»Entschuldigen Sie bitte«, begann Leah und erregte so ihre Aufmerksamkeit. »Wir suchen unsere Freundin. Sie ist in unserem Alter und hat blonde Haare. Wir waren zuvor im Casino und dort ist sie mit einem jungen Mann mitgegangen. Sind sie zufällig hier vorbeigekommen?«

Der Blick der Dame verriet mir, dass sie uns für nichts anderes als verkorkste und betrunkene Teenager hielt.

»Tut mir leid, heute Nacht sind Sie drei die einzigen jungen Leute, die ich zu Gesicht bekommen habe.«

Gerade wollte ich etwas erwidern, da ertönte der Klingelton meines Handys. Der Sound hallte durch die gesamte Empfangshalle. Mit etwas weniger Champagner intus wäre mir die Situation mit Sicherheit peinlich gewesen.

Ich brauchte einige Sekunden, um das Handy aus meiner Tasche zu fischen. Als ich den Namen auf dem Display erblickte, bildete sich ein Kloß in meinem Hals.

»Cheyenne?«, fragte ich verwirrt und sofort drehten sich Cecilia und Leah zu mir um.

»Hi, June. Ich muss mit dir sprechen. Es ist dringend.«

An ihrer Stimmlage erkannte ich, dass etwas nicht in Ordnung war. Ob der Typ ihr etwas angetan hatte?

»Geht's dir gut?«, fragte ich geradeheraus. »Wo bist du?«

»Noch geht es mir gut. Du musst ins Hotel De La Cruz kommen. Sofort.«

Ich runzelte die Stirn. »Bin schon da.« Ich zog den Satz in die Länge, um meine Verwirrtheit auszudrücken.

»Was? Ähm, perfekt.«

Für einen Moment blieb es still. »Komm ins Zimmer 214. Allein.«

Ich musste auflachen. »Du klingst wie in einem Geheimagenten-Film.«

»Jetzt komm einfach!«, krächzte mir ihre panische Stimme ins Ohr.

Ohne mir die Chance zu lassen, weitere Fragen zu stellen, ertönten undefinierbare Geräusche aus dem Handy und die Verbindung brach ab.

»Was ist los, June?«, fragte mich Leah mit panisch geweiteten Augen. »Wo ist Cheyenne?«

Ich antwortete ihr nicht, sondern ging einen Schritt auf den Empfang zu.

»Können Sie mir verraten, wie ich zu Zimmer 214 komme?«

Die Dame sah mich verständnislos an, erklärte mir dann jedoch kurz und knapp den Weg. Ein Wunder, dass sich hier überhaupt jemand zurechtfand, so kompliziert wie dieses Hotel offensichtlich gebaut war.

»In jedem Flur finden Sie zudem Beschilderungen. Sie sollten sich also nicht verlaufen.«

»Danke«, erwiderte ich knapp und wandte mich an meine beiden Freundinnen.

»Cheyenne ist hier im Hotel. Sie hat mich darum gebeten, zu ihr zu kommen.«

»Warte«, unterbrach mich Cecilia. »*Dich?*«

Ich nickte. »Sie sagte, ich soll allein kommen. Vielleicht will sie einfach nicht zu viel Aufsehen erregen. Könnt ihr hier unten warten?«

»Nein, können wir nicht!« Leah stemmte die Hände in die Hüften. »Wieso sollen wir hier warten, wenn wir genauso gut einfach mitgehen können?«

»Genau! Ich werde hier auch nicht einfach wie bestellt und nicht abgeholt warten!«, schloss sich Cecilia an.

»Darf ich Sie bitten, ein wenig leiser zu sein«, ermahnte sie die ältere Dame. »Ich kann Sie in dieser Lautstärke nicht durch die Flure spazieren lassen, zumal Sie offensichtlich keine Gäste unseres Hauses sind. Ausnahmsweise gestatte ich einer von Ihnen die Abholung ihrer Freundin. Allerdings muss ich die anderen beiden darum bitten, draußen zu warten, ansonsten sehe ich mich gezwungen, Sie alle von unseren Securitys herausbegleiten zu lassen.«

Widerwillig setzten sich Leah und Cecilia in Bewegung. Ich warf der Empfangsdame einen entschuldigenden Blick zu, bevor ich den von ihr beschriebenen Weg ins Innere des Hotels einschlug.

Ich stieg in den Aufzug und wunderte mich bereits jetzt nicht mehr darüber, dass dieser größer erschien als das Zimmer, welches ich zu Hause bewohnte. Eine monotone Frauenstimme informierte mich darüber, dass wir das zweite Stockwerk erreicht hatten und die Türen öffneten sich geräuschlos. Glücklicherweise wies mir ein Schild an der gegenüberliegenden Wand die Richtung, in die ich gehen musste. Als ich in den langen Flur einbog, funkelten mir filigrane Muster an den Wänden entgegen. Die glitzernden Steine sahen ein wenig wie Diamanten aus und ich fühlte mich beinahe so, als würde ich durch einen Sternenhimmel laufen. Langsam schlenderte ich über den weißen Teppich, der einen Großteil des Marmorbodens bedeckte. Der

Besitzer dieses Hotels hatte keine Kosten und Mühen gescheut, um seinen Gästen absoluten Luxus zu bieten.

Beinahe hätte ich mich in all dem Prunk verloren, bis mir einfiel, weshalb ich hier war. Ich blieb stehen und besah mir das goldene Schild neben einer der weißen Türen genauer. In geschwungener Schrift war die Zahl 214 eingraviert. Hier war Cheyenne also.

Zögerlich trat ich einen Schritt nach vorne und nahm einen tiefen Atemzug, bevor ich gegen das Holz klopfte.

Einige Sekunden passierte nichts. Niemand rührte sich und ich hatte das Gefühl, die Luft anhalten zu müssen. Gerade als ich meine Hand erneut heben wollte, ertönte das Klicken eines Türschlosses.

Mit einem leisen Knacken wurde die schwere Tür geöffnet und kurz darauf stand ein Typ mit dunklen Haaren und einem noch dunkleren Jackett vor mir. Auch wenn ich ihn vorher im Casino nicht genau angesehen hatte, erkannte ich ihn wieder.

Er sah jung aus; ich schätzte ihn auf Anfang zwanzig. Seine eisblauen Augen sahen tief in meine und ich erkannte den Sturm, der in ihnen tobte. Sein Blick hielt den meinen lange fest, ohne dass er etwas sagte, dann wandte er sich abrupt ab.

»Hereinspaziert, Lady«, sagte er und trat zur Seite.

Erst jetzt erkannte ich die volle Pracht des Hotelzimmers, in das ich eintrat. Seidene, cremefarbene Tapeten, alte Gemälde, teure Schränke und ein goldumrandeter Spiegel fielen mir ins Auge. Ohne es zu wollen, klappte mir der Mund auf.

»Du befindest dich in einer der luxuriösesten Suiten in ganz Las Vegas.«

Ich drehte mich zu dem Typen um. Er hatte die Tür geschlossen und lehnte nun lässig an der Wand des Zimmers. Als er meinen Blick bemerkte, nickte er in Richtung einer weiteren Tür, die sich im selben Moment öffnete.

»Na endlich, June!«, kreischte Cheyenne und zog mich in eine heftige Umarmung. Doch irgendetwas an ihrem Lächeln gefiel mir ganz und gar nicht. Es war nicht wirklich … echt.

»Ist alles in Ordnung?«, flüsterte ich, in der Hoffnung, der Typ hörte mich nicht. Cheyenne nickte knapp.

»Gut, dann lass uns hier verschwinden.«

»Also«, keuchte Cheyenne trocken. »Was das angeht, haben wir, glaube ich, ein kleines Problem.«

»Ach ja?«, fragte ich irritiert und musterte sie eindringlich. »Und welches?«

»Blondie hat sich leider ein wenig verzockt«, meldete sich der Typ zu Wort. Er war mittlerweile nähergetreten und stellte sich nun mit verschränkten Armen vor uns.

»Verzockt?«, wiederholte ich und lachte, während ich eine Augenbraue hob.

»Blondie – Cheyenne, wie ich soeben herausgefunden habe dachte – sich heute Nacht, es sei eine tolle Idee, dem Sohn des Casinobesitzers zu folgen und auf ein Spiel mit ihm einzugehen. Die Details spare ich mir, denn ich habe nicht ewig Zeit.«

Sohn des Casinobesitzers?

Ich sah zu Cheyenne, deren Augen glasig wurden. »Was für ein Spiel, Cheyenne?«, fragte ich leise, doch sie antwortete nicht.

»Um was für ein Spiel geht es?«, richtete ich dieselbe Frage an Mister *Sohn-des-Casinobesitzers*, der gerade einen der silbernen Ringe an seiner Hand zurechtschob.

»Unwichtig«, entgegnete er monoton. »Das Einzige, das für dich von Interesse sein dürfte, ist die Tatsache, dass deine Freundin in ein Spiel verwickelt ist, aus dem sie nicht aussteigen kann.«

»Was hast du angestellt?«, presste ich zwischen zusammengebissenen Zähnen hervor, ohne Cheyenne auch nur anzuschauen. Jetzt kam der Typ gefährlich nahe auf mich zu. Er begutachtete mich, bevor er wieder einige Schritte zurücktrat.

»Weil ich heute einen guten Tag habe, werde ich Blondie aus dem Spiel entlassen … unter einer Bedingung.«

Mein Atem stockte, während mein Blick ganz kurz zu Cheyenne zuckte. Das Auf- und Abspringen meines Herzens versuchte ich zu ignorieren, während ich nun wie hypnotisiert auf den Jungen starrte, dessen Anwesenheit mich nervös werden ließ.

»Wenn Blondie raus ist, steht dieses Zimmer leer. Und damit …«, er zog das Wort beängstigend in die Länge, »wird ein Platz auf dem Spielfeld frei. Du hast die Ehre, ihren Platz einzunehmen, damit das Spiel weitergehen kann.«

Ich schnappte nach Luft. Immer wieder füllte sich meine Lunge mit Sauerstoff, doch ich hatte trotzdem das Gefühl, dass ich nicht atmen konnte.

»Und wenn ich Cheyennes Platz nicht möchte?«, fragte ich geradeheraus. Wie, zum Teufel, schaffte ich es plötzlich, so unfassbar standhaft zu bleiben, während ich gleichzeitig das Gefühl hatte, meine Beine würden jeden Moment nachgeben?

»Tja«, erwiderte der Typ. »Dann werde ich dich wohl oder übel davon überzeugen müssen, dass du es willst.«

Er legte den Kopf schief und kam näher. Einige Sekunden vergingen, in denen niemand ein Wort sprach. Kurz vor mir blieb er stehen und sah mit einem dunklen Lächeln auf mich herab. Er war einen Kopf größer als ich, weshalb ich zu ihm aufsehen musste.

»Wie ich sehe, ist die Begeisterung unendlich. Dabei sollte es dich freuen, dass jemand wie du die Chance dazu bekommt, sich zu beweisen.« Er legte seinen Zeigefinger unter mein Kinn und drehte meinen Kopf ein wenig zur Seite, dann beugte er sich dicht an mein Ohr. Ich spürte die Hitze seiner Haut, ohne dass sie mich berührte. »Oder ihre dunkle Seite herauszufordern«, raunte er und der Klang seiner Stimme bescherte mir eine Gänsehaut.

Als wäre es das Normalste der Welt, trat er einen Schritt zurück und streckte mir seine Hand entgegen.

Ich atmete einige Male tief durch, um sicher zu sein, dass meine Stimme nicht zitterte. »Bevor du mir nicht erklärt hast, worum es hier geht, werde ich gar nichts tun.«

»Schön«, willigte er ein. »Wie ich bereits deiner Freundin gesagt habe, geht es in diesem Spiel um das Abräumen von Prämien. Es werden mehrere Runden gespielt, bei denen du viel Geld absahnen kannst, solltest du dich gut anstellen. Der Sieger erhält am Ende den Jackpot des Casinos.«

Perplex sah ich ihn an. »Ohne Einsatz?«

Er grinste. »Wie jedes gute Spiel hat auch dieses einen berüchtigten Haken. Doch wie langweilig wäre es, wenn ich ihn dir einfach verraten würde?«

Er beugte sich zu mir. »Wie wär's, wenn du ihn selbst herausfindest? Du musst wissen … das hier ist kein Spiel um Sieg oder Niederlage.

Hier geht es um mehr. An manchen Tagen wirst du dich fragen, warum du eingewilligt hast, mitzuspielen; an anderen wiederum wirst du den Spaß deines Lebens haben, während du Las Vegas zu *deiner* Stadt machst.«

»Mach es nicht, June«, riet mir Cheyenne. »Irgendetwas an dem Spiel ist verdammt faul.«

Ja, vielleicht war es das; ganz bestimmt sogar. Doch überraschenderweise schreckte mich diese Erkenntnis nicht ab. Im Gegenteil. Sie machte mich neugierig. Was sollte schon Schlimmes passieren? Im worst case behielt ich die Stadt als betrügerisch und unwürdig in Erinnerung. Aber mit etwas Glück könnte dieser Trip zum besten meines Lebens werden. Niemand würde sich mehr dafür interessieren, sobald wir wieder in Kalifornien waren.

»Was in Vegas geschieht, bleibt in Vegas«, führte Mister *Sohn-des-Casinobesitzers* meine Gedanken zu Ende, als hätte er jedes Wort gehört. Er sah mich mit einem so vielsagenden Blick an, dass ich nicht anders konnte, als zu sagen: »Wieso eigentlich nicht?«

»Was?«, stieß Cheyenne entsetzt aus. »Das ist ja wohl nicht dein Ernst, June, oder? Das hier ist unser Girlstrip. Wir wollten doch endlich mal zusammen raus aus unserem Leben und rein in die Welt.«

»Also, zunächst rette ich dir damit gerade den Arsch«, stellte ich klar. »Außerdem tue ich genau das, was wir vorhatten. Ich will raus! Raus aus dem Leben, das ich kenne und das ich so verabscheue. Das hier ist die perfekte Chance dazu. Ich weiß, wir wollten zu viert Las Vegas unsicher machen …«

»Das könnt ihr«, unterbrach mich der Typ, der unserem Gespräch amüsiert gefolgt war. »Das ist mein Versprechen, wenn du mitspielst.« Er sah zwischen Cheyenne und mir hin und her.

»Leah und Cecilia werden das Hotel abfackeln, wenn ich ohne dich zurückkomme, June.«

»Sollen sie das mal versuchen«, schmunzelte er, bevor er mich eindringlich ansah. »Entscheide dich.«

Ich wusste nicht wieso, aber in diesem Moment hörte ich auf zu atmen. Ohne etwas dagegen tun zu können, begannen meine Finger zu zittern, doch schließlich purzelten die Worte aus meinem Mund.

»Ich bin dabei.«

Cheyenne wich sämtliche Farbe aus dem Gesicht, während mein Gegenüber mich zufrieden angrinste.

»Dann haben wir unsere neue Spielfigur gefunden.«

Ich verschränkte die Arme vor der Brust. »Ich bin keine Spielfigur.«

»Von jetzt an schon.«

Kaum merklich zuckte mein Blick zu Cheyenne, deren Augen sich mit Sorge füllten. Während sie langsam an mir vorbei zur Tür ging, hielt sie bei mir einen Moment inne und lehnte sich dicht an mein Ohr.

»Wenn du dich irgendwann unwohl fühlst, ruf uns an. Oder die Polizei.«

»Das würde ich an deiner Stelle sein lassen«, sagte der Typ kühl. »Das Einzige, was dir das einbringt, ist Ärger. Was meinst du, wem die Polizisten mehr Glauben schenken: Dem Sohn eines der wohlhabendsten und einflussreichsten Casinobesitzer in ganz Las Vegas oder einer verwirrten Touristin, die sich nicht einmal daran erinnern kann, wie sie in ein unerklärliches Spiel geraten konnte? Ich denke, die Antwort ist eindeutig.«

Mit einem überheblichen Grinsen schlenderte er auf mich zu und legte seine Hand auf meine Schulter. Ich zuckte zusammen, während ich bemerkte, wie Cheyenne die Hände zu Fäusten ballte, mich jedoch danach entschuldigend ansah.

»Traurigerweise wirst du uns nun verlassen müssen, Cheyenne. Und bevor die Frage aufkommt: Ich habe euch euer schäbiges Hotelzimmer bereits für einen Monat bezahlt. Sobald ihr abreisen werdet, kann eure liebste June euch begleiten. Doch so lange wird das hier ihre Bleibe. Sieh dich doch mal um.«

Er machte eine Handbewegung, die das gesamte Zimmer einschloss. »Deiner Freundin wird es an nichts fehlen. Und außerdem …«, er sah mich an, »bin ich niemand, der Frauen gegen ihren Willen berührt.«

Mein Herz pochte wie wild bei der Vorstellung, einen ganzen Monat hier in diesem Zimmer zu verbringen. Jedoch nicht aus Angst, sondern aus purer Neugier, was mich erwartete.

»Du berührst mich aber gerade gegen meinen Willen«, entgegnete ich kühl und deutete auf seine Hand, die immer noch auf meiner Schulter lag, doch er ließ mich nicht los. Im Gegenteil. Sein Griff wurde fester, als wollte er mir etwas deutlich machen. Dabei bohrte sich sein Blick so intensiv in meinen, dass ein mulmiges Gefühl meinen Magen kribbeln ließ. Doch ich spürte auch etwas anderes in mir. Ich konnte nicht deuten, was es war, das mir gerade gegen den Bauch trommelte. Der Drang, herauszufinden, was dieses Gefühl in mir auslöste, hielt mich schließlich davon ab, seine Hand von mir zu schütteln.

»So, das reicht jetzt mit dem tragischen Abschied. Das kann ja keiner mehr ertragen.«

Er drückte mich einige Schritte zurück, bis ich auf das weiche Bett plumpste. Dann ließ er mich los und drängte Cheyenne aus dem Zimmer. Der Typ verließ mit ihr gemeinsam den Raum und das Nächste, was ich hörte, war das Klicken des Türschlosses, das abgeschlossen wurde. Das Geräusch jagte einen spitzen Pfeil durch meine Brust. Ich war eingesperrt.

Was passierte nun? Würde er Cheyenne und die anderen über meine Entscheidung aufklären? Oder würde er ihnen drohen, sollten sie dem Spiel in die Quere kommen?

Doch die wichtigste Frage war: Welche Rolle spielte ich in diesem Spiel?

Kapitel 5

Meine Güte, war das ein peinliches Spektakel! Instinktiv nahm ich mir vor, nie wieder eine Sonderregel aufzustellen, um unbrauchbare Frauen aus dem Spiel zu befördern. So eine Seifenoper würde ich mir im Leben nicht noch einmal antun.

Nachdem ich June in der Suite eingeschlossen hatte, durfte ich mir sämtliche Beleidigungen ihrer nervigen Freundinnen anhören. Nur Cheyenne blieb stumm wie ein Fisch. Anscheinend sickerte langsam zu ihr durch, was sie mit ihrem Handeln angerichtet hatte. Als die Brünette dann auch noch auf mich losging, war ich gezwungen, mich zurückzuziehen und meine Securitys zu beauftragen, keine von ihnen mehr ins Hotel zu lassen.

Der Versuch, noch irgendwie an Schlaf zu kommen, war erfolglos. So saß ich mies gelaunt und übermüdet am nächsten Morgen in meiner Suite im obersten Stockwerk des Hotels und balancierte einen Spielchip zwischen meinen Fingern. Mein Laptop stand aufgeklappt vor mir auf dem breiten Schreibtisch, doch ich hatte nicht eine einzige Taste betätigt.

Es klopfte an der Tür und ich hörte, wie das Schloss entriegelt wurde. Für einen kurzen Moment hatte ich die Hoffnung, das Hotelpersonal hätte meinen Drang nach etwas Hochprozentigem gespürt, doch als ich ein »Alter, wo bleibst du?« hörte, verschwand die kurzzeitige Hoffnung. Genervt drehte ich mich um.

»Was hast du für ein Problem? Ich habe einfach keine Lust heute«, entgegnete ich und sah in das verdutzte Gesicht meines besten Freundes.

»Ist das dein Ernst?«, erwiderte er und lachte. »Seit wann hast *du* keine Lust?«

Ich zuckte nur mit den Schultern und drehte ihm wieder den Rücken zu.

»Sam, jetzt im Ernst. Ich habe heute noch andere Pläne, außer deiner *Dame* zwischen die Beine zu gehen.« Er schlug die Tür hinter sich zu und kam näher.

»Sie ist nicht mehr meine Dame«, bemerkte ich kühl, bevor er mich erreichte.

»Was?«, fragte er perplex. »Patricia ist es also nicht mehr? Wer dann? Die Blonde, die du dir gestern Abend gekrallt hast? Könnte ich sehr gut nachvollziehen, sie ist ziemlich scharf.«

»Halt die Fresse, Chase.«

»Wie bitte?«

Ich funkelte ihn an. »Halt deine verdammte Fresse.«

Chase zog beide Augenbrauen nach oben, bevor er abwehrend die Hände hob. »Okay, okay. Ich konnte ja nicht wissen, dass es scheiße gelaufen ist.«

Er drehte sich um und wollte gerade das Zimmer verlassen, als ich abrupt den Chip in meiner Hand fallen ließ. Chase hielt inne.

»Ich habe sie gehen lassen«, sagte ich leise, den Blick auf die dunkle Holzplatte gerichtet.

Ich biss mir auf die Unterlippe, während Chase scharf die Luft einzog. »Was meinst du mit du hast sie *gehen lassen*?«, wollte er wissen und ich deutete ihm an, auf dem großen schwarzen Sofa neben dem Kleiderschrank Platz zu nehmen.

Er stieß einen Seufzer aus, fuhr sich mit der Hand durch sein lockiges, dunkelblondes Haar und ließ sich auf das Leder fallen. Dann beugte er sich nach vorne, faltete die Hände zusammen und sah mich neugierig an. »Schieß los.«

Ich nahm einen tiefen Atemzug, behielt jedoch mein Pokerface bei. Er sollte nicht sehen, wie nervös mich die Tatsache machte, dass jemand außerhalb dieses Gebäudes von unserem Spiel wusste.

»Ich habe Blondie gehen lassen und mir dafür eine ihrer Freundinnen ins Boot geholt. Hätte also nicht besser laufen können.«

Chase wirkte überrascht. »Du hast die Regeln gebrochen?«

Ich nickte. »Glaubst du, ich habe Lust, mit jemandem zu spielen, den ich nicht leiden kann?«

»Und für wen hast du sie gehen lassen?«

Ich rieb mir über die Nase. »June. Zumindest glaube ich, dass sie so heißt. Sie sitzt jetzt gerade in Blondies Zimmer und fragt sich wahrscheinlich, was vor sich geht.« Ich grinste. »Sie ist brauchbarer als die andere.«

Chases Augen weiteten sich. »Und die Blonde hast du einfach gehen lassen? Scheiße, was, wenn sie zur Polizei geht?«

»Wird sie nicht«, versuchte ich ihn zu beruhigen.

»Wieso nicht? Was sollte sie davon abhalten?«, fragte er und musterte mich eindringlich, während ich meine Lippen zu einem breiten Grinsen verzog und mich in meinen Schreibtischstuhl zurücklehnte.

»Vertrau mir, ich habe mich darum gekümmert. Außerdem habe ich gestern nichts Verbotenes getan, wofür sie mich anzeigen könnte. Zumindest nicht gesetzlich.«

***

Desinteressiert kritzelte ich mit dem Kugelschreiber in meinem schwarzen Notizbuch herum. Das Meeting meines Dads, in dem ich schon seit geschlagenen zwei Stunden hockte, interessierte mich nicht im Geringsten. Immer wieder durfte ich mir seinen Vortrag darüber anhören, weshalb es so wichtig war, Einblicke in sein Leben als Geschäftsmann zu erhalten. *»Du wirst später all das übernehmen und hast deshalb Verantwortung zu tragen.«*

Jeden Tag die gleiche Predigt. Es war fast schon wie ein abendliches Ritual. Meinem Dad war nichts heiliger als sein Casino-Hotel. Mittlerweile wohnten wir sogar schon hier. Ich war jedoch sehr dankbar für die Tatsache, dass Dads Hotelzimmer auf der anderen Seite des Gebäudes lag und somit einen ausreichenden Abstand zu meinem eigenen besaß. Ich hatte damals auf die luxuriöseste Suite des Hotels bestanden, weshalb im ersten Stock vor kurzem mehrere Zimmer zu Suiten umgebaut wurden.

Zwar hatte Dad sie angeordnet, um Prominente empfangen zu können, doch bisher war das nie der Fall gewesen; also nutzte ich die Prachtexemplare für meine eigenen Zwecke. *Wäre ja schade, wenn die teuren Suiten von niemandem besetzt würden.*

»Samuel De La Cruz«, wurde ich aus meinen Gedanken gerissen. Ich blickte von meinem Notizbuch auf, jedoch ohne den Kopf zu heben. Alle Blicke im Raum lagen auf mir. *Fuck*. Sollte ich etwas sagen?

»Wie bitte?«, fragte ich und leises Gelächter entstand im Raum. Sofort bat mein Vater um Ruhe. Er seufzte genervt, bevor er sich zu mir umdrehte und mich mit einer Handbewegung bat, aufzustehen. Ich folgte seiner Anweisung, stand auf und richtete meine Krawatte.

»Ich sagte«, begann Dad langsam, »ich freue mich außerordentlich, demnächst eine der einflussreichsten Familien des Landes hier willkommen heißen zu dürfen.«

Ich verschluckte mich fast an meiner eigenen Spucke. Einflussreiche Familie? Was sollte das denn heißen?

Ich spürte den auffordernden Blick meines Vaters auf mir. Schnell räusperte ich mich. »Ja, wir freuen uns sehr, dass unser Hotel endlich mal einen guten Grund bekommt, den teuren Champagner auszupacken. Den ekelhaften Whiskey kann man ja niemandem gutgemeint anbieten.«

Wieder durchfuhr leises Lachen den Raum, doch mein Vater sah aus, als hätte ich ihm gerade gesagt, dass das Hotel abrissreif war.

Das Meeting wurde beendet und die Angestellten verließen nacheinander den Meetingraum. Am Ende blieb ich mit meinem Vater allein zurück.

»Was sollte das denn gerade, Samuel?«, fuhr er mich an. »Weißt du überhaupt, was für ein schlechtes Licht dein Verhalten auf dich wirft?«

»Und wenn schon«, entgegnete ich abweisend. »Das Personal hört auf das, was ich sage. Sie befolgen meine Anweisungen, ohne mit der Wimper zu zucken. Wo liegt das Problem?«

Mein Vater kniff sich kopfschüttelnd an die Nasenwurzel, dann sah er mir direkt in die Augen. »Das Problem liegt darin, dass ich dir schon bald mit gutem Gewissen die Verantwortung über das Casino und das Hotel überlassen möchte. Das kann ich allerdings nicht, wenn ich feststelle, dass du dafür noch nicht bereit bist. Und gerade sieht es definitiv so aus, als bräuchtest du noch ein paar Jahre.«

Was habe ich gesagt? Jeden verfickten Tag das Gleiche.

»Ich kriege das schon hin, Dad. Vertrau mir einfach. Ich weiß, wie man Leute herumkommandiert.«

»Aber in diesem Job geht es um viel mehr als um das Herumkommandieren deiner Angestellten, Sam!«, widersprach er mir mit lauter Stimme.

Ich verdrehte die Augen und schlug wortlos das Notizbuch zu, ehe ich mir den Stift in die Tasche des Anzugs steckte und den Raum verließ. Mein Vater ließ mich kommentarlos gehen. Irgendwann musste er doch mal verstehen, dass ich wusste, wie man ein beschissenes Unternehmen führte.

Kapitel 6

War das sein Ernst? Er schloss mich hier ein und ließ sich dann einfach nicht mehr blicken? *Witzig.*

Es waren inzwischen Stunden vergangen und ich hatte nichts mehr gehört auf dem Flur. War das Teil seines Spiels? Irgendeine seltsame Geduldsprobe?

Schnaubend ließ ich mich aufs Bett fallen und dachte an meine Freundinnen. Was die drei jetzt gerade wohl machten? Setzten sie den Girlstrip einfach ohne mich fort? Oder tüftelten sie an einem Plan, um mich hier rauszuholen? Zuzutrauen war es Leah auf jeden Fall. Vielleicht würde sie sich mit einer Verkleidung ins Hotel schleichen und die Tür eintreten. Oder heute Abend erneut im Casino auftauchen und einen riesigen Aufstand veranstalten, bis dieser Typ mich gehen ließ. Angestrengt überlegte ich, ob Leah dazu in der Lage wäre, einen Tunnel bis zu meinem Zimmer zu graben, doch dann musste ich feststellen, dass meine Fantasie nur mit mir durchging. Sie würden nichts unternehmen, ohne sicher zu sein, dass ich gegen meinen Willen hier festgehalten wurde.

Nun, ich war aus freien Stücken hier. Doch eingesperrt zu werden, gehörte nicht zu den Dingen, die ich gerne mit mir machen ließ. Ich erinnerte mich nur vage an das, was der Typ gestern Abend – oder heute? – zu mir gesagt hatte. Mein in Alkohol schwimmendes Gehirn hatte es wohl nicht für nötig gehalten, seine Worte aufzubewahren. Würde er mich aufhalten, wenn ich mich selbst aus dem Spiel katapultieren würde?

Ein leises Klicken an der Tür zog meine Aufmerksamkeit auf sich. Mit angehaltenem Atem wartete ich ab, wer zur Tür hereinkam.

»Entschuldigen Sie bitte, Miss«, erklang eine mir fremde Stimme und ein Mann, den ich anhand seiner Kleidung als einen der Hotelangestellten identifizieren konnte, sah mich überrascht an. »Ich nahm an, die Suite sei leer.«

Ich versuchte meinen Gesichtsausdruck zu entspannen, um nicht so auszusehen, als wäre mir gerade Frankenstein persönlich über den Weg gelaufen.

»Ach, das macht nichts«, winkte ich lächelnd ab und entschied innerhalb einer Sekunde, meine Chance zu ergreifen.

»Ich wollte sowieso gerade gehen.«

Mit großen Schritten trat ich auf ihn zu und schob mich an ihm vorbei zur Tür hinaus, bevor er überhaupt die Gelegenheit bekam, mir Platz zu machen. Mit eiligen Schritten hastete ich über den Flur und beschloss kurzerhand, mich ein wenig umzusehen. Etwas Besseres hatte ich sowieso nicht zu tun. Immerhin ergab es nur Sinn, mich mit dem Ort, an dem ich für die nächste Zeit bleiben würde, vertraut zu machen.

Da ich nicht scharf darauf war, mich in den Tiefen des Hotels zu verirren, schlug ich den Weg zurück zum Empfang ein. Von dort aus würde ich mit Sicherheit einen ersten Überblick erhaschen können.

Das eindrucksvolle Design des Hotels wirkte im nüchternen Zustand sogar noch besser als zuvor. Ich erwischte mich dabei, wie ich immer wieder den Blick hob, um die vielen Details in mich aufzunehmen.

Mit einem kleinen Lächeln auf den Lippen schlenderte ich durch die Flure, doch kurz bevor ich den Eingangsbereich des Hotels erreichte, packte mich jemand am Stoff meines Kleids. Sofort blieb ich stehen, aber bevor ich einen Laut von mir geben konnte, wurde mir eine Hand auf den Mund gedrückt.

Ich zappelte und versuchte, mich aus dem kräftigen Griff der Person hinter mir zu winden, doch sie war eindeutig stärker. Ich wurde in einen kleinen Flur im Erdgeschoss bugsiert. Mit aller Kraft probierte ich zu schreien, was mir jedoch nicht gelang.

Plötzlich weiteten sich meine Augen. Der Flur, in dem ich mich befand, war keinesfalls so einladend und hell gestaltet wie der zwei

Etagen über uns. Dunkle Wände, irgendwelche eingerahmten Auszeichnungen, die ich nur halb wahrnahm, und unzählige Türen bauten sich vor mir auf. Was war das hier? Der Folterkeller für Betrüger und Casinodiebe?

Abrupt wurde ich herumgewirbelt und während ich mit dem Rücken gegen eine harte Tür gedrückt wurde, starrte ich in zwei kühle, blaue Augen, die mich abschätzig musterten.

»Wo wolltest du hin?«, fragte Mister *Sohn-des-Casinobesitzers*, einen Arm lässig neben meinem Kopf abgestützt und mir damit so nah, dass ich seinen Atem spüren konnte. *Holy shit.* Sein Blick war so intensiv, dass ich mich glatt in ihm verlor. Ich versuchte zu erklären, was passiert war, doch aus meinem Mund kam kein einziges Wort. Es war, als ob seine Augen mir die Sprache geraubt hätten.

Fragend zog er eine Augenbraue nach oben. »Wenn du etwas sagen möchtest, Sweetie, nur zu.«

Ich runzelte die Stirn. *Sweetie? War das sein Ernst?*

Nach einer Sekunde des Schweigens startete ich einen neuen Versuch.»Ich wollte mir das Hotel ansehen, das hat mir niemand verboten«, begann ich so ungezwungen, als sei es das Natürlichste der Welt.

Er seufzte. »Neugierig bist du also auch noch …«

»Wer wäre das bitte nicht?«, entgegnete ich direkt und wartete auf seine Reaktion.

Ohne mir zu antworten, zog er einen Schlüsselbund hervor, drückte meinen Oberkörper zur Seite und öffnete die Holztür.

Ich stolperte rückwärts in den dunklen Raum hinein und wäre beinahe gefallen, wenn Mister *Sohn-des-Casinobesitzers* mich nicht am Ellbogen festgehalten hätte. Er schob sich mit mir in den Raum und schloss die Tür.

Vollkommene Schwärze umfing uns. Ich konnte meine eigene Hand vor Augen nicht erkennen. Angespannt blinzelte ich in die Dunkelheit und trat automatisch einen Schritt nach hinten. Mein Begleiter sagte nichts und ich hielt die Luft an, so nervös wurde ich. Was passierte jetzt?

Ich kniff die Augen zusammen und riss sie danach hastig auf, in der Hoffnung, wenigstens ein bisschen mehr erkennen zu können. Fehlanzeige.

Ich trat noch einen weiteren Schritt zurück, stieß gegen eine weiche Wand und spürte gleichzeitig die Hitze eines anderen Körpers vor mir. Mein Atem beschleunigte sich. Woher wusste er, wo ich stand? In dieser Finsternis konnte er mich unmöglich gesehen haben!

»Eines solltest du wissen, June«, raunte seine Stimme nahe an meinem Ohr und zum ersten Mal nahm ich seinen würzigen Geruch wahr, gepaart mit einer federleichten Minznote, die in meiner Nase ein kaum spürbares Kribbeln hinterließ.

»Aus diesem Spiel kannst du nicht entkommen. Selbst wenn du es aus dem Hotel schaffen würdest, wärst du noch Teil des Spiels.«

Ich spürte eine sanfte Berührung an meinem Dekolleté. Kreisende Bewegungen, die langsam meinen Hals erreichten.

»Ich bin freiwillig in diesem Spiel. Wieso sollte ich weglaufen, bevor ich weiß, worum ich spiele?«, fragte ich in die Dunkelheit hinein und war überrascht von mir selbst. Die Ungewissheit dieses Spiels verbunden mit der Tatsache, dass nichts hiervon mich nach Hause begleiten würde, ließ mich mutiger werden, als ich es von mir erwartet hätte. Ich hob den Kopf so weit, dass ich annahm, in Richtung seines Gesichts zu blicken.

»Ich kenne nicht einmal deinen Namen, Mister *Sohn-des-Casinobesitzers.*«

Ich betonte meinen Spitznamen für ihn ganz besonders, damit er wusste, wie lächerlich sein Auftritt mit Cheyenne gewesen war.

Ein belustigtes Schnauben kam aus der Dunkelheit. »Samuel De La Cruz«, flüsterte er mir ins Ohr. »Du darfst mich Sam nennen, Sweetie.«

De La Cruz. Der Name glitt ihm perfekt über die Lippen und strahlte so viel Macht aus, dass ich nun wirklich die Luft anhielt.

Mit einer Hand griff er in meine Haare und hielt mich somit an der Wand gefangen. Meine Sinne explodierten, als ohne weitere Ankündigung weiche Lippen meine berührten. Zärtlich streiften sie meine Unterlippe, die sofort zu kribbeln begann. Ich hob mein Gesicht automatisch seinem entgegen, doch er verstärkte den Griff an meinen Haaren, sodass ich mich ihm nicht weiter nähern konnte.

»Was tust du?«, fragte ich mit zitternder Stimme. Ich bekam keine Antwort. Stattdessen spürte ich, wie sein Daumen an meinem Kiefer entlangfuhr und schließlich meine Lippen erreichte. Seine Berührung war kaum spürbar, dennoch löste sie in mir ein Feuerwerk aus, das ich mit aller Kraft zu verdrängen versuchte. Ich wollte nicht so stark auf eine mir völlig fremde Person reagieren – und schon gar nicht wollte ich ihm die Genugtuung bescheren, zu spüren, was er in mir auslöste.

Sein Griff in meinen Haaren wurde noch fester und ich keuchte überrascht. Ich wusste nicht, was geschah, als sich zwei Finger unter mein Kinn legten und meinen Kopf nach oben drückten. Das Nächste, was ich spürte, waren seine Lippen auf meinen. Sie bewegen sich geschmeidig aufeinander und Sams Zunge berührte meine, verschlang sich mit ihr und bescherte mir für eine köstliche Sekunde das Gefühl, begehrt zu werden. Das Blut in meinen Adern begann zu kochen und rauschte in sämtlichen Richtungen durch meinen Körper. Dann ließ Sam abrupt von mir ab und entfernte sich einige Schritte. Zumindest hörte es sich danach an.

Ich blieb schwer atmend und mit zerzausten Haaren an der Wand stehen und wagte es nicht, auch nur einen weiteren Atemzug zu nehmen. Die Sehnsucht nach seiner Nähe suchte mich heim und ich presste meinen Körper gegen die Wand, um nicht völlig verrückt zu werden. In was auch immer ich da hineingeraten war … es würde gefährlich werden. Verdammt gefährlich und unausweichlich ein ständiger Machtkampf mit ihm. Doch ich erwischte mich selbst bei dem Gedanken, Gefallen an dieser Vorstellung zu finden. Ein gefährliches Spiel in Las Vegas? Wer wäre ich, wenn ich nein sagen würde?

Schwaches Licht erhellte den Raum und meine Augen verengten sich zu schmalen Schlitzen, bevor ich Sam vor mir erkannte. Er kam auf mich zu und machte nur Zentimeter vor meinem Gesicht Halt. Für einen kurzen Moment hatte ich die Hoffnung, er würde seine Lippen erneut auf meine legen, doch er strich mir nur vorsichtig eine Haarsträhne hinters Ohr und beugte sich danach zu mir nach unten. Seine Lippen berührten meinen herabhängenden Ohrring, bevor er mir etwas zuflüsterte.

»Na, Sweetie? Ich wette, du bist jetzt schon feucht genug, damit ich dich nehmen könnte. Aber lass mich dir vorher die Regeln des Spiels nahelegen.«

Seine Worte und der Klang seiner Stimme sandten erneut kribbelnde Stromschläge durch meinen Körper und ließen mich aufkeuchen. Er packte mich an der Hüfte und drehte mich zur Wand. Sein Körper schmiegte sich der Länge nach an meinen, während seine Hände aufreizend langsam an meinen Seiten emporwanderten.

»Es gibt drei Regeln, die du zu befolgen hast«, begann er und vergrub die Finger in meinen Haaren. Die sanften, kreisenden Bewegungen ließen meine Kopfhaut kribbeln und wäre er nicht so dicht hinter mir, wäre ich zu Boden gesackt.

»Regel eins: Ich gebe dir die Möglichkeit, als Kellnerin abends im Casino auszuhelfen. Dafür ermögliche ich dir das Wohnen in der Suite und freie Auswahl aus den Angeboten unserer Speisen. Regel zwei …« Die kreisenden Bewegungen endeten und er legte seine Hände auf meine Hüften. »Du gehorchst meinen Anweisungen ganz genau und zeigst weder Gegenwehr noch Gefallen.«

Das würde ich nicht schaffen. Das wusste ich bereits jetzt, aber ich ließ ihn weiterreden, genoss das neuartige Gefühl, das sich in meinem Bauch ausbreitete und Hitze durch meinen Körper sandte.

Ruckartig zog er mich enger an sich und seine Stimme wurde noch eine Nuance dunkler, beinahe drohend: »Und, *last but not least*, Regel drei: Du sprichst mit niemandem über dieses Spiel. Nicht einmal mit dem Hotelpersonal. Mit *niemandem.* Sollte ich herausfinden, dass du eine oder mehrere dieser Regeln missachtest, wird das Konsequenzen haben, die dir nicht gefallen werden, Sweetie.«

Ich nickte und musste mich an der Wand abstützen, als er abrupt von mir zurücktrat.

»Ruhe dich aus. Deine Sachen sind bereits aus deinem alten Hotel auf dein Zimmer gebracht worden. Heute Abend beginnt deine erste Schicht im Casino. Man wird dich dort einweisen, wenn es so weit ist.«

Ich schluckte hart, als er Anstalten machte, sich von mir abzuwenden.

»Übrigens …« Er machte auf dem Absatz kehrt. »Ich wäre dir sehr dankbar, wenn du meine Angestellten nicht mehr über den Haufen rennen würdest. Es ist anstrengend zu erklären, warum Hotelgäste aus ihren Zimmern fliehen.«

Er zwinkerte mir zu, drehte sich um und verließ den Raum, ohne dass ich die Chance hatte, ihn zu fragen, woher er wusste, was zuvor in meinem Zimmer geschehen war. Ich wagte es nicht, mich zu bewegen, bis die Schritte im Flur verklungen waren und ich mir sicher war, endlich allein zu sein. Erst dann stieß ich einen tiefen Seufzer aus und ließ mich an der Wand nach unten sinken, um meine zitternden Knie unter Kontrolle zu bekommen.

***

Wie in Trance bewegte ich mich durch die Flure des Hotels, bis ich mich kurz darauf vor einer großen Durchgangstür befand, die ins Erdgeschoss des Casinos führte.

Als ich vorhin auf mein Zimmer gekommen war, hatten tatsächlich meine Koffer vor dem Bett gestanden. Den ganzen Tag hatte ich damit verbracht, meine Sachen in die überdimensionalen Schränke einzuräumen, deren oberste Fächer ich nicht einmal erreichen konnte, wenn ich mich auf die Zehenspitzen stellte.

Mir wurde Essen aufs Zimmer gebracht, dem Sam einen kleinen Zettel beigelegt hatte, auf welchem eine Uhrzeit stand. Ich hatte angenommen, dass ich zu dieser Zeit meine Schicht im Casino beginnen sollte, um Punkt 18 Uhr. Und hier stand ich nun.

Vorsichtig drückte ich die Tür auf und trat hindurch. Mein Blick glitt über unzählige Automaten und Spieltische, an denen bereits Spielchips wie wild den Besitzer wechselten. Das Klimpern einer Kugel, die sich gerade für eines der Roulette-Felder entschieden hatte, zog meine Aufmerksamkeit auf sich. Neugierig näherte ich mich dem Spieltisch. Meine Augen weiteten sich, als ich erkannte, mit welcher Geldsumme hier gerade gespielt wurde. Ich konnte nie nachvollziehen, wie Menschen so viel Geld ohne schlechtes Gewissen in Glücksspiele investieren konnten. Ich fühlte mich bereits mies, weil ich gestern Abend 100 Dollar verzockt hatte.

Schnell zog ich weiter und verschaffte mir einen Überblick über die verschiedenen Spielangebote, da meine gestrigen Erinnerungen einige Lücken aufwiesen. Schließlich erreichte ich die prunkvolle Bar und setzte mich auf einen der Drehstühle vor dem Tresen. Da Sam mir nicht gesagt hatte, an wen ich mich wenden sollte, beobachtete ich die Gesichter der Kellner, die wie wild hinter dem Tresen hin- und her flitzten. Obwohl ihre Tätigkeiten ziemlich stressig und hektisch aussahen, wirkte jeder von ihnen tiefenentspannt, als würden sie gerade eine nette Unterhaltung mit ihren Freunden führen und sich nicht die Füße plattlaufen, um jedem Gast seinen Wunsch zu erfüllen.

»Hey, bist du June?«, fragte mich eine weibliche Stimme und ich fuhr hastig herum. Eine junge Frau mit warmen braunen Augen lächelte mich freundlich an. Ihre pechschwarzen Haare hatte sie zu einem seitlichen Zopf geflochten und in der rechten Hand hielt sie ein Tablett mit leeren Champagnergläsern.

Ich nickte und erwiderte ihr Lächeln, ohne zu zögern. Sie nickte mit dem Kopf in Richtung des Tresens und zögerlich folgte ich ihr. Sie drückte mir einen zusammengefalteten Stapel Kleidung in die Hand.

»Zieh dir das eben an. Das wird dein Arbeitsoutfit.« Sie zwinkerte mir zu, bevor sie hinter einer der großen Marmorsäulen verschwand.

Erst jetzt erkannte ich den Aufbau der Bar. In der Mitte befand sich eine schwere Säule und der Tresen zog sich wie ein Kreis um sie herum. Zwischen ihm und der Säule waren rundherum einige Meter Platz, von welchen die Kellner die Gäste bedienen konnten. Lediglich an einer einzigen Stelle war der Tresen unterbrochen und ließ den hier arbeitenden Personen circa einen Meter, um den Bereich dahinter durch eine gläserne Klapptür zu betreten oder zu verlassen.

»Ja, du siehst richtig. Wir sind in 360 Grad für jeden Gast erreichbar. Man gewöhnt sich an den seltsamen Aufbau.«

Kurz zuckte ich zusammen. Die junge Frau stand bereits wieder hinter mir und klopfte mir freundschaftlich auf die Schulter. Ich musste schmunzeln, bevor ich mitsamt den Klamotten in meinen Händen auf den Gästetoiletten verschwand und mich umzog.

Meine Arbeitskleidung bestand aus einer weißen Bluse mit feinen Bestickungen und einer schwarzen Jeans, die erstaunlich angenehm zu tragen war. Flüchtig band ich mir meine Haare mit einem kleinen Haargummi, das ich immer um mein Handgelenk trug, zurück und betrachtete mich im Spiegel. In diesem Outfit fühlte ich mich direkt fünf Jahre älter.

Als ich wieder hinter der Theke stand, betrachtete mich die junge Frau von oben bis unten. Während sie das tat, konnte ich endlich ihr Namenschild lesen, dass sie an ihrer Bluse befestigt hatte. Rebecca.

Innerhalb weniger Minuten zeigte mir Rebecca die wichtigsten

Grundlagen, die ich für die Arbeit benötigte und verriet mir sogar einige der Insider, die die Angestellten sich immer wieder erzählten.

»Du wirst schon verstehen, warum uns diese Insider so wichtig sind«, meinte sie und lachte, während sie einem ihrer Kollegen auf die Schulter klopfte.

»Das ist Cole«, stellte sie ihn vor, als er sich zu mir umdrehte und mir die Hand reichte.

»June«, entgegnete ich freundlich.

»Die anderen hier sind unwichtig. Lass dich nicht von ihrem desinteressierten und abwertenden Blick verunsichern, ja?«

Ich nickte automatisch, während mein Kopf versuchte, alle Informationen abzuspeichern. Ich hatte das Gefühl, dass meine Zeit hier alles andere als einfach werden würde.

»Warte, habe ich mich dir überhaupt vorgestellt?« Lachend schüttelte ich den Kopf, woraufhin sie mit den Augen rollte.

»Typisch. Ich bin Rebecca. Betrachte mich einfach als deine persönliche Ansprechpartnerin, während du hier arbeitest.«

Erneut nickte ich. »Okay.«

Innerhalb der nächsten Stunde stellte ich fest, dass das Transportieren von Getränken leichter aussah, als es in Wirklichkeit war. Während die anderen wie Tornados durch das Casino wirbelten und dabei nicht einen einzigen Tropfen verschütteten, versuchte ich, mein Tablett, auf dem sich lediglich zwei Champagnergläser befanden, nicht fallen zu lassen.

»Schau geradeaus, nicht auf die Gläser. Dann klappt es besser«, riet mir Rebecca im Vorbeigehen und tatsächlich funktionierte es. Zwar bewegte ich mich bei weitem nicht so schnell wie sie, doch wenigstens hörte meine Hand auf zu zittern. Zudem fühlte ich mich viel selbstsicherer, wenn ich meinen Blick geradeaus richtete, anstatt auf ein blödes Tablett.

Als ich jedoch einen Moment nicht aufpasste, rempelte ich versehentlich jemanden an, stolperte und fiel der Länge nach auf den Boden. Ich rappelte mich auf und wandte mich mit einem entschuldigenden Blick um, erstarrte jedoch. Bei meinem Glück war der Champagner natürlich nicht nur auf dem Boden gelandet, sondern hatte sich über das schwarze Hemd des Typen ergossen und tropfte ihm sogar vom Kinn. Einige der Gäste drehten sich zu uns um und schüttelten belustigt den Kopf über mich.

»O Gott, das tut mir leid! Ich hole sofort Tücher«, versuchte ich die Situation erträglicher zu machen und wollte mich gerade umdrehen, als sein Arm nach vorne schnellte und mich festhielt.

Ich stoppte und sah ihm verwundert ins Gesicht. Er hatte markante Wangenknochen, strubbeliges, dunkelblondes Haar und an seinem linken Ohr befand sich ein schwarzer, kaum sichtbarer Ohrring. Seine grünen Augen starrten genau in meine. Er war jung, etwa im selben Alter wie Sam, schätzte ich.

»Hey, lass gut sein«, winkte er ab und ich brauchte einige Sekunden, um den Sinn hinter seinen Worten zu verstehen.

»Da vorne wollen Gäste bedient werden«, sagte er, ließ mich los und nickte mit dem Kopf in Richtung eines Roulette-Tisches.

Kurz zögerte ich, doch als sein Blick auf mir immer drängender wurde, machte ich mich daran, mein Tablett mitsamt den umgekippten Gläsern aufzusammeln. Ich stellte es hastig hinter dem Tresen ab und steuerte dann zielstrebig auf den Roulette-Tisch zu, an dem eine Gruppe ältere Männer saß, deren Augenpaare aufmerksam der kleinen weißen Kugel folgten.

Im Augenwinkel nahm ich wahr, wie der Typ einen der anderen Kellner heranwinkte, woraufhin ihm von Cole einige Tücher zum Trocknen gebracht wurden. War das sein Ernst?

Kurz überlegte ich, ob ich zurückgehen und Cole helfen sollte, die Schweinerei auf dem Boden aufzuwischen, doch dann drehte ich mich wieder zu meinen Gästen. Ich wollte nicht für noch mehr Drama sorgen. Sicherlich hatte der Typ Angst, ich könnte zu inkompetent sein, mit ein paar Tüchern den Boden zu wischen. Wie sehr ich solche Typen hasste, die sich für etwas Besseres hielten.

»Was darf ich Ihnen bringen?«, fragte ich mit der freundlichsten Stimme, die ich gerade aufbringen konnte. Keiner der Männer beachtete mich. Ich seufzte leise.

»Möchten Sie etwas trinken?«, versuchte ich erneut mein Glück, doch auch dieses Mal bekam ich keine Beachtung. Erst als die Kugel in einem der Felder landete, warf mir einer der Männer einen abschätzigen Blick zu. Er trug einen Dreitagebart und musterte mich demonstrativ.

»Bring uns das Übliche, Herzchen«, sagte er und wandte sich wieder von mir ab.

Herzchen. Noch so ein blöder Spitzname.

»Könnten Sie mir freundlicherweise auf die Sprünge helfen?«, fragte ich zögerlich, doch als ich nach ein paar Sekunden keine Antwort bekam, drehte ich mich genervt um und entfernte mich einige Schritte. Auf dem Weg zurück zum Tresen warf ich dem Typen, dessen Hemd immer noch von Cole mit einem Lappen gesäubert wurde, einen vernichtenden Blick zu. Sein selbstgefälliges Grinsen verriet mir, dass es genau seine Absicht war, mich vor den drei Männern zu blamieren. Doch woher wusste er, dass ich noch nie hier gearbeitet hatte?

»Mach dir nichts draus«, versuchte Rebecca mir gut zuzureden. Sie hatte das ganze Spektakel beobachtet, jedoch machte sie nicht den Eindruck, als wollte sie wie die anderen über mich herziehen.

»Ein kleiner Tipp von mir: Warte ab, bis die Runden zu Ende sind. Man stört die Spieler nicht, während sie sich konzentrieren. Oder während sie zumindest den Anschein erwecken, als würden sie es tun.«

Gerade wollte sie sich wieder von mir abwenden, als sie noch einmal stockte. »Übrigens«, flüsterte sie mir zu. »Drei Mojitos für die Arschgeigen dort drüben.« Sie grinste und ich konnte nicht anders, als es ihr gleichzutun.

Meine Schicht endete um 22 Uhr, doch bevor ich mich verabschiedete und auf mein Zimmer ging, brannte mir noch eine dringende Frage auf der Zunge, die ich mich den ganzen Abend über nicht getraut hatte zu stellen.

In einem günstigen Moment nahm ich Rebecca zur Seite, um nicht von jedem Anwesenden beobachtet zu werden. Fragend zog sie eine Augenbraue nach oben.

»Was möchtest du, June?«, fragte sie, während ich versuchte, die Worte über meine Lippen zu bringen.

»Arbeitest du …«, begann ich, doch mein Mund war zu trocken, um weitere Worte auszusprechen. Ich nahm mir ein paar Sekunden, in denen ich zu Boden sah. *Du darfst sie nicht fragen.*

Rebeccas neugieriger Blick lag auf mir, das spürte ich nur zu gut. Ich atmete tief ein und aus, hob meinen Kopf und sah ihr direkt in die dunkelbraunen Augen. Mein Herz pochte gegen meine Brust und meine Fingerspitzen kribbelten, als die Frage endlich aus mir herausplatzte.

»Arbeitest du auch wegen des Spiels hier?«

Sie sah mich an, ihre Miene veränderte sich jedoch keinen Millimeter. Doch plötzlich stahl sich ein kleines Schmunzeln auf ihre Lippen.

»Welches Spiel?«, fragte sie und zuckte mit den Schultern. Sie ließ ihren Blick über die vielen Spieltische gleiten. »Das ist ein Casino. Im Prinzip spielt doch jeder hier in diesem Raum, oder?«

Mit diesen Worten zwinkerte sie mir zu und wandte sich von mir ab. Ich blieb wie angewurzelt auf der Stelle stehen, unwissend, ob ich mir nun schlauer oder dümmer als vorher vorkommen sollte.

June

Kapitel 7

Ich schloss die Augen und ließ das kalte Wasser über meinen Körper fließen. Jeder Wassertropfen fühlte sich wie ein weiterer Schlag an, der mich immer weiter nach unten drückte. Heftig rieb ich mir mit den Händen übers Gesicht, um endlich wieder einen klaren Gedanken fassen zu können. Mein Körper fühlte sich schwer an. Als würde meine Haut das viele Wasser in sich einsaugen.

Was Cecilia, Leah und Cheyenne gerade wohl machten? Vielleicht saßen sie in einem gemütlichen Restaurant, aßen Pizza und philosophierten über die sinnlosesten Dinge. Oder sie besuchten einen Nachtclub, um ihre Sorgen über mich zu verdrängen. Wenn sie sich überhaupt welche machten.

Ich hatte vor einer halben Stunde eine Sprachnachricht in die Gruppe geschickt, in der ich nüchtern mitteilte, dass sich niemand Sorgen machen musste. Ich wusste zwar selbst nicht, ob das wirklich stimmte – denn dazu müsste ich erst einmal wissen, was genau das für ein Spiel war, in das ich eingewilligt hatte –, doch ich wollte unter allen Umständen vermeiden, dass eine meiner Freundinnen einen Aufstand veranstaltete.

Vielleicht war es aber auch genau das, was mich so reizte, was meinen Puls schneller werden ließ und dieses unerklärliche Kribbeln in meinem Magen auslöste. Nicht zu wissen, was mich erwartete. Einfach zu reagieren, wenn es die Situation erforderte. Oder ich würde am Ende dieses Trips herausfinden, dass ich falschgelegen hatte und das die größte Schnapsidee meines Lebens gewesen war …

Ich öffnete meine Augen, blinzelte die Wassertropfen von meinen Wimpern und stellte das Wasser ab. Mit den Händen wrang ich meine

Haare aus und wollte nach einem Handtuch greifen. Mitten in der Bewegung stockte ich, als ich erkannte, dass jemand unmittelbar vor der Glasscheibe der bodentiefen Dusche stand. Instinktiv drehte ich mich ins Profil und versuchte, meinen Körper mit Händen und Armen zu verdecken.

»Was zur Hölle tust du hier?«, fragte ich verstört, während ich blitzschnell einen Arm ausstreckte und mir ein Handtuch angelte.

Sam zog nur herausfordernd eine Augenbraue nach oben und grinste. »Dir beim Duschen zusehen.«

Dass er es wagte, mir mit so einer Antwort entgegenzutreten, ließ Wut in mir aufkommen.

»Verschwinde hier!«, befahl ich ihm und zeigte zur Tür.

Er legte den Kopf schief. »Komm schon, Sweetie. Tu nicht so, als sei das Badezimmer zu klein für zwei Personen.«

Ich schnaubte verächtlich. »Die Größe hat damit rein gar nichts zu tun. Das nennt man Privatsphäre. Und als Gentleman hält man diese normalerweise selbstverständlich ein.«

Nun trat er einige Schritte auf mich zu und stand kurz darauf vor mir. Ich drückte das Handtuch fester um meinen Körper, als befürchtete ich, er könnte es mir jeden Moment herunterreißen.

»Erstens«, er strich mir eine der nassen Haarsträhnen hinters Ohr und beugte sich ganz nahe zu mir, »solltest du wissen, dass ich kein Gentleman bin.« Er fuhr mir mit seiner Hand durchs Haar und zog leicht daran, sodass ich meinen Kopf nach hinten legte und gezwungen war, ihn anzusehen. »Und zweitens solltest du ab sofort das Wort *Privatsphäre* aus deinem Wortschatz streichen.«

»Und du solltest aufhören, dich in mein Zimmer zu schleichen. Sonst könnte ich mir überlegen, der Polizei einen Besuch abzustatten und von deinem kleinen Spiel zu erzählen ...«

Seine Augen leuchteten gefährlich und ein wölfisches Grinsen verzog seine Lippen. »Ohne Beweise ist das nicht sehr erfolgversprechend, Sweetie«, raunte er. Dann knöpfte er bedacht langsam sein schwarzes Hemd auf. Meine Augen weiteten sich, als er es sich von den Schultern streifte und ich seinen trainierten Oberkörper zu Gesicht bekam. Sam war schlank und dennoch konnte man ihm seine Kraft ansehen. Ein großes, schwarzes Flammen-Tattoo zog sich über seinen linken Oberarm, umringt von vielen kleinen Dollarscheinen, die wie Regentropfen seine Haut hinunterrieselten. Es weckte in mir den Wunsch, meine Finger über seine Haut gleiten zu lassen und die Linien mit der Fingerspitze nachzumalen.

Seine dunkelgraue Jeans behielt er an. Als er meinen verbissenen Ausdruck bemerkte, stahl sich ein selbstgefälliges Grinsen auf sein Gesicht.

»Gefällt dir, was du siehst?«

Ich gab ihm keine Antwort. Er sollte nicht sehen, was für eine Wirkung er auf mich hatte. Auch wenn das vermutlich ohnehin schon geschehen war …

Ohne es bewusst steuern zu können, biss ich mir auf die Unterlippe. Mein Blick klebte an seinem Körper; erst als er barfuß zurück zu mir in die Dusche stieg und herausfordernd direkt vor mir stehen blieb, wandte ich meinen Blick ab und hob den Kopf. Die Dusche war so schmal, dass meine nackten Schultern gegen die zwischenzeitlich abgekühlten Fliesen hinter mir stießen und mir ein Zittern entlockten.

»Weißt du, was mir gar nicht gefällt, Juniper?«, raunte er leise. »Dass du dich nicht an meine Regeln hältst.«

Ein Schauer lief mir über den Rücken, der diesmal absolut nichts mit Kälte zu tun hatte. »Woher weißt du, dass mein voller Vorname Juniper lautet?«, fragte ich, doch er legte mir nur seinen Zeigefinger auf den Mund. Mit der anderen Hand strich er meine Haare zur Seite.

»Es gibt da so ein kleines Kärtchen … nennt sich auch Ausweis. Da steht sowas traditionell drauf.«

Hatte er meine Sachen durchsucht? Anders konnte er nicht an mein Portemonnaie gelangt sein, in dessen Einsteckfach ich meine Papiere aufbewahrte.

»Aber deshalb bin ich nicht hier.« Er nahm seinen Zeigefinger von meinen Lippen und legte ihn unter mein Kinn. »Du machst es mir nicht leicht, Sweetie. Ich bewundere deine Initiative ja sehr, doch leider stehst du dafür auf der falschen Seite. Initiative braucht man vor allem als Spielführer und nicht als einfache Spielerin. Und da du das offensichtlich noch nicht begriffen hast, werde ich dir, nett wie ich bin, ein wenig auf die Sprünge helfen.« Seine Stimme klang gedämpft, beinahe geheimnisvoll.

»Also, erstens hast du nichts an meinen Sachen verloren«, stellte ich klar. »Und zweitens hast du gesagt, dass du mich nicht berührst, wenn ich es nicht möchte. War das gelogen?«

Er schüttelte schmunzelnd den Kopf. Wieder brannte dieses eisige Feuer in seinen blauen Augen. Ein Hunger, dessen Ausmaß mir eigentlich Angst einjagen sollte, aber in diesem Moment tat er das nicht. Etwas in mir flatterte nervös, doch der weitaus größere Teil wollte unbedingt wissen, was als Nächstes passierte.

Wie hypnotisiert starrte ich auf Sams Lippen, die sich mir näherten. Doch kurz bevor sie meine berührten, stoppte er.

»Du willst es, Juniper«, flüsterte er. »Ich sehe es dir an. Du willst dich mir hingeben, mir deinen Körper überlassen. Du willst, dass ich dich ficke, bis du nicht mehr stehen kannst, damit du dir sicher sein kannst, dass das hier nicht nur in deinen feuchten Träumen stattfindet.«

Er drückte seine Lippen auf meine und stieß seine Zunge tief in meinen Mund. Ich seufzte, bevor ich meine Hände vom Handtuch löste und sie in seinen Haaren vergrub. Meine Finger fanden wie von selbst den Weg in seine Haare und zogen ihn näher. Ich wollte, dass er mich drängender küsste. Fordernder. Doch diesen Wunsch erfüllte er mir nicht.

Mein Handtuch verlor an Halt und fiel zu Boden. Blitzschnell bedeckte ich mich wieder mit meinen Händen, doch Sam schmunzelte nur an meinem Mund, bevor er wieder ernst wurde. Mit seinen Händen drückte er meine Arme sanft, aber bestimmt zur Seite, ohne sich weiter als nötig von mir zu entfernen.

»Du brauchst deinen Körper nicht zu verstecken. Niemals.«

Ich wusste nicht, ob ich seinen Worten Glauben schenken konnte. Sie wirkten so … weich. Als wolle er sichergehen, dass ich mich in seiner Nähe nicht unwohl fühlte. Gehörte das zum Spiel? Oder meinte er es ernst?

Sam unterbrach unseren Kuss und ließ seine Zunge stattdessen mein Dekolleté entlangwandern. Als er bei meinen Brüsten ankam und diese umspielte, spürte ich ein nervöses Zucken in meinem Schritt. Mein Körper reagierte auf ihn, wie ich es noch nie zuvor erlebt hatte. Ich konnte mich nicht dagegen wehren, ich wollte mich nicht dagegen wehren, wonach sich mein Körper in diesem Moment sehnte.

Ein heftiges Prickeln durchfuhr mich, als Sam vorsichtig eine Hand zwischen meine Beine schob. Ich legte den Kopf in den Nacken, presste meinen Körper gegen die kühlen Fliesen, während ich versuchte, nicht vor Lust aufzustöhnen. Ich wollte das, aber gleichzeitig sollte Sam nicht sehen, wie sehr.

Er ließ mich zappeln, indem er immer wieder seine Finger aus mir herauszog und einige Sekunden dabei zusah, wie sich mein Körper nach ihm verzehrte. Ich war längst feucht und Sam genoss sichtlich, welche Wirkung er auf mich hatte.

»Ich habe doch gesagt, es wird dir gefallen«, flüsterte er.

Mein Gesichtsausdruck verriet ihm wohl alles, was in mir vorging, auch wenn ich keinen Laut von mir gab. Sams Finger fanden eine empfindliche Stelle und ich zuckte zusammen, als er sie in langsamen, kreisenden Bewegungen stimulierte. Das kleine Feuerwerk in mir wurde immer größer und ich krallte meine Finger in seine Schultern, um mich seinen Fingern noch besser entgegenlehnen zu können. Sam drückte seine Lippen wieder auf meine und ich konnte nicht verhindern, dass ich heftig in seinem Mund stöhnte. Unsere Zungen fanden sich, spielten miteinander und mein Puls schoss in die Höhe.

Ich stöhnte erneut auf, als ich mich dem Höhepunkt näherte. Während ein heftiges Zucken meinen Körper durchflutete und mich die Augen verdrehen ließ, vernahm ich ein zufriedenes Knurren von Sam.

»Na, Sweetie? Wie war der kleine Trip? Wenn du ein braves Mädchen bist und zukünftig die Regeln befolgst, bekommst du mehr davon.«

Er grinste mich selbstgefällig an, und bevor mein benebeltes Gehirn die Chance hatte, eine geistreiche Erwiderung zu formulieren, drehte er sich um. Wortlos schnappte er sich sein Hemd und verschwand aus meinem Hotelzimmer.

Ich blieb an die Wand gelehnt in der Dusche stehen, befühlte meine heißen Wangen und fragte mich, was zur Hölle ich da eben getan hatte. Wozu brachte mich dieses Spiel nur? Ich hatte noch nie in meinem Leben darüber nachgedacht, solche Dinge zu tun … mit einem Kerl, von dem ich nicht mehr wusste, als den Namen.

Nur langsam kamen seine letzten Worte bei mir an. Wenn ich ein braves Mädchen war? Na, das würden wir noch sehen!

Schnaubend drehte ich das Wasser erneut auf, um mich zu duschen … schon wieder.

Kapitel 8

»De La Cruz?«, fragte die reizende junge Kellnerin und lächelte Patricia und mich an.

Ich nickte knapp und griff nach der Hand meiner Begleitung, während wir zu unserem Tisch geführt wurden. Ich stellte mich hinter den Stuhl und ließ Patricia darauf Platz nehmen. Ihre orangeroten Haare fielen ihr dabei weich über die Schultern. Mit dem Finger strich ich ihre Strähnen auf einer Seite hinter ihr Ohr und beugte mich zu ihr.

»Sei nicht so angespannt, Darling. Das hier ist eine Belohnung für deine Leistungen im Spiel. Genieße den Abend.« Ich raunte die Worte so leise, dass mich niemand sonst hören konnte. Doch anstatt sich zu entspannen, verkrampfte sich ihr Körper noch mehr.

Ich klopfte ihr auf die Schulter und setzte mich ihr gegenüber auf den mit schwarzem Lack angestrichenen Stuhl. Meine Güte, sie sah aus, als hätte sie gerade eine Leiche gesehen. Wenn das so weiterging, würden die Angestellten des Restaurants noch denken, ich hätte sie entführt.

Doch das hatte ich nicht. Patricia war, wie all die anderen, aus eigener Entscheidung in mein Netz gelaufen und hatte sich darin verfangen.

»Darf ich Ihnen schon etwas zu trinken bringen?«, fragte die Kellnerin, woraufhin sich Patricia zögerlich ein Wasser bestellte.

»Bringen Sie mir bitte einfach eine Cola«, sagte ich. Sobald ich die Worte ausgesprochen hatte, machte die junge Frau auf dem Absatz kehrt. Anscheinend war sie es nicht gewohnt, Leute wie mich zu bedienen. Dies hier war kein edles, teures Restaurant für die High Society von Las Vegas, welches ich unter normalen Umständen besuchen würde, sondern ein winziges Touristen-Café am Rand der Stadt. Es wunderte mich, dass sich überhaupt Gäste hierher verirrt hatten. Es sah zwar nicht heruntergekommen aus, aber *hell* und *modern* waren hier definitiv Fremdworte.

»Darf ich dich was fragen?«, flüsterte Patricia und sah mich mit großen Augen an.

Ich musterte sie, bevor ich mich mit den Ellbogen nach vorne auf die rote Tischdecke stützte und sie verführerisch anlächelte. »Alles, was du möchtest, Darling.« Ich zwinkerte ihr zu, bevor ich mich wieder zurücklehnte.

»Was passiert morgen? Du hast gesagt, ich solle den Abend genießen. Das hast du nicht ohne Grund getan, oder?« Sie schluckte hart und sah mich eindringlich an.

Ich sah ihr an, dass sie Angst vor der Antwort hatte. »Wie wär's, wenn du einfach den morgigen Tag abwartest? Dann siehst du, was passieren wird.«

»Habe ich verloren?«

Ihre Stimme war nur noch ein Hauchen. Ein leises Wispern aus hundert Gefühlsbächen. Sie wollte es wirklich. Sie wollte es so sehr, dass ich sie darum bat, zu bleiben. Mittlerweile sollte sie doch wissen, dass ich keines meiner Versprechen hielt ...

Aber ich konnte mich nun einmal voll und ganz auf meinen neuesten Rohdiamanten fokussieren, wenn ich mir diese Zeitverschwendung im roten Haar vom Hals geschafft hatte. Ich hatte sie schon zu oft gefickt, als dass es mich noch reizen würde, sie hier zu behalten. Außerdem war Patricia nach all der Zeit immer noch so verdammt verweichlicht, dass ich ihr Gejammer längst nicht mehr ertragen konnte. Niemals würde sie in meiner Welt überleben. Ich müsste Patricia nur mit dem kleinen Finger anstupsen und sie würde zersplittern.

Doch ich brauchte jemanden, auf den ich mit aller Kraft einprügeln konnte und trotzdem erfolglos bleiben würde. Denn genau das war es, was Mitglieder der High Society ertragen mussten: Schmerz. Solchen, der entsteht, wenn tausend Steinbrocken auf jemanden einschlugen. Steinbrocken gefüllt mit all dem Hass, dem Verrat, dem Druck und den Fehlern, die jemals begangen worden waren.

Die Starken hielten dem Schmerz stand, bewiesen sich als tauglich für die Pflichten, die auf sie warteten. Die Schwachen hingegen brachen unter der Last zusammen und wurden von den Trümmern begraben.

Und ich hatte das bittere Gefühl, dass meine kleine Sweetie ihrer Konkurrentin bereits jetzt überlegen war.

***

Bereits eine Stunde später verließen wir das Restaurant und traten auf die schmutzige Straße der Seitengasse. Angewidert verzog ich das Gesicht, als mir der unangenehme Geruch in die Nase stieg. Wie sehr ich diese Gegend hasste. Alte Häuser, kaum freie Flächen und billige Supermärkte. Die Straßenbeschichtung bröckelte bereits und die Mülleimer am Straßenrand waren allesamt überfüllt. Alles in allem also das perfekte Viertel für jemanden wie Patricia. Ich käme niemals auf die Idee, sie in ein luxuriöses Viertel mitzunehmen. Dafür war mir mein Ruf zu wichtig und Patricias Äußeres sprach nicht gerade die Sprache einer … stilvollen Frau.

»Gib mir deine Spielkarte«, forderte ich, als sie neben mich trat, und streckte die Hand aus. Verwirrt glotzte sie mich an. »Gib sie mir, Patricia.«

»Wieso?«, fragte sie, doch ein düsterer Blick von mir genügte, um sie hastig in ihre Tasche greifen zu lassen. Widerwillig legte sie sie mir das Blatt in die Hand.

»Du wirst gehen«, sagte ich kühl und verstaute die kleine Karte in meinem Mantel.

»Wie bitte?«, fragte sie kleinlaut. Ich wusste genau, dass sie mich verstanden hatte.

»Morgen früh wirst du das Hotel verlassen. Und du wirst jede kleine Erinnerung an dich mitnehmen. Du wirst in dein Leben zurückkehren, als wäre nichts passiert. Als hättest du einfach einen amüsanten Urlaub in Las Vegas verbracht. Du wirst dich wieder hinter deine Supermarktkasse stellen und jedem Kunden einen tollen Tag wünschen, obwohl es dir scheißegal wäre, wenn sie im nächsten Moment von einem Auto überfahren werden würden.

Jede verfickte Erinnerung an das hier wird verschwinden. Und sollte ich herausfinden, dass dir auch nur das kleinste Wort über mich und das Spiel herausrutscht, werde ich dafür sorgen, dass du und deine Familie in einem Drecksviertel wie diesem landen werdet.«

Ihre Augen waren mit jedem Wort größer geworden und kleine Tränen lösten sich aus ihren Augenwinkeln.

»Du willst«, wisperte sie, »dass ich das alles einfach vergesse?«

Ich nickte knapp. »Ohne Ausnahme.«

Hilflos sah sie zur anderen Straßenseite, versuchte, meinen Blick zu meiden. »Und wenn ich das nicht kann?«

»Du kannst und du wirst«, widersprach ich. »Oder möchtest du, dass deine arme Mutter all die Jahre umsonst geschuftet hat?«

Sie presste die Lippen aufeinander und ich sah, wie kalte Wut in ihren Blick einzog. Mit einem Mal sah sie aus, als wollte sie mich lieber verprügeln als zu weinen.

Ich entfernte mich einige Schritte in Richtung des Parkplatzes, der sich dicht hinter der schäbigen Fassade des Restaurants befand. Sie würde mir folgen. So groß ihre Wut auf mich war, wir wussten beide, dass Patricia auf mich angewiesen war.

»Ich hasse dich«, fauchte sie mich an, als ich ihr die Beifahrertür meines mattschwarzen Teslas aufhielt. Sie starrte mich an, wartete auf eine Reaktion von mir, doch ich setzte ganz automatisch ein nichtssagendes Pokerface auf, das ich mir jahrelang antrainiert hatte. Ich wartete nicht einmal, bis sich unsere Blicke erneut begegneten, sondern knallte einfach die Beifahrertür zu.

Die Fahrt zum Hotel würde keine 15 Minuten dauern und ich wusste aus Erfahrung, dass Patricias verbitterter Blick nicht eine Sekunde von mir ablassen würde. Normale Menschen hätten spätestens nach der ersten Minute das Handtuch geworfen, doch ich war Hass und Verachtung gewohnt. Sie gehörten zu meinem Leben, waren so natürlich wie das Atmen.

Statt weitere Energie auf meine ausgeschiedene Spielerin zu verschwenden, lenkte ich meine Aufmerksamkeit auf die Straße. Es fühlte sich gut an, mal wieder selbst hinter dem Steuer zu sitzen und die Kontrolle zu besitzen. Normalerweise bevorzugte ich es, mich von meinem Chauffeur herumkutschieren zu lassen, doch heute war mir danach, selbst aufs Gaspedal zu drücken.

Wir erreichten das Hotel. Nachdem ich einem der Angestellten die Schlüssel in die Hand gedrückt hatte, damit dieser den Wagen in die

Tiefgarage fahren konnte, widmete ich meine Aufmerksamkeit ein letztes Mal Patricia.

»Du wirst verschwinden. Sollte ich morgen früh feststellen, dass du immer noch hier bist, weißt du, was passiert.«

Sie strich sich ihre Haare aus dem Gesicht, bevor sie mich ansah. »Ich verschwinde unter einer Bedingung: Du lässt meine Familie in Ruhe.«

Ich seufzte und kniff mir in die Nasenwurzel. »Habe ich dir nicht deutlich gemacht, dass du hier nicht das Recht hast, Bedingungen zu stellen? Du wirst diesen Ort verlassen. Am besten, du gehst sofort.«

»Aber …« Ihre Stimme brach. »Ich dachte, ich solle erst morgen –«

»Ich habe meine Meinung geändert«, fiel ich ihr ins Wort. »Du haust sofort hier ab. Pack deine Sachen zusammen und verlasse das Hotel. Du hast verloren.«

Ihre Augen weiteten sich und der Hass stand ihr mehr als deutlich ins Gesicht geschrieben. Sie klammerte sich so allumfassend an dieses Gefühl. Ich wusste, weshalb.

Hass war einfacher als Schmerz. Hass vermittelte einem das Gefühl, man habe selbst die Kontrolle, während Schmerz einem jegliche Kontrolle nahm. In gewisser Weise war das sogar richtig; es nützte nur am Ende nichts. Denn am Ende fraß dich beides innerlich auf.

»Wer bestimmt eigentlich, wer verliert und wann? Das letzte Mal habe ich deine Freunde im Poker besiegt, erinnerst du dich?«

Kühl sah ich auf sie hinab. »Stimmt, aber gegen mich hast du verloren. Also bist du raus.«

»Und wie bitte soll ich nach Texas kommen? Der nächste Flug geht erst morgen. Außerdem habe ich nicht mehr genug Geld, um ihn zu bezahlen.«

Langsam hob ich eine Augenbraue. »Und das ist wessen Problem?«

Kapitel 9

Mittlerweile verstand ich gar nichts mehr. Als ich gestern Abend versucht hatte einzuschlafen, hatten meine Gedanken mir einfach keine Ruhe gelassen, sodass ich geschlagene zwei Stunden wach im Bett lag. Mir gefiel die viele Ungewissheit nicht. Und doch war es genau diese, die mich dazu bewegt hatte, in das Spiel einzusteigen.

Ich starrte auf das Tablett mit Essen vor mir. Man hatte mir heute ein Frühstück aufs Zimmer gebracht und der frische Duft der Brötchen stieg mir kontinuierlich in die Nase, doch so richtigen Hunger hatte ich nicht. Nach den gestrigen Ereignissen fühlte ich mich irgendwie leer und verloren und ich wusste, dass ich diese Leere unbedingt mit etwas füllen musste. Oder besser: mit jemandem ...

Ein lautes Klopfen an meiner Zimmertür ließ mich heftig zusammenzucken und aus meinen Gedanken auftauchen. Dabei merkte ich zu spät, wie das Tablett vom Bett rutschte. Bevor ich danach greifen konnte, krachte es mit einem Scheppern auf den Boden. Ich stieß einen kurzen, erschrockenen Ton aus, doch mein Kopf schnellte nicht zu den Scherben, sondern zur Tür.

Sam stand im Türrahmen, die Hände lässig in den Taschen seiner Jeans vergraben und sah mich mit hochgezogener Augenbraue an. Als er Anstalten machte, den Mund zu bewegen, kam ich ihm schnell zuvor.

»Wehe, du sagst was dazu«, wies ich ihn unfreundlich ab.

»Das hatte ich nicht vor«, erwiderte er und schloss schmunzelnd die Tür.

Mein Blick klebte an seinem Körper, als er auf mein Bett zukam, vor mir stehen blieb und lässig auf mich hinabsah.

»Was willst du?«, fragte ich betont genervt, doch mehr als ein kurzes Zucken seiner Mundwinkel bekam ich nicht als Antwort.

»Wann begreifst du endlich, dass du hier nicht diejenige bist, die die Fragen stellt?«

Ich erwiderte nichts, denn Sam griff nun in seine hintere Hosentasche und holte eine kleine Karte heraus. Er hielt sie mir dicht vors Gesicht. Es war eine Spielkarte.

»Die hier wirst du ab sofort bei dir tragen. Damit kannst du dich frei im Hotel bewegen und niemand wird dir etwas tun.«

Ich runzelte die Stirn. »Außer dir hat mir hier noch niemand etwas getan.«

»Sei still und lass mich ausreden!«, fuhr er mich an.

Erschrocken lehnte ich mich zurück und starrte ihm in die Augen. Das Blau in ihnen tobte. Mit einem Mal traute ich mich kaum mehr zu atmen. Er war ja nie der beherrschte Typ, aber dieser Gefühlsausbruch war neu. War etwas passiert?

»Geht doch«, meinte er lächelnd, wieder ganz Herr seines Selbst. »Da du unbedingt mehr über das Spiel wissen wolltest, würde ich an deiner Stelle zuhören.« Er drehte die Karte lässig zwischen seinen Fingern.

»Jede Spielerin erhält eine Spielkarte, durch die sie sich bis zum Schluss auszeichnet. Deine Karte ...« Nun ließ er mich einen Blick auf die Vorderseite der Spielkarte erhaschen. »ist die Herzdame.«

Er reichte mir das Blatt und zögerlich nahm ich sie ihm aus der Hand. Sie war schwerer als ich erwartet hatte, und das Material fühlte sich ungewöhnlich hart an. Fragend sah ich ihn an.

»Überlege dir gut, was du mit ihr machst. Als kleiner Tipp: Sie ist stärker als die meisten anderen Karten, doch gegen zwei von ihnen muss sie leider kapitulieren. Die Erste ist der Herz-König. Er hat die Macht über fast jede andere Karte, somit auch über deine. Doch wer dieses Blatt spielt, wirst du selbst herausfinden müssen.«

Wie automatisch nickte ich, obwohl ich mir unsicher war, worauf er hinauswollte.

»Und …«, begann ich zögerlich, »die zweite Karte, die stärker als meine ist, wäre dann sicherlich …«

»Ganz genau, Sweetie. Das Herzass. Und damit herzlich willkommen im Spiel. Ich hoffe doch, du schlägst dich besser als meine letzte Dame.«

Als er sich vom Bett abwandte, fiel sein Blick auf das heruntergefallene Tablett und das Frühstück, das auf dem Boden verteilt lag.

»Ich denke, hier sollte mal geputzt werden, solange du unterwegs bist, findest du nicht auch?«

»Aber ich bin nicht unterwegs«, sagte ich skeptisch und zog den Satz bewusst in die Länge.

»Ach, du möchtest gerne hierbleiben? Und ich dachte, ein freier Tag zusammen mit deinen *Freundinnen* würde dich ein wenig lockerer machen.«

Er zuckte mit den Schultern und fuhr sich mit der Hand durch sein dunkles Haar. Ohne ein Wort zu sagen, ließ ich ihn aus meinem Zimmer spazieren. Es schien, als ließe das leise Klicken der Tür mit einem Mal alle Anspannung im Raum verschwinden; ich stieß ein tiefes Seufzen aus.

Neugierig betrachtete ich die Spielkarte in meiner rechten Hand. Die Größe müsste identisch mit der eines normalen Kartenspiels sein; trotzdem war ich mir sicher, dass es etwas mit dieser Karte auf sich haben musste. Doch was? Wirklich viel über das Spiel und seine Regeln hatte er mir auch diesmal nicht verraten. Ich würde wohl tatsächlich selbst herausfinden müssen, wie man dieses Spiel gewann …

***

Zögerlich betrachtete ich mein Spiegelbild. Ich fühlte mich so anders als noch vor wenigen Stunden. Ob besser oder schlechter, konnte ich nicht sagen, doch ich wusste, dass sich etwas verändert hatte.

Ein kurzer Schauer überkam mich, als ich den Bund meiner schwarzen Jeans ein Stückchen nach unten schob und meine Narbe entblößte. Mit Sicherheit hatte Sam sie gestern bemerkt, doch er hatte nicht ein einziges Wort darüber verloren. Vielleicht war es ihm egal gewesen … Vielleicht hatte er schlichtweg kein Interesse an ihrer Entstehung. Vielleicht hatte er aber auch absichtlich nichts gesagt.

Ich wurde einfach nicht schlau aus diesem Typen. Was hatte er vor? Was hatte er von diesem ganzen Spiel? Sein Ziel war es bestimmt nicht, den Spielerinnen eine unvergessliche Zeit in Vegas zu bescheren, ohne jegliche Gegenleistung … oder? Genügte ihm der Kick der Kontrolle? Denn dass er diesen sehr genoss, wusste ich inzwischen nur zu gut. Dieses Spiel barg zu viele Geheimnisse. Und egal, wie lange ich nachdachte, ich fand keine Antworten. Ich brauchte aber welche, um zu wissen, wie ich gewinnen konnte. Ob Rebecca mir mehr über Sam erzählen konnte?

Sie schien die Einzige zu sein, mit der man hier in diesem Luxusschuppen eine halbwegs ordentliche Konversation führen konnte. Doch auch aus ihr wurde ich noch nicht wirklich schlau. Da waren zu viele Fragen, die sich in meinem Kopf tummelten; zu viele Fragezeichen, die mir Bauchschmerzen bereiteten.

Nervös zupfte ich an meinem pfirsichfarbenen Top herum, das ich mir extra für den Roadtrip gekauft hatte. Leah hatte damals nur mit dem Kopf geschüttelt, als ich so viel Geld für ein einfarbiges Top ausgegeben hatte, doch jetzt fühlte es sich an, als wäre es irgendeinem Walmart entsprungen. Könnte vielleicht daran liegen, dass mich dieses gesamte Anwesen mit jeder weiteren Minute immer billiger aussehen ließ? Ich fühlte mich am falschen Ort mit den falschen Menschen.

Am besten sollte ich Rebecca in meiner heutigen Schicht fragen, ob sie mehr darüber wusste, was in diesem Hotel vor sich ging. Andererseits konnte ich nicht sagen, ob sie nicht sogar aus demselben Grund wie ich im Casino arbeitete. Sam hatte schließlich deutlich betont, dass ich nicht die Einzige war, der die wundervolle Ehre zustand, eine Zeit lang in diesem Prachthotel zu leben.

Wäre es nur das Wohnen in diesem Hotel plus die Arbeitsschichten im Casino, würde ich die Zeit als verschwendet ansehen. Doch ich wusste, dass da mehr war. So viele neue Herausforderungen, von denen ich noch nichts wusste.

Und vor allem war da *er*.

Was wollte er wirklich?

Wieso veranstaltete er ein dämliches Spiel, anstatt sich einfach einen One-Night-Stand nach dem Nächsten zu schnappen? Ich war mir sicher, dass es dort draußen viele Frauen gab, die sich freiwillig für ihn ausziehen würden. Doch so war ich nicht – bis gestern. Und mir fiel verdammt noch mal nicht ein einziger Grund ein, um mich vor mir selbst zu rechtfertigen.

Mit einem angespannten Stöhnen rieb ich mir übers Gesicht. *Sam De La Cruz, wer bist du?*

Entschlossen drückte ich den Türgriff herunter. Ich atmete erleichtert auf, als ich feststellte, dass Sam mich nicht wieder eingeschlossen hatte. Zwar hatte ich keinerlei Ahnung, ob er zuvor gelogen hatte, als er behauptete, ich dürfte den Tag heute mit Cecilia, Leah und Cheyenne verbringen, aber trotzdem schwirrte ein kleines Hoffnungssternchen in mir herum.

Ich nahm einen tiefen Atemzug, wartete, bis ich mir sicher war, dass sich in meinen Lungen genug Luft befand, und drückte die Schultern durch.

Während ich die Treppe zur Eingangshalle hinunterlief, kamen mir immer mehr Menschen in schicken Kleidern und Anzügen entgegen, die mich nacheinander mit einem abfälligen Blick musterten. Schnell fühlte ich mich mit meinem Top völlig underdressed.

Mein Blick zuckte zu den großen Gemälden, die die breiten Hotelwände zierten. Ich hatte keine Ahnung von Kunst, dennoch war ich mir sicher, dass jedes von ihnen ein kleines Vermögen gekostet hatte.

Als ich bemerkte, wie sehr mich jeder neue Sinneseindruck dieses Hotels tiefer in ein schwarzes Loch zog, kniff ich für eine Sekunde die Augen zusammen und versuchte mich zu besinnen. *Tu einfach so, als gehörest du hierher. Verhalte dich wie die anderen, dann fällst du am wenigsten auf.*

In meinen Gedanken malte ich mir bereits eine passende Antwort aus, sollte mich jemand ansprechen oder erneut blöd anschauen. Hastig trat ich die letzten Stufen zum Empfang hinunter, übersah dabei jedoch eine Stufe. Bevor ich realisierte, was geschah, verlor ich das Gleichgewicht. Mir entwich ein erstickter Laut, doch bevor ich der Länge nach auf den harten Marmorboden klatschte, packten mich zwei starke Arme und hinderten meinen Körper daran, mir einen peinlichen Moment einzubringen. Ich keuchte, bevor ich wieder auf die Beine und in den sicheren Stand gezogen wurde.

Ruckartig schnellte mein Kopf nach oben und ich blickte direkt in zwei mir wohlbekannte, grüne Augen. *Das darf doch nicht wahr sein,* stöhnte ich innerlich, doch am liebsten hätte ich die Worte ausgesprochen. Vor mir stand der selbstgefällige Typ, den ich gestern Abend im Casino angerempelt hatte, und warf mir einen amüsierten Blick zu. Er trug ein weißes Hemd mit einem cremefarbenen Jackett und einer passenden Hose und sah aus, als käme er gerade aus einem Business-Meeting.

»Na dann, lass uns los. Umso schneller habe ich's hinter mir.« Er nickte mit dem Kopf in Richtung des Ausgangs.

Kein »*Ist alles in Ordnung?*« oder »*Wie geht's dir?*«. Warum auch?

Gerade wollte ich ihm ein »Danke« entgegenbringen, doch nach kurzer Überlegung kam ich zu dem Entschluss, dass dieser Typ das Wort Danke nicht verdient hatte.

»Also, wer bist du und was willst du von mir?«

Innerlich gab ich mir einen Facepalm. Was war das denn? *Wer bist du und was willst du von mir?*

Der Typ zog eine Augenbraue nach oben, lächelte allerdings zu meiner Verwunderung.

»Ich bin deine Begleitung für heute«, antwortete er und wartete gespannt meine Reaktion ab.

»Begleitung? Ich brauche keine Begleitung. Vor allem nicht, wenn sie sich in einer Person wie dir äußert.«

Ich bemühte mich um einen abfälligen Blick, doch am Schmunzeln des Typen mir gegenüber erkannte ich, dass mein Versuch mehr als erbärmlich aussehen musste.

Ohne ein weiteres Wort drehte er sich um und deutete mir mit einer Handbewegung an, ihm zu folgen. Mit anhaltender Skepsis verließ ich in sicherem Abstand hinter ihm das Hotel. Erst als wir das Ende der breiten Stufen erreicht hatten und mir von einem Chauffeur die Tür zu einer Limousine aufgehalten wurde, stockte ich. Der Typ nahm bereits auf dem Rücksitz des Wagens Platz und verdrehte genervt die Augen, als ich stehen blieb.

»Was wird das hier?«, fragte ich zögerlich und musterte den Chauffeur. Dieser verzog jedoch keine Miene. Durch seine pechschwarze Sonnenbrille konnte ich zudem seine Augen nicht erkennen, die mir etwas darüber hätten verraten können, was gerade vor sich ging.

»Steig einfach ein, June. Hier wird dich schon niemand entführen«, meinte der Typ aus der Limousine heraus und seufzte.

Bevor ich darüber nachdenken konnte, wie schnell mein Leben eine solche Form annehmen konnte, stieg ich in den Wagen. *Sam wollte, dass ich spiele? Dann werde ich spielen.*

Die Limousine war riesig. Nachdem ich mich auf das schwarze Leder gesetzt hatte, ließ ich meinen Blick durch das Auto gleiten. Feinste Sitzbänke, goldene Fensterumrandungen und sanft erfrischende Duftnoten. Selbst eine Minibar stand uns zur Verfügung. So mussten sich die Hollywoodstars auf dem Weg zum Red Carpet fühlen.

Kaum merklich senkte ich meinen Blick, erinnerte mich daraufhin aber an das, was ich mir vorgenommen hatte. Ich würde niemandem mehr meine Unsicherheit zeigen.

Eine Gänsehaut zog sich über meinen Körper, doch trotzdem hob ich meinen Kopf und sah dem Typen direkt in die Augen, als dieser zu sprechen begann.

»Pass auf, June«, sagte er mit ruhiger Stimme und lehnte sich nach vorne. »Ich habe keinen Bock, meine Energie den gesamten Tag über mit sinnlosem Diskutieren zu verschwenden. Wir können es uns schwer machen, indem du mich den ganzen Tag angiftest und ich dich dann gezwungenermaßen wie ein Arsch behandeln muss … oder du akzeptierst die Situation und hinterfragst nichts. Solange ich dich nicht aus den Augen lasse, ist Samuel zufrieden.«

Samuel? Ich stieß ein Seufzen aus und ließ mich zurück in den Sitz fallen. Mir hätte klar sein müssen, dass jegliche Handlungen in diesem Spiel von ihm gesteuert wurden.

»Okay«, willigte ich ein. »Aber ich möchte trotzdem wissen, wer du bist. Du scheinst mich ja schon bestens zu kennen.«

Er grinste. »Chase St. Moreno. Mehr musst du für heute nicht wissen.«

Ich biss mir leicht auf die Unterlippe und nickte zögerlich. Obwohl Chase im Moment nicht wie jemand wirkte, der Böses im Schilde führte, fühlte ich mich trotzdem ein wenig unwohl. Immer wieder rutschte ich auf meinem Platz hin und her und versuchte, durch die abgedunkelten Scheiben etwas erkennen zu können. Die Atmosphäre zwischen uns war spürbar angespannt. Chase schien es nicht zu entgehen, wie aufgewühlt ich mich fühlte. Dabei sollte ich mich freuen, dass nun endlich etwas Spannendes passierte.

Aus dem Augenwinkel beobachtete ich, wie er gedankenverloren auf seinem Handy herumtippte. Plötzlich wurde die Scheibe der Limousine auf meiner Seite heruntergefahren. Erschrocken zuckte ich zusammen, wodurch ich Chase neben mir ein leises Lachen entlockte.

Mein Mund klappte auf, als ich meinen Blick nach draußen auf die Stadt richtete. Unzählige Gebäude und Anzeigetafeln huschten an uns vorbei und meine Augen konnten auf die Schnelle gar nicht so viele Einzelheiten wahrnehmen, wie es zu sehen gab. Autos huschten auf mehreren Fahrstreifen an uns vorbei, unter denen sich auch ein paar Limousinen befanden. Mein Blick blieb an einer großen Anzeigetafel vor einem noblen Hotel hängen, auf der ein Musikvideo gezeigt wurde. Ich schmunzelte als ich erkannte, dass auf der Anzeigetafel direkt darunter völlig unpassend Werbung für eine Tequila Bar gemacht wurde.

Wir hielten an einer roten Ampel und mein Blick huschte auf die Gegenfahrbahn, die durch sich aneinanderreihende Palmen von unserer getrennt wurde. Die einzelnen Gebäude sahen aus, als entstammten sie alle einer anderen Zeit und Kultur und wurden einfach nur willkürlich nebeneinandergestellt. Doch aus irgendeinem Grund wirkte das chaotische Gesamtbild trotzdem stimmig.

»Ich dachte, dir könnte ein kleiner Kulturschock ganz guttun.«

Kurz sah ich zu Chase, der mich amüsiert anfunkelte. Er behielt absolut recht. Obwohl ich bereits mit Leah, Cecilia und Cheyenne eine kurze Taxifahrt durch die Straßen von Las Vegas gemacht hatte, waren die Eindrücke der Innenstadt um einiges intensiver.

»Ich liebe es«, flüsterte ich und vergaß beinahe, mit wem ich hier in einer Limousine saß und dass ich mich eigentlich unwohl fühlen sollte.

»Warte ab, bis du die Stadt bei Nacht siehst«, entgegnete Chase und wackelte mit den Augenbrauen. »Nüchtern«, fügte er schnell hinzu.

Ich musste grinsen und schüttelte nur mit dem Kopf. Tatsächlich hatte ich an unserem ersten Abend im Casino kaum etwas von Las Vegas gesehen, da wir sofort in ein Taxi gestiegen waren und wir in unserer Verfassung alles interessanter gefunden hatten als die Stadt, durch die wir fuhren.

Chase fuhr sich mit der Hand durch sein dunkelblondes, leicht lockiges Haar und sah mich an.

»Eigentlich hatte ich vor, nach dem Abschluss nach New York zu ziehen, aber ich habe mich so in diese Stadt verliebt, dass ich einfach geblieben bin.«

Unweigerlich musste ich lächeln. Im selben Moment bog der Fahrer der Limousine in eine Seitenstraße. Augenblicklich stockte mein Atem, als ich erkannte, wie rasch sich die Umstände draußen geändert hatten. Wir bogen erneut in eine kleine Straße und nun war nichts mehr von der Pracht zu erkennen, die die Gebäude und Straßen in der Innenstadt aufwiesen. Die Umgebung sah aus, als hätte sie jemand in einen riesigen Ofen gesteckt und vergessen, wieder rechtzeitig herauszunehmen.

Chase seufzte, als er meinen leicht entsetzten Gesichtsausdruck wahrnahm. »Damit muss man klarkommen, wenn man hier lebt.«

Ich nickte, konnte mir jedoch nicht vorstellen, dass es ihm vollkommen egal war, dass diese Gegend so heruntergekommen aussah, als würde sie beinahe in sich zusammenfallen. War das die Ansicht, die man teilte, wenn man viel Geld besaß? *Man muss damit klarkommen?*

Kurz darauf hielt die Limousine vor dem Hotel, in dem ich ursprünglich mit meinen Freundinnen gewohnt hatte. Im Gegensatz zu den restlichen Gebäuden sah dieses wenigstens so aus, als könnte es einem Gewitter durchaus standhalten und fiele nicht bei der kleinsten Windböe in sich zusammen.

Cecilia, Leah und Cheyenne warteten bereits vor dem Eingang und stolzierten gut gelaunt auf die Limousine zu. Der Chauffeur öffnete ihnen die Tür und ich war gezwungen, näher zu Chase zu rutschen, damit alle drei von ihnen Platz fanden.

Aufgeregt sahen sie mich an. Cecilia war die Erste, die zu sprechen begann.

»Das ist ja mal der absolute Hammer, June! Ich wollte schon immer mal in einer Limo fahren.«

»Ach ja?«, fragte ich lächelnd und sah sie vielsagend an. Ihr Blick zuckte kaum merklich an mir vorbei zu Chase und ein Funkeln trat in ihre Augen. *Oh, bitte nicht.* Ich musste zugeben, Chase war heiß … vielleicht auch verdammt heiß, aber wenn Cecilia sich für einen Jungen interessierte, endete das zu 100 % in Chaos. Außerdem war sie wirklich unausstehlich, wenn sie verknallt war. Ich betete, dass ich mir den Ausdruck in ihren Augen nur eingebildet hatte, doch ihr Gesichtsausdruck sprach Bände.

Chase schien nicht zu entgehen, dass er ein neues Groupie hatte. Er setzte einen flirtenden Blick auf, der jedoch nur vor Überheblichkeit und Selbstgefälligkeit strotzte. Ich stöhnte leise.

»Also ich finde es auch mega. Richtig luxuriös hier drin«, meldete sich Cheyenne zu Wort.

Leah und Cecilia nickten zustimmend. Die Euphorie der Girls steckte auch mich in gewisser Weise an. Wieso sollte ich den Luxus nicht genießen, der mir geboten wurde?

»Okay, steht denn irgendwas Bestimmtes auf der Agenda oder wollen wir den ganzen Tag in dieser Limousine herumgammeln?«, fragte Leah und ich warf ihr einen dankbaren Blick zu.

»Also, June. Schieß los! Wo geht es hin?«, wollte auch Cecilia wissen.

Ich drehte mich zu Chase, der mich nichtssagend ansah. Ich zog die Augenbrauen nach oben, um ihm zu symbolisieren, dass ich auf eine Erwiderung wartete. Doch anstatt mir zu antworten, zog er einfach sein Handy aus der Hosentasche und widmete seine Aufmerksamkeit den aufploppenden Nachrichten. Das konnte doch jetzt nicht sein verdammter Ernst sein!

»Ähh, Chase?«, begann ich, doch es schien ich nicht im Geringsten zu interessieren. »Könntest du bitte aufhören, mich so penetrant zu ignorieren?«

Keine Antwort.

»Hallo?«, versuchte ich es erneut und fuchtelte mit der Hand vor seinem Gesicht herum. Warum verhielt er sich plötzlich so abweisend mir gegenüber?

»Mein Gott, ich bin beschäftigt!«, entgegnete er genervt und sah mich endlich an. »Siehst du das nicht? Du musst nicht denken, dass ich nichts Besseres zu tun hätte, als meine Worte an dich zu verschwenden.«

»Ich war nicht diejenige, die um deine Begleitung gebeten hat«, erinnerte ich ihn und hob meine Stimme. Cecilia, Leah und Cheyenne sprachen kein Wort und verfolgten angespannt die Situation.

»Schau aus dem Fenster, June. Du wirst sehen, dass wir bereits fahren. Wohin, wirst du noch früh genug sehen. Und jetzt lass mich eine Weile in Ruhe.«

Ich entschied, dass es das Beste war, wenn ich darauf nichts erwiderte. So tauschte ich einen kurzen Blick mit meinen Freundinnen, denen es definitiv die Sprache verschlagen hatte, und versuchte mich danach wieder auf die Straßen von Las Vegas zu konzentrieren.

***

Der Wagen hielt direkt vor einem kleinen Gebäude. Mit zusammengekniffenen Augen blinzelte ich dem Sonnenlicht entgegen und versuchte angestrengt, die Buchstaben auf dem blauen Schild zu entziffern. *Blueberry Hill.*

»Ach, das sieht fantastisch aus. Ich habe heute sowieso noch nichts gegessen«, meinte Cheyenne erfreut und stieg als Erste aus der Limousine. Wir folgten ihr und standen kurz darauf vor dem Eingang des Coffee-Shops.

»Also, wollen wir?«, fragte Cheyenne ungeduldig und sah uns an.

Ich wandte mich an Chase, der mich überraschenderweise direkt ansah. »Ich habe kein Geld dabei. Sam hat immer noch mein Portemonnaie«, flüsterte ich so leise, dass die anderen mich nicht hörten.

Chase fuhr sich lächelnd durchs Haar. »Glaubst du nicht, ich besäße ebenfalls so etwas wie eine Kreditkarte?«

Unsicher zuckte ich mit den Schultern. »Doch schon, aber … du willst das alles bezahlen?«

Er nickte nur. »Daran wirst du dich gewöhnen müssen«, erklärte er und nickte kurz darauf mit dem Kopf in Richtung meiner Freundinnen, die uns erwartungsvoll ansahen.

Erst jetzt bemerkte ich, wie sehr sich alle drei für den heutigen Tag aufgestylt hatten. Sofort bekam ich ein ungutes Gefühl. Ich fühlte mich zwar keinesfalls hässlich, doch trotzdem fehlte da dieser kleine Funken an Selbstbewusstsein, der mich in solchen Situationen von meinen Freundinnen unterschied.

Ich versuchte, meine Unsicherheit hinter einem Lächeln zu verstecken und betrat mit ihnen zusammen den Coffee-Shop. Der frische Geruch von Waffeln und Beeren stieg mir in die Nase und automatisch begann mein Magen zu knurren.

Chase folgte uns wie ein Schatten und nahm, ohne etwas zu sagen, einige Tischreihen von uns entfernt Platz. Respektierte er wirklich unsere Privatsphäre? Oder steckte eine andere Absicht dahinter?

Während wir die Speisekarte studierten, spürte ich, wie sich mein Körper mit jeder Sekunde, in der Chase nicht bei uns war, weiter entspannte. Schon bald fühlte es sich ganz natürlich an, mit meinen besten Freundinnen an einem Tisch in einem Coffee-Shop in Las Vegas zu sitzen und über die unwichtigsten Themen dieser Welt zu philosophieren. Jedoch blieb ein einziges Thema die komplette Zeit unangetastet; ich fragte mich, inwieweit Sam seine Finger dabei im Spiel hatte …

Kapitel 10

Rebecca!«, rief ich über den leeren Flur, bevor ihr schwarzer Haarschopf endlich mit schnellen Schritten auf mich zugeeilt kam.

»Was ist denn?«, entgegnete sie gestresst und zog sich hastig ihren Pferdeschwanz fester. »Warum schreist du so rum?«

Erst jetzt fiel ihr Blick auf das kleine Mädchen, das sich an meinem Bein festgekrallt hatte und nun zu allem Übel auch noch anfing zu lachen. Ihre blonden Haare flogen ihr durchs Gesicht, als sie an meinem Bein zu ziehen begann. Rebecca entwich ein Prusten.

»Wie gerne ich jetzt deinen Gesichtsausdruck auf einem Foto festhalten würde«, meinte sie und lachte auf.

»Schaff mir dieses *Ding* vom Hals!«, befahl ich und starrte düster auf das kleine Kind hinunter. Doch es schien davon nicht gestört zu sein, denn es krallte sich nur noch fester an mein Bein.

»Zu welcher Familie gehört die Kleine?«, wollte Rebecca wissen, aber ich zuckte nur mit den Schultern.

»Wenn ich das wüsste, hätte ich ja wohl kaum nach dir gerufen«, stöhnte ich. »Aber eins sage ich dir: Sollte ich herausfinden, wessen Frau dieses kleine, nervige …«

»Sam«, unterbrach Rebecca mich und deutete mit dem Finger auf das Mädchen, dessen Gesichtsausdruck sich mittlerweile verzogen hatte. »Oh, bitte nicht«, betete ich. »Das wird mir echt zu viel. Sorg endlich dafür, dass mich diese Plage in Ruhe lässt.«

Schnell hockte sich Rebecca zu dem Mädchen auf den Boden. »Hey, Kleine«, begann sie zaghaft, wobei mir die Galle hochkam.

Ich konnte Kinder nicht leiden. Für mich waren sie kleine Monster, die einen von der Arbeit abhielten und 24/7 Aufmerksamkeit brauchten. Noch nie hatte ich verstanden, wie man sich das freiwillig antun konnte, aber es gab anscheinend genügend Leute, denen das egal war. Mir war es das für gewöhnlich auch, solange mich die Biester nicht belästigten. Oder meine Hose zerknitterten, wie dieses Exemplar.

»Verrätst du mir deinen Namen?«, fragte Rebecca, woraufhin ich nur die Augen verdrehte.

»Du sollst sie mir nur vom Hals schaffen, keine neue Freundschaft mit ihr anfangen.«

»Jetzt sei still.«

Sie sah mich giftig an, widmete sich dann aber wieder mit einem freundlichen Gesichtsausdruck dem Mädchen.

»Ich heiße Alejandra«, verriet sie und lächelte Rebecca an.

Ich verspürte innerlich den Wunsch, den Eltern mal ein paar Backpfeifen zu verpassen. Eine für die fehlende Aufmerksamkeit und eine für den beschissenen Namensgeschmack.

Endlich spürte ich, wie der Griff um mein Bein sicher lockerte und das kleine Mädchen aufstand. Neugierig sah sie zu mir hoch.

»Ich finde deine Sachen lustig«, sagte sie und zeigte auf meinen Anzug. »Warum trägst du eine Jogginghose? Meine Mum hat mir gesagt, hier soll man sich ordentlich anziehen.«

Im Hintergrund unterdrückte Rebecca erneut ein Grinsen. Als Alejandra mit ihren Händen nach dem Stoff meiner Chino griff, blickte ich mit aller Strenge und Wut, die ich aufbringen konnte, auf dieses Kind hinunter und machte einen Schritt zurück. Doch das hielt sie nicht davon ab, mit ihren Fingern an meiner Hose herumzufummeln. Als ihre Hände gefährlich nahe am Bund entlangstreiften, riss mir endgültig der Geduldsfaden.

»Das reicht! Haben deine Eltern dir nicht beigebracht, dass man Menschen nicht einfach anfasst? «

Alejandra wich erschrocken zurück und klammerte sich verängstigt an Rebecca.

»Musste das sein, Sam? Du kannst sie nicht einfach anschreien.«

Ich seufzte tief. »Junge Dame, das ist sexuelle Belästigung«, sagte ich monoton und blickte demonstrativ wieder zu Rebecca. »Besser?«

»Du bist echt unmöglich.«

Mit diesen Worten drehte sie sich um, nahm das Mädchen an die

Hand und verschwand mit ihr aus dem Flur. Als endlich Ruhe einkehrte, nahm ich einen tiefen Atemzug. *Ich hasse Kinder.*

Schnell nahm ich mir vor, mit Alejandras Eltern ein ernstes Wort zu sprechen, sollte ich ihnen begegnen. Sie konnten schließlich ihr Kind nicht einfach unbeaufsichtigt nach Lust und Laune im Hotel herumlaufen lassen. Ich wusste genau, wer am Ende den Ärger bekam, sollte sie hier Gäste belästigen. Es war kein Geheimnis, dass viele Geschäftsleute in unserer Branche keine übergroße Liebe zu Kindern aufbrachten, weshalb das Ganze im schlimmsten Fall ziemlich übel für mich enden könnte.

Ich erreichte die Lobby des Hotels und wurde sofort von zwei Angestellten in Empfang genommen, die mich auf dem Weg nach draußen zulaberten. Hastig stieg ich in die lange Limousine, die bereits für mich bereitstand, und ließ mich auf den Rücksitz fallen.

Was ein beschissener Start in den Tag.

Hoffnungsvoll öffnete ich die Tür der Minibar und ein kleines Lächeln umspielte meine Lippen, als ich die Flasche Champagner entdeckte. Es war zwar früh am Morgen, aber vor dem anstehenden Meeting konnte ich definitiv ein Glas vertragen. Kein Mensch hatte Lust, sich eine dreistündige Podiumsdiskussion über irgendwelche Aktieneinkommen anzuhören. Für mich war das Beste daran immer das Buffet gewesen. Der Rest interessierte mich nicht im Geringsten, obgleich mein Vater mir jedes Mal weismachen wollte, dass die Themen diesmal interessanter wären.

Ich lockerte meine angespannten Schultern und warf einen Blick durch die abgedunkelten Scheiben nach draußen. Ob bei Chase alles nach Plan lief?

Schnell holte ich mein Handy hervor und schrieb ihm eine Nachricht, in welcher ich ihn darum bat, mir den aktuellen Stand der Lage zu schildern.

Keine fünf Minuten später ploppte bereits eine Antwort auf meinem Bildschirm auf.

Chase:

Wir sind gerade im Blueberry Hill. *Sag mir, warum brauchen Frauen immer so verdammt lange? Ich sitze seit 30 Minuten hier und warte darauf, dass sie endlich fertig werden.*

Unweigerlich musste ich grinsen, während ich eine Antwort tippte.

Sam:
Frauen brauchen IMMER lange, ist dir das noch nie aufgefallen? Du bist derjenige mit dem stärkeren Geduldsfaden von uns beiden. Deswegen habe ich dich ja auch geschickt.

Chase:
Gib es zu, du hattest nur keine Lust, noch mehr Zeit mit ihr *zu verbringen ;)*

Sam:
Wichser.

Ich steckte mein Handy zurück und nahm einen Schluck Champagner. Ich spürte erneut Unruhe in mir aufbrodeln, die mich bereits gestern Abend ereilt hatte. Mein Körper hatte heftig auf June reagiert; zu heftig. Deshalb musste ich sie unbedingt auf Abstand halten. Irgendetwas hatte dieses Mädchen an sich, das mir nicht gefiel. Sie war so unschuldig und gleichzeitig voller Misstrauen.

Mir schwebten bereits ein paar gute Ideen im Kopf herum, wie ich sie dazu bringen konnte, nicht mehr und nicht weniger zu tun, als ich ihr befahl. Die Tatsache, dass sie sich gestern einfach so von mir hat berühren lassen, hatte mein Bild von ihr komplett zerknüllt. Nun stand in ihrer imaginären Akte ein großes Fragezeichen. Normalerweise fiel es mir leicht, Frauen einzuschätzen, doch ich hatte das Gefühl, dass ich bei dieser komplett im Dunkeln tappte.

Nachdenklich nahm ich einen weiteren Schluck Champagner. Am Abend schmeckte der wirklich besser, doch heute konnte ich einfach nicht warten. Das kommende Meeting würde ich nur überleben, indem ich mir restlos die Kante gab.

***

Das Geräusch applaudierender Menschen riss mich aus meinem Halbschlaf. *Fuck*. War ich etwa eingenickt?

Mit zusammengekniffenen Augen sah ich auf und drückte die Schultern durch. Gerade verließ einer der Redner, Mr. Watson, wenn ich mich recht erinnerte, die Bühne und nahm an einem der vorderen Tische Platz. Hatte er seit dem letzten Meeting schon wieder zugenommen? Das braune Jackett, welches er jedes Mal trug, sah an ihm jedes Mal kleiner und enger aus. Ich schüttelte den Kopf. Warum verschwendete ich meine Gedanken mit so einem Mist?

Mein Vater betrat die Bühne. Bevor er zu reden begann, zuckte sein Blick kaum merklich zu mir. Ich saß auf meinem Stuhl, das übliche Pokerface aufgesetzt, und hörte ihm mehr oder weniger interessiert zu. Bei dem Stichwort *besondere Gäste* verschluckte ich mich fast an meiner eigenen Spucke. »*Wer war es denn diesmal?*«, stöhnte ich in mich hinein.

Normalerweise verstand mein Vater unter diesem Begriff seine einflussreichsten Geschäftspartner. Diese waren mir so unfassbar unsympathisch, dass ich ihnen am liebsten auf die Schuhe kotzen würde. Bei dem Gedanken, erneut ein Lächeln an solche Leute zu verschwenden, hätte ich am liebsten aufgestöhnt.

Ich erinnerte mich noch sehr gut an die Standpauke, die mir mein Dad erteilt hatte. »Diese Leute sind zu wichtig für uns, als dass du dir erlauben kannst, unhöflich zu ihnen zu sein.«

Aus irgendeinem Grund hatten seine Worte Wirkung gezeigt. Jedes Mal, wenn ich etwas falsch gemacht hatte, an den falschen Stellen gelacht oder geschwiegen hatte, machte sich ein erdrückendes Gefühl in mir breit. So oft hatte mein Vater mir eingetrichtert, wie wichtig mein Verhalten gegenüber anderen, insbesondere Geschäftsleuten, für unser eigenes Business war.

»Samuel, möchtest du auch ein paar Worte dazu sagen?«, gab mir mein Vater das Zeichen, zu ihm auf die Bühne zu kommen.

Eigentlich wollte ich rein gar nichts zur Diskussion beitragen, doch mir blieb wohl gerade keine andere Wahl. Mit durchgestreckten Schultern stellte ich mich hinter das Mikrofon, rückte meinen Anzug zurecht und begann, meinen Standpunkt in der Diskussion zu vertreten. Zugegeben, es war wohl eher der Standpunkt meines Vaters, doch das spielte in dieser Welt keine Rolle. Hier interessierte es niemanden, was *ich* wollte oder welche Ansichten ich teilte. Warum sollte es auch? Es ging ums Geschäft – um Geld – und um nichts anderes.

Souverän meisterte ich meine Rede und war froh, dass ich mich unter dem Applaus der anderen endlich wieder setzen durfte.

Die Vorträge zogen sich dermaßen in die Länge. Noch nie hatte ich die schwüle Hitze in Las Vegas so dankbar in Empfang genommen. Zu meinem Übel stellte ich jedoch fest, dass ich den Rückweg mit meinem Vater zusammen in einer Limousine verbringen musste und nicht, wie sonst üblich, eine eigene gestellt bekam.

Die Stimmung war sichtlich angespannt, obwohl ich mich nicht daran erinnern konnte, einen Fehler gemacht zu haben. Gut, ich war ein paar Mal fast eingeschlafen, aber das hatte doch sicherlich niemand bemerkt. Oder etwa doch?

»Du musst dringend an deinen Überleitungen arbeiten, Samuel. Heute waren sie ziemlich schwach. Normalerweise bin ich Besseres von dir gewohnt.«

Ich fuhr mir mit den Fingern durchs Haar, bevor ich ihn ansah. »Ich denke, sie sind mir ganz gut gelungen«, konterte ich und sah ihm kühl in die Augen.

»Stell dich nicht so an. Du weißt, dass du noch üben musst. Und ich rate dir, das möglichst bald in Angriff zu nehmen.«

Ich stöhnte genervt.

»Ich sage nicht, dass deine Rede schlecht war«, verteidigte er sich. »Ich bin nur der Ansicht, dass man dein Potenzial noch mehr ausschöpfen kann.«

Ich stieß ein verächtliches Schnauben aus und lehnte mich zurück in den Sitz. »Dann mach's doch beim nächsten Mal selbst.«

Hastig hob mein Vater seinen Kopf, den er zuvor ein wenig gesenkt hatte. »Wie bitte? Du weißt, wir hatten dieses Gespräch schon einmal. Ich habe keine Lust, meine Argumente wiederholen zu müssen.«

Er drückte auf einen Knopf, sodass die rote Fahrer-Lampe aufleuchtete. »Jeffers, halten Sie bitte. Ich habe spontan Lust auf einen Lunch außer Haus bekommen.«

Als die Limousine kurz darauf in einer Haltebucht hielt, stieg mein

Vater grinsend aus. Ich blieb kommentarlos sitzen und sah ihm in die Augen.

»Ich bevorzuge das Essen unserer eigenen Küche«, entgegnete ich, bevor ich die Tür zuzog und dem Fahrer ein Zeichen gab, weiterzufahren. Im Augenwinkel nahm ich das verdutzte Gesicht meines Vaters durch die dunklen Scheiben wahr. Das würde noch Ärger geben.

Kapitel 11

»Wie wär's damit?«, schlug Cecilia vor und wedelte mit einem kurzen Rock vor meinem Gesicht herum.

Ich prustete los. »Den nehme ich aber nur, wenn ich passende High Heels dazu bekomme, sonst nimmt mich im Stripclub als Tänzerin doch niemand ernst.«

Sie verzog lachend das Gesicht und legte den Rock wieder beiseite.

Seit gut zwei Stunden schlenderten wir durch die Geschäfte einer Mall und Cecilia versuchte penetrant, mir ein anzügliches Outfit anzudrehen. Dass ich von dieser Idee eher wenig begeistert war, hielt sie nicht davon ab, immer neue schreckliche Kleidungsstücke aus den Regalen zu ziehen. Nun standen wir in einem schicken Vintage-Laden, der seine Kleidung hauptsächlich auf die Farben Weiß, Schwarz und Gold reduziert hatte. So weit das Auge auch reichte, waren riesige Kleiderständer aneinandergereiht und hektische Mitarbeiter wirbelten mit einzelnen Kleidungsstücken umher.

»Komm schon, June. Ein geiles Outfit muss man im Schrank haben«, redete Cecilia auf mich ein.

»Wenn du meinst«, entgegnete ich und wandte mich einem Stapel Tank Tops zu. »Das hier ist hübsch«, sagte ich und hielt ein schwarzes Top mit weißen Nieten in die Höhe.

»Uh, das ist echt schön. Ist das deine Größe?«

Ich nickte und verschwand damit in einer der Umkleidekabinen. Das Top passte perfekt. Die eingearbeiteten Nieten verliehen ihm einen rockigen Touch, ohne aufdringlich zu sein. Doch während ich mich im Spiegel betrachtete, überkam mich ein Gefühl von Unsicherheit. Oder war es einfach die Ungewissheit, weil ich nicht wusste, was mich erwartete? Gerade wollte ich mir das Top wieder über den Kopf ziehen, als sich eine leise Stimme näherte und die Vorhänge der Kabine neben mir zuzog.

»Ja, es läuft alles bestens, was soll auch passieren? Nein, June weiß nichts davon. Von wem sollte sie es denn erfahren haben? Warum stört dich das so sehr? Du musstest ja fast alle Frauen rausschmeißen, nur weil sie sich blöd angestellt haben. Da war doch die ein oder andere Gute dabei … Selbst schuld … Ich glaube, sie könnte weit kommen, findest du nicht? Sie ist schlagfertig, das muss man der Kleinen lassen. Meiner Meinung nach kannst du sie direkt in die nächste Runde packen ...«

Ich konnte mir gut vorstellen, wer die Person am anderen Ende war, mit der Chase sprach. Mehr als ein Mensch kam dafür nicht infrage.

Hastig zog ich mich um und riss die Vorhänge auf, doch als ich aus der Kabine trat, war der Vorhang neben mir ebenfalls wieder geöffnet.

Hektisch suchte ich den Laden nach Chase ab, doch ich konnte ihn nirgends entdecken. Er schien ja bestens informiert zu sein. Vielleicht würde ich aus ihm mehr herausbekommen als aus Sam und Rebecca.

Ohne etwas zu sagen, schmiss ich das Top zu den anderen Sachen, die wir bereits ausgewählt hatten, in den Einkaufskorb. In diesem Moment kam auch Cheyenne fröhlich pfeifend auf uns zu und schmiss einen Stapel Klamotten in den Korb.

»Ist das nicht ein wenig übertrieben?«, kommentierte Cecilia und lachte, woraufhin Cheyenne empört mit dem Kopf schüttelte.

»Ach was, wir sind in Vegas. Hier existiert das Wort *übertrieben* doch gar nicht.«

In diesem Moment wurde mir mal wieder klar, was ich an Cheyenne so liebte: Sie ließ sich nie ihren Spaß verderben und nutzte Gelegenheiten, wenn sich welche auftaten.

»Wir gehen«, unterbrach plötzlich eine Stimme unsere Euphorie.

Genervt drehte ich mich um. »Seit wann hast du zu bestimmen, wann wir ein Geschäft verlassen?«, giftete ich Chase an und verengte die Augen zu Schlitzen.

»Seit jetzt, also beeilt euch.«

Cecilia rollte mit den Augen. »Typisch Jungs, keinen Funken Geduld.«

Nach einigen Sekunden stieß auch Leah wieder zu uns. Unfreiwillig machten wir uns auf den Weg zur Kasse. Als Chase seine Kreditkarte durch den Scanner zog, jagte mir ein kurzes Grinsen übers Gesicht. Daran könnte ich mich wirklich gewöhnen. Sofort verscheuchte ich den Gedanken und erinnerte mich selbst daran, in welcher Situation ich mich befand. Das hier würde nicht lange anhalten. *Genieße es, solange du kannst, June. Bald wirst du wieder in einem langweiligen, mittelmäßigen Haus wohnen und für den Mindestlohn schuften müssen.*

Während die anderen mit riesigen Tüten auf den Ausgang zusteuerten, zog ich Chase in einem günstigen Moment zur Seite.

»Wieso bezahlst du das eigentlich alles?«, flüsterte ich gerade so laut, dass er mich verstehen konnte.

»Ist nicht meine Kreditkarte, von daher könnt ihr meinetwegen ruhig die halbe Mall aufkaufen.«

Er reichte mir die goldene Bankkarte. Neugierig musterte ich sie. Auf der Rückseite fand ich schließlich einen Namen: De La Cruz. Natürlich, den Namen hatte ich heute schon fast vermisst.

»Sam kann ruhig mal um ein paar Tausender erleichtert werden, das macht ihm nichts aus«, erklärte Chase.

Anscheinend wollte er damit erreichen, dass ich kein schlechtes Gewissen bekam, doch er hatte keine Ahnung, dass seine Worte etwas weitaus Schlimmeres in mir auslösten …

***

»Muss er uns eigentlich die ganze Zeit so auf die Pelle rücken?«, beschwerte sich Leah, als wir das Geschäft verlassen hatten.

Chase schien ihre Frage gar nicht mitbekommen zu haben, denn er ging einige Meter hinter uns und tippte auf seinem Handy herum. Erst als wir alle stehenbleiben und er fast in uns hineinlief, blickte er auf.

»Gibt es ein Problem?«, fragte er mit hochgezogener Braue und sah uns an.

Leah und Cecilia antworteten gleichzeitig mit »Ja« und »Nein«.

»Komm schon, Leah. Mich stört es nicht, wenn er uns begleitet.«

Cecilia beugte sich ganz nah zu ihr und flüsterte ihr etwas zu, sodass Chase es nicht hörte. »Schau ihn dir doch an, er ist *hot as hell.*«

Vergnügt biss sie sich auf die Unterlippe und Chase schien zu verstehen, worum es ging.

»Entscheidet euch, Ladys«, war das Einzige, was er dazu sagte. Die Gleichgültigkeit in seiner Stimme ließ mich beinahe verrückt werden. Leah schien jedoch nicht viel von Chases Überheblichkeit zu halten, denn sie stemmte die Hände in die Hüften und stellte sich direkt vor ihn.

»Pass mal auf, ich habe keinen Bock, den ganzen Tag von dir ausspioniert zu werden. Wärst du also so freundlich und würdest uns ein wenig Privatsphäre gönnen?«

Chases Augen weiteten sich kaum merklich, bevor er kopfschüttelnd seufzte. »Ich möchte dich daran erinnern, dass ich euch jeden Dollar heute bezahlt habe.«

»Na und?«, keifte sie ihn an. »Tu nicht so, als hätten wir selbst kein Geld.«

»Er hat nicht bezahlt«, mischte ich mich in die Diskussion ein und Chase durchbohrte mich mit einem so tödlichen Blick, dass ich unter normalen Umständen Angst bekommen hätte. Doch ich fühlte mich gerade stärker, als ich wahrscheinlich sollte. Leah hatte recht; man fühlte sich eingeengt, wenn man wusste, dass jemand jedes Wort und jede Bewegung zur Kenntnis nahm.

»Aber er hat doch seine Kreditkarte …«, begann Cecilia, doch ich schüttelte den Kopf. Aus dem Augenwinkel nahm ich wahr, wie Chase sich mit der Hand durch sein Haar fuhr, bevor er sich räusperte.

»Wollt ihr noch mehr Aufsehen erregen?«, fragte er und deutete auf eine Gruppe Jugendlicher, die uns anstarrte.

»Stört es dich denn?«, entgegnete Leah und musterte Chase abschätzig, doch dieser begann nur zu schmunzeln.

»Mädchen, ich bekomme jeden verdammten Tag die Aufmerksamkeit vieler, die entweder neidisch oder auf den ersten Blick unsterblich verknallt sind. Und weißt du was?« Er lehnte sich zu ihr nach vorne und sah ihr überheblich in die Augen. »Ich genieße es. Sehr sogar.«

Mit einem Augenzwinkern wandte er sich von ihr ab. »Nun gut, da ihr euch ja so gestört von mir fühlt, möchte ich euch entgegenkommen, um euch weitere unangenehme Situationen zu ersparen.«

Seine Stimme wurde plötzlich so ernst, dass sich niemand von uns auch nur zu atmen traute. Selbst Leah war einige Schritte zurückgewichen. Chase holte sein Handy hervor und hielt es sich ans Ohr.

»Schicken Sie bitte einen Fahrer zum Platz vor dem Caesar's Palace. Danke schön.« Er legte auf und sah uns eine nach der anderen an. »In spätestens zehn Minuten seid ihr mich los, Ladys. Genau, wie ihr es wolltet. Die Limousine wird euch direkt zu eurem Hotel bringen.«

»Was?«, entgegnete Cecilia ungläubig. »Es ist nicht einmal 14 Uhr!«

Sie bekam keine Antwort. Auch Cheyenne sah aus, als würde sie jeden Moment auf Chase losgehen wollen. Nur Leah drehte sich mitleidig zu mir um und näherte sich mir.

»Kommst du klar?«, fragte sie mich mit einem schuldbewussten Blick und ich zwang mich zu einem leichten Nicken. »Ja.«

Während wir auf die Limousine warteten, machten Cheyenne und Cecilia ihrem Ärger Luft, doch Chase schien sich nicht im Geringsten dafür zu interessieren. Wie er es schaffte, so entspannt zu bleiben, konnte ich mir nicht erklären. Er antwortet auf keine ihrer Anschuldigungen und winkte schließlich den Fahrer des Wagens heran. Widerwillig stiegen die drei auf die Rückbank.

»Du nicht«, hielt Chase mich zurück, als ich mich ebenfalls in Bewegung setzte. »Wir bekommen eine eigene Limousine.«

Schnaubend blieb ich stehen und sah zu, wie der Wagen mit Cecilia, Cheyenne und Leah abfuhr.

»Komm mit«, forderte Chase und zog mich am Arm herum. Verdutzt sah ich ihn an. »Aber ich dachte, wir …«

»Tun wir auch, nur wird es noch einige Zeit dauern, bis unsere Limo aufkreuzt.«

Er drehte den Kopf zu mir und schenkte mir das Lächeln, das ich die letzten Stunden über vermisst hatte. Ich packte meine Einkaufstasche fester und folgte ihm über die Fußgängerzone des Caesar's, vorbei an unzähligen Geschäften, die allesamt aussahen, als kauften nur die reichsten Familien dort ein.

Nach einigen Minuten erreichten wir einen großen Platz, der in der Mitte von riesigen Wasserfontänen geziert wurde. Chase stützte sich auf eine der Mauern und sah den Fontänen beim Tanzen zu. Vorsichtig trat ich neben ihn.

»Das hier ist einer meiner liebsten Plätze in Vegas.«

Ich blieb stumm, weil ich nicht wusste, was ich darauf antworten sollte.

»Man hat von hier freien Blick auf das Mirage.« Er zeigte auf das große Gebäude vor uns. »Leider ist es, wie du unschwer erkennen kannst, sehr beliebt bei Touristen, weshalb man hier nie seine Ruhe hat. Aber ganz ehrlich«, meinte er und seufzte, »wirklich Ruhe hat man in Las Vegas nirgends. Es ist die Stadt, die niemals schläft. Hier kommt man normalerweise nur her, wenn man selbst keine Ruhe mehr ertragen kann.«

Er grinste mich an. »Oder um bei einem verrückten Spiel ein bisschen Chaos in sein Leben zu lassen.«

Mein beeindruckter Blick übertraf in dem Moment jedoch alle seine Worte.

»Oje, ich glaube, dir könnte eine Stadtrundfahrt mal ganz guttun.«

Ich stöhnte. »Soll ich jetzt plötzlich doch einen auf Touristin machen?«, erwiderte ich und lachte, bevor ich ihn neugierig musterte.

»Ganz genau. Du bekommst sogar einen persönlichen Stadtführer. Ich kann es nicht mitansehen, wie ahnungslos du hier herumirrst. Wir sind in Vegas, hier wird dich alles beeindrucken, was du siehst.«

Er wandte sich von mir ab und gab mir mit einer Handbewegung zu verstehen, ihm zu folgen. Warum war er plötzlich wieder so nett zu mir? Lag es daran, dass wir uns unter vier Augen unterhielten? Oder hatte das etwas mit dieser Abmachung zu tun, die Chase ganz offensichtlich mit Sam geschlossen hatte?

***

Wie versprochen zeigte Chase mir die klassischen Touristenattraktionen, die die Stadt zu bieten hatte. Zwischenzeitlich klang er wirklich wie ein Stadtführer, während er mir einige Insiderinfos über verschiedene Orte und bekannte Menschen, die dort lebten, verriet. Nach einiger Zeit vergaß mein Unterbewusstsein, dass ich die Person vor mir eigentlich gar nicht kannte und den Teufel tun sollte, so vertraut mit Chase umzugehen. Aber als er mir eine riesige Zuckerwatte an einem Stand am Straßenrand gekauft hatte, musste ich mir eingestehen, dass er auch eine sympathische Seite an sich hatte. Zwar erinnerte mich sein Anzug immer wieder daran, dass ich ihm nicht über den Weg trauen sollte, doch wenigstens konnte ich das Gefühl der Enge für ein paar Stunden beiseiteschieben.

»Ich verstehe dich nicht«, stöhnte Chase, als ich mir ein großes Stück Zuckerwatte in den Mund stopfte. »Du hattest heute die Möglichkeit, die teuersten *Prada*- oder *Gucci*-Produkte zu kaufen, ohne sie bezahlen zu müssen – und alles, was du willst, ist eine Zuckerwatte für 5 $?«

Ich kicherte, bevor ich ihm die Zuckerwatte vors Gesicht hielt. »Nimm dir auch was«, bestand ich, doch er schüttelte den Kopf. »Wieso nicht?«, fragte ich nach und legte den Kopf schief.

»Hast du schon mal jemanden im Anzug gesehen, der sich pinke Zuckerwatte in den Mund stopft?«

»Jetzt schon«, erwiderte ich und drückte ihm das Stück einfach in den Mund. Hustend wich er zurück, schien jedoch nicht sauer auf mich zu sein.

»Jetzt mal in Ernst«, begann ich. »Wieso müsst ihr immer euer verdammtes Klischee erfüllen? Ist es denn so schlimm, sich dem zu widersetzen?«

Plötzlich wurde er ernst. »Das ist ein Thema, das ich mit dir nicht besprechen sollte.«

Enttäuscht über seine Zurückweisung stopfte ich mir ein weiteres Stück in den Mund und musterte ihn. Seine Haltung wirkte plötzlich so aufrecht, gar geschäftlich. Zuerst wollte ich ihm erneut widersprechen, doch dann hielt ich es für die beste Idee, das Thema einfach fallenzulassen. Ich wollte unter keinen Umständen riskieren, dass Chase wieder abweisend wurde.

»Weißt du was?«, begann er, als eine lange Stretch-Limousine vor uns hielt.

Ich drehte den Kopf zu ihm »Mhh?«

»Ich nehme dich heute Abend mit zum Pokern. Wir spielen in einer kleinen Runde im Casino. Sam soll sehen, dass du eine ernst zu nehmende Spielerin bist.«

Poker? Meine Begeisterung hätte definitiv größer sein können. Ich kannte gerade einmal einige Grundregeln des Spiels, und selbst die konnte ich nur mit Kontext richtig zusammensetzen.

Ich stieg in die Limo und antwortete ihm erst, als sich der Wagen in Bewegung setzte. »Bist du sicher, dass da nicht jemand noch ein Wörtchen mitreden möchte?«

»Ach was«, winkte er ab. »Ich bringe dich einfach mit, dann muss er es erlauben. Das Letzte, was Sam möchte, ist Aufsehen zu erregen. Das würde er definitiv tun, wenn er dich in hohem Bogen rausschmeißt.«

Ich stieß ein leises Lachen aus schüttelte den Kopf. Der Gedanke, wie Sam mich einhändig aus seinem Casino schmiss, war ziemlich amüsant.

Wir erreichten das Hotel, doch bevor ich aussteigen konnte, hielt Chase mich am Arm fest.

»Ich werde um 20 Uhr am Empfang auf dich warten. Ich bin sowieso immer der Letzte, der irgendwo aufkreuzt. Du kannst dich ruhig schick machen, das lässt Sams große Klappe ein wenig schrumpfen. Vorher spreche ich mit Rebecca, damit sie dich bei deiner Schicht heute Abend deckt. Ich gehe mal davon aus, dass sie später ebenfalls anwesend sein wird und mitspielt; bisher hat sie noch nie einen Pokerabend sausen lassen. Ach, und bevor ich es vergesse …«

Er griff in die Innentasche seines Jacketts und holte einen kleinen Schlüssel hervor. »Den hier wirst du brauchen. Ich denke, du findest den Weg zu deinem Zimmer selbst, oder soll ich dich begleiten, Prinzessin?«

Grinsend zeigte ich ihm den Mittelfinger, bevor ich nach dem Schlüssel griff, die Limousine verließ und die breiten Stufen zum Eingang des Hotels hinaufstieg. Kurz drehte ich mich um, doch zu meiner Verwunderung blieb Chase einfach in der Limo sitzen. Vielleicht hatte er noch irgendwelche Telefonate zu führen oder Termine einzuhalten, was mich eigentlich nicht im Geringsten interessieren sollte.

Hastig lief ich die Treppen des Hotels hinauf und erreichte kurz darauf Zimmer 214. Ich steckte den Schlüssel ins Schloss und öffnete die breite Tür. Als ich sie wieder hinter mir zugedrückt hatte, atmete ich tief durch. Ich drehte mich um und erschrak so sehr, dass ich mich bald an meiner eigenen Spucke verschluckt hätte. Jemand lehnte lässig neben der Fensterbank an der Wand und musterte mich vergnügt.

Ich strich mir seufzend über meine Haare. »Samuel De La Cruz, kann ich dir helfen?«, fragte ich, obwohl ich ihn in Gedanken bereits gepackt und aus dem Fenster neben ihm geschmissen hatte. Er trug denselben Anzug wie bereits heute Morgen und sein Blick lag schwer auf mir.

»Du solltest dringend an deinem Ausdruck arbeiten, Sweetie.«

Er stieß sich von der Wand ab und trat auf mich zu. Instinktiv wich ich einen Schritt zurück, was mir natürlich überhaupt nichts brachte.

»Ich hoffe, du hast deinen freien Tag genossen. Ein bisschen erstaunt es mich ja schon, dass meine Kreditkarte noch lebt.«

»Kannst du dir das Gerede nicht einfach sparen und mir sagen, was du hier willst?«

In seinen Augen blitzte Vergnügen auf. »Wie du wünschst, Sweetie.« Mit ein paar schnellen Schritten war Sam bei mir und zog mich an sich.

Ich keuchte auf, als seine Zunge sich in meinen Mund schob und damit ein Prickeln in meiner Brust hervorrief. Mein Bewusstsein brauchte einige Sekunden, um zu begreifen, was gerade geschah. Sams Körper schmiegte sich fordernd an meinen und ich vergrub meine Finger in seinen weichen Haaren. Wir taumelten beide unter der Heftigkeit unseres Aufeinandertreffens und mit jeder Sekunde gewann unser Kuss an Intensität. Sam küsste mich genau so, wie man es von ihm erwarten würde: selbstsicher und überheblich. Und ich gab mich dem einfach hin. Während er genau wusste, wie er mich berühren musste, um mein kritisches Denken auszuschalten, handelte ich rein nach Gefühl.

Mein Kopf begann zu dröhnen, als er seine Hände unter mein Top gleiten ließ und langsam den Verschluss meines BHs öffnete. Seine Zunge stieß tiefer in meinen Mund und ich seufzte leise, als er begann, mit meinen Brüsten zu spielen. Ich konnte deutlich seine Erektion spüren, die sich gegen meinen Körper drückte. Das Kribbeln in meiner Brust explodierte in einem Feuerwerk aus Gefühlen. Da war kein Platz mehr für Skepsis oder Unsicherheit. Mein gesamter Kopf war mit einem einzigen Namen zugepflastert: Samuel.

Ich atmete schwer, als er unseren Kuss unterbrach und sich zu meinem Ohr beugte. »Möchtest du den anderen Grund wissen, aus dem ich hier bin?«, raunte er und ich schüttelte demonstrativ den Kopf, während ich mir kaum merklich auf die Unterlippe biss.

»Gut, denn mir macht es überhaupt nichts aus, damit noch ein wenig zu warten.«

In diesem Moment nahm er eine meiner Brustwarzen zwischen die Finger und drückte sie leicht zusammen, was mir ein kurzes Zucken entlockte.

»Hat dir schon mal jemand gesagt, dass du eine extrem heiße Dame bist, June Kingsley?«

Ich sah ihm in die Augen. »Hat dir schon mal jemand gesagt, wann man am besten die Klappe hält, Sam De La Cruz?«, konterte ich und drückte meine Lippen wieder auf seine.

Nach einigen Sekunden löste er sich jedoch von mir. »Du hast wohl immer noch nicht verstanden, wie du dich mir gegenüber zu verhalten hast.«

Mit einem Ruck ließ er mich los und trat einige Schritte zurück. Das Knistern zwischen uns war deutlich zu spüren und ich sah ihm an, dass Abstand gerade das Letzte war, was er wollte. Und doch rührte er sich nicht vom Fleck, während er seinen Blick an meinem Körper entlangwandern ließ.

»Wenn wir uns das nächste Mal sehen, will ich hoffen, dass dir bewusst wird, wer dir gegenübersteht.«

Er richtete sein dunkles Jackett und drehte sich um. Unsere Blicke trafen sich ein letztes Mal, bevor er die Tür öffnete und das Zimmer verließ.

Wenn er wüsste, wie bald wir uns wiedersehen würden. Wenn er wüsste, dass ihm dieses Treffen noch weniger gefallen würde.

Samuel De La Cruz, ich finde heraus, worum es in deinem Spiel geht ... und ich werde dich schlagen.

Sam

Kapitel 12

Gelangweilt saß ich auf einem der Stühle am Pokertisch unseres Privatspielraums und ließ einen der Pokerchips zwischen meinen Fingern hin und her tanzen. Es war bereits kurz nach acht und wir alle warteten mal wieder auf eine einzige Person: Chase.

Seit Neuestem war er immer der Letzte, der zu unseren Pokerabenden erschien. Ich war mir sicher, das lag nicht an seinem miserablen Zeitmanagement, sondern an der Tatsache, dass Chase große Auftritte liebte.

Jedes Mal, wenn er den Raum betrat, lagen alle Blicke der Mädels auf ihm, was mich an so manch einem Tag ziemlich neidisch, aber vor allem wütend machte. Genau so ein Tag war heute. Ich hatte keinen Bock auf Stress mit meinem besten Freund, aber irgendwann wurde es auch mir mal zu viel.

Neben mir quatschten schon die ganze Zeit zwei weitere Spielerinnen, deren Namen ich vergessen hatte. Hieß eine von ihnen Giulia? Juliette? Irgendetwas in dieser Richtung, da war ich mir sicher.

Kurz überlegte ich, ob ich den Abend einfach eröffnen und einen Fuck auf Chase geben sollte, doch ich übte mich in Geduld. Nach ein paar Sekunden wurde die Tür geöffnet und ich straffte die Schultern, doch an Chases Stelle trat Rebecca in den Raum. Erst jetzt fiel mir auf, dass der Platz neben mir noch nicht besetzt gewesen war.

»Sorry, Leute! Ich bin noch kurz aufgehalten worden.«

Sie lächelte mich an und nahm auf dem Stuhl neben mir Platz. Ächzend strich sie sich ein paar Haarsträhnen aus dem Gesicht.

»Mach dir keinen Stress«, beruhigte ich sie. »Chase lässt auch noch auf sich warten.«

Sie sah mich an. »Oh, und ich dachte schon, ich müsste mich schlecht fühlen deswegen.«

Mit einer simplen Handbewegung symbolisierte ich ihr, dass sie keinesfalls ein schlechtes Gewissen haben musste. Doch mir fiel da sehr wohl eine Person ein, die sich heute Abend eines anschaffen musste, sollte sie nicht endlich hier erscheinen.

»Wie hoch ist der Einsatz heute?«, fragte Rebecca, woraufhin ich ihr ein paar Chips hinüberschob.

»10.000.«

Sie hob die Augenbrauen. »Das ist ja sogar noch im Rahmen des Erlaubten. Ich habe heute so ein Gefühl, dass ich gut abschneiden werde.«

»Freu dich ja nicht zu früh«, warnte ich sie. »Mich würde eher interessieren, wann der Tag kommt, an dem du mich endlich schlägst.«

Rebecca grinste. »Der Tag wird kommen, De La Cruz. Nur kann ihr dir nicht sagen, wann das sein wird.«

In diesem Moment schwang die Tür auf und ich erblickte die Gestalt meines besten Freundes. Doch zu meiner Verwunderung war er nicht allein. Als ich erkannte, wer da in einem eleganten Abendkleid neben ihm stand, klappte mir beinahe der Mund auf.

June trat vor ihm in den Raum, nahm sich ein Glas Champagner von der Theke und setzte sich demonstrativ mir gegenüber. Chase ließ sich auf den Stuhl neben ihr sinken und lächelte mich unschuldig an. Mir entging nicht, wie alle Augen im Raum auf den beiden klebten, was mir absolut nicht gefiel.

Unsere Runde bestand heute aus Rebecca, Chase und mir, zwei Spielerinnen, ein paar spiellustigen Freunden, die allesamt aus reichen Familien stammten, und nun gezwungenermaßen auch aus June.

Ich schluckte meinen Ärger und forderte sie nicht auf, wieder zu gehen; stattdessen reichte ich Chase ohne ein Wort den Dealer-Button samt Kartenstapel, den er sofort zu mischen begann. Ich begegnete Junes eiskaltem Blick, den ich, je länger ich ihn betrachtete, fast niedlich finden könnte. Sollte sie doch ins offene Messer laufen … ich würde sie nicht davon abhalten. Wobei ich zugeben musste, dass sie mit den offenen Haaren und dem Make-up hinreißend aussah.

»Ist das gewollt, dass sie hier ist?«, flüstere Rebecca mir zu.

»Wonach sieht es denn aus?«, entgegnete ich knurrend, während June's Blick immer noch meine Gesichtszüge musterte.

Nachdem der Verräter Chase die Karten ausgeteilt hatte, warf ich einen Blick auf mein Blatt und platzierte meinen Einsatz. Ich verzichtete bewusst auf den Einsatz der Blinds, die normalerweise als Einstieg gesetzt wurden, und erhöhte sofort. Bis auf eine Spielerin gingen alle Anwesenden mit, woraufhin die ersten drei Gemeinschaftskarten aufgedeckt wurden. Zu meiner Kreuz 10 und der Pik-Dame kamen mir der Pik-König und das Kreuz-Ass sehr gelegen. Die Karo 7 hatte für mich keinen Wert, war aber auch nur sehr unwahrscheinlich für jemand anderen über die Maßen nützlich.

Ohne mit der Wimper zu zucken, erhöhte ich den Einsatz. Wieder zwei Spielerinnen weniger. Nachdem die vierte Karte, eine Herz 8, aufgedeckt wurde, beobachtete ich gezielt die Reaktionen der anderen. Am schwierigsten einzuschätzen war Rebecca, da sie direkt neben mir am Tisch saß und sich somit selten die Chance bot, ihren Gesichtsausdruck unauffällig zu studieren.

June hingegen tat mir fast ein bisschen leid, so hilflos wie sie auf ihrem Stuhl saß. Ihr Blick zuckte von den Chips, die Chase ihr zuvor bereitgestellt hatte, zu ihrer Hole Card und zurück zu den Karten in der Mitte. Ihr Verhalten war das perfekte Beispiel dafür, wie eine gute Pokerstrategie nicht aussehen sollte. Ohne überhaupt richtig hingesehen zu haben, wusste ich, dass ihr Blatt schwach war. Doch sollte in der nächsten Runde keine passende Karte aufgedeckt werden, war meins ebenso unbrauchbar.

Gespannt starrte ich auf die Mitte des Tisches, während Chase die letzte Karte aufdeckte. Ein Kreuz-Bube. Straight Flush. Damit konnte ich arbeiten. Ohne selbst zu erhöhen, ging ich einfach den Einsatz der anderen mit und konterte erst ganz zum Schluss mit einer deutlichen Erhöhung der Chips. Wieder stieg einer der anderen Spieler aus und auch Rebecca warf ihre Karten verdeckt vor sich auf den Tisch. June hingegen machte keine Anstalten auszusteigen.

Die Runde wurde für beendet erklärt und mit einem zufriedenen Gesichtsausdruck legte ich meine Karten aufgedeckt auf den Tisch. Mit schnellen Blicken kombinierte ich die Karten der anderen mit denen in der Mitte und kam letztendlich zu dem einzig richtigen Ergebnis.

»Straight Flush gewinnt«, erkannte Adam, einer der Spieler, und sämtliche Chips wurden über den Tisch zu mir geschoben. June blieb reglos auf ihrem Stuhl sitzen und starrte die offenen Karten an.

Ich beugte mich nach vorne. »Verlieren gehört dazu. Bei den einen eben öfter als bei den anderen.«

Sie hob ihren Kopf, erwiderte jedoch nichts. In ihren Augen stand Verwirrung. Es schien, als ratterte es heftig in ihrem Kopf.

»Du weißt aber schon, wie man Poker spielt, oder?«, meinte ich sarkastisch, doch als sie auch diesmal nichts entgegnete, sondern den Kopf nur hilflos zu Chase drehte, dämmerte es mir.

»Warte, du hast noch nie Poker gespielt?«, fragte ich amüsiert und June presste die Lippen zu einem schmalen Strich zusammen. Das konnte doch nicht ihr Ernst sein. Erst tauchte sie ohne meine Einwilligung hier auf und dann stellte sich heraus, dass sie nicht einmal Poker spielen konnte?

»Wir spielen zusammen«, erklärte Chase und rutschte mit seinem Stuhl näher zu June, die ihm einen dankbaren Blick zuwarf. Seit wann machte Moreno einen auf sympathisch?

Der Dealer-Button wurde weitergegeben und während die Karten erneut ausgeteilt wurden, suchte ich in dem Gesicht meines Freundes nach Antworten. Vergeblich. Der Mistkerl besaß ein perfektes Pokerface und verriet weder etwas über seine Karten, die er sich gerade ansah, noch über die Tatsache, dass er sich irgendwie bewusst wäre, dass ich verdammt sauer war wegen seines Alleingangs mit June.

June rutschte näher zu ihm heran und warf einen kurzen Blick auf die Hole Hand, während Chase ihr etwas ins Ohr flüsterte. *So ein Bastard!*

Vielleicht hätte ich doch einen unserer Securitys schicken sollen, um June und ihre Freundinnen zu begleiten. Im Stillen ärgerte ich mich über meinen Leichtsinn.

»Ey, Samuel. Was ist? Gehst du mit?«, fragte Adam und holte mich damit zurück ins Geschehen.

Ohne etwas zu erwidern, schob ich die entsprechende Anzahl an Chips in die Mitte des Tisches.

»Ich wette, du bluffst, De La Cruz. Ich erhöhe«, grinste Jake, der mich die ganze Zeit schon so blöd angeschaut hatte.

Plötzlich wurden meine Gedankengänge durch ein Klopfen an der Tür unterbrochen und der Casinomanager kam herein.

»Mr. De La Cruz? Bitte entschuldigen Sie die Störung, aber wir haben da etwas, das Sie sich ansehen sollten.«

Mein Blick wechselte desinteressiert von meinem Blatt zum Manager und wieder zurück. Schließlich stand ich auf, warf meine Karten verdeckt auf den Tisch, um den anderen zu symbolisieren, dass ich die Runde passte, und verließ den Raum. Ich schob den silbernen Ring an meinem Finger zurecht, während wir durch den Flur des Casinos liefen. Einige der Angestellten kamen uns entgegen und grüßten mich, was ich mehr als Schleimerei statt als Freundlichkeit deutete. Ich folgte dem Manager in den Überwachungsraum, in dem unzählige Bildschirme jeden Winkel des Casinos zeigten.

»Hier.« Er zeigte auf einen Mann mit zurückgegelten Haaren, der nicht älter als 30 sein konnte. »Wir sind der Meinung, er betrügt. Was glauben Sie?«

Konzentriert stützte ich mich vor dem Computer auf dem Tisch ab und beobachtete die Aufnahmen der Videoüberwachung. Nachdem ich dem Typen eine ganze Weile ins Gesicht gestarrt hatte, war ich mir sicher. »Ja, er zählt Karten.«

»Soll ich den Sicherheitsdienst verständigen?«, fragte der Manager und griff bereits nach seinem Handy, doch ich hielt ihn zurück.

»Danke, aber ich erledige das persönlich«, erklärte ich und verließ eilig den Raum. Während ich auf die breite Flügeltür zusteuerte, die mich ins Obergeschoss des Casinos brachte, rückte ich meine dunkle Krawatte in Position und drückte den Rücken durch.

Mit einer weiten Bewegung stieß ich die Türen auf und drängte mich an den vielen Gästen vorbei, die dem Casino wie jeden Abend ein hübsches Sümmchen einbrachten. Eine Duftnote *Chanel* jagte mir hinterher, gefolgt von *Prada* und *Yves Saint Laurent*.

Ich näherte mich den Black Jack Tischen und verlangsamte meine Schritte. Ein Blick zum Croupier und er verstand sofort, weshalb ich gekommen war.

Ohne etwas zu sagen, nahm ich neben besagtem Mann Platz und tat so, als würde ich ins Spiel einsteigen.

»Und? Wie läuft es bei Ihnen heute Abend?«, fragte ich mit

gespieltem Interesse und bemerkte, wie penetrant der Mann meinen Blick mied, indem er auf seine Spielchips starrte.

»Mein Abend verläuft ganz ordentlich, danke der Nachfrage. Wie läuft Ihrer?«

»Nun …« Ich räusperte mich, während der Croupier die Karten aus dem Deck zog. »Mein Abend lief bisher super, doch ich muss mich leider um ein paar Unannehmlichkeiten kümmern, weshalb meine Laune ziemlich gesunken ist.«

»Tja.« Er zuckte mit den Schultern. »Nicht jeder kann eine dauerhafte Glückssträhne haben. Aber ich scheine das Glück magisch anzuziehen.« Sein aufgesetztes Lachen kotzte mich sogar noch mehr an als sein Verhalten.

»Ich gebe Ihnen absolut recht. Irgendwann endet jede Glückssträhne.«

»Na, Sie sehen aber eher wie jemand aus, dessen Glück noch auf sich warten lässt. Wenn ich Ihnen einen gut gemeinten Tipp geben darf, dann lassen Sie das Gezocke sein. Manche nimmt es einfach zu sehr mit, wenn sie Geld an erfahrenere Spieler verlieren; oder an die Bank.«

Ich musste mich sehr bemühen, meine Stimme nicht zu heben. »Und Sie glauben, ich hätte keinerlei Ahnung, wie man Black Jack gewinnt?«

Kaum merklich rutschte der Mann auf seinem Stuhl hin und her, behielt jedoch sein nichtssagendes Pokerface bei. Als er seinen Einsatz in die Mitte schob, runzelte ich die Stirn. »An Ihrer Stelle würde ich mehr setzen. Noch ist das Deck heiß.«

Ich sah ihn nicht an, nahm jedoch im Augenwinkel wahr, wie sich sein Kiefer anspannte.

»Ich würde sogar noch einen Schritt weitergehen und alle meine Chips setzen.«

Mit den Fingern trommelte ich leicht auf der weichen Tischplatte und sah ihm anschließend direkt in die Augen.

»Ich denke, ich sollte nun aussteigen.«

»Ja, das sollten Sie«, gab ich ihm recht, während ich ihn weiter mit meinem Blick durchlöcherte. Schließlich wandte er den Blick ab. Als er hastig aufstand und seine verbliebenen Chips mit sich nehmen wollte, hielt ich ihn am Arm fest und erhob mich ebenfalls.

»Kommen Sie, wir unterhalten uns mal für ein paar Minuten unter vier Augen.«

Er machte Anstalten, sich loszureißen, doch darauf war ich vorbereitet. Er entschloss sich sehr schnell, nicht alle Aufmerksamkeit durch ein Handgemenge auf sich ziehen zu wollen. Ich dirigierte ihn zur Flügeltür und in den halbdunklen Flur dahinter.

»Was wird das hier?«, fragte er unsicher, als ich mit ihm auf einen kleinen Raum zusteuerte. Ursprünglich war dies eine Abstellkammer für die Putzkräfte, doch nach der Renovierung des Gebäudes vor ein paar Jahren wurde ihnen ein anderer Raum bereitgestellt, weshalb dieser nun leer stand.

Ich schloss die Tür auf, schaltete das Licht an und drängte den Kartenzähler hinein, bevor ich ebenfalls durch die Tür trat und sie hinter mir schloss.

»Dreimal dürfen Sie raten, was das hier wird«, sagte ich ruhig und musterte mein Gegenüber.

»Ich habe nichts getan. Würden Sie mich also bitte wieder hier rauslassen?« Die Panik in seiner Stimme war deutlich zu hören und ein Grinsen stahl sich auf mein Gesicht.

»Das ist Freiheitsberaubung!«, giftete er mich an, doch ich schüttelte nur mit dem Kopf.

»Freiheitsberaubung wird Ihr kleinstes Problem sein. Wenn Sie einfach nur Karten gezählt hätten, wäre es wahrscheinlich bei einem Rausschmiss und einer Verwarnung geblieben. Aber wissen Sie, was ich gar nicht leiden kann?«

Er sah mich nur an, schockiert über meine plötzlich schneidend kalte Stimmlage.

»Ich hasse es abgrundtief, wenn Menschen nicht einsehen, dass sie verloren haben und weiterhin mit ihrer überheblichen Arroganz mein Casino beschmutzen.«

»*Ihr* Casino?«, fragte der Mann mit zittriger Stimme.

»Sie hätten sich vielleicht vorher ein wenig informieren sollen, wessen Casino Sie sich aussuchen, um so einen Dreck abzuziehen. Ich möchte Ihnen ein wenig auf die Sprünge helfen. Mein Name ist Samuel De La Cruz. Meinen Vater, Harry De La Cruz, sollten Sie sicherlich kennen.«

Fassungslosigkeit stand ihm ins Gesicht geschrieben. »*Rien ne va plus*, würde ich sagen.« Er sah aus, als wollte er mir am liebsten die Nase brechen. »Schön, Ihrem Vater gehört der Drecksladen hier. Das gibt Ihnen aber trotzdem nicht das Recht, mich wie einen Verbrecher zu behandeln!«, schrie er mich an.

Als er wütend einige Schritte nach vorne trat, strich ich mit einer Hand mein Jackett zur Seite und entblößte für ihn gut sichtbar die schwarze Waffe, die ich bei mir trug. Augenblicklich blieb er stehen und wich wieder zurück.

»Was haben Sie damit vor? Ich warne Sie, wenn Sie auch nur daran denken, Gebrauch von dieser Waffe zu machen …«

»Dann was?«, fragte ich und nahm die Pistole in meine Hand. Quälend langsam entsicherte ich sie und näherte mich dem Typen, der sichtbar zu zittern begann.

»Bitte nicht!«, flehte er, als ich ihn gegen die Wand drängte und ihm mit einem ernsten Gesichtsausdruck die Waffe an den Hals hielt. Schmunzelnd schüttelte ich den Kopf. »Ich werde Sie nicht umbringen, aber seien Sie sicher, dass nicht jeder so gehandelt hätte.«

Die Starre in seinen Augen löste sich wieder, doch er selbst bewegte sich keinen Zentimeter.

»Einen letzten Tipp möchte ich Ihnen mit auf den Weg geben«, raunte ich in sein Ohr. »Legen Sie sich niemals mit der High Society von Las Vegas an.«

Als Nächstes folgte ein ohrenbetäubender Knall, den man, da war ich mir sicher, noch bis zur Spielhalle des Casinos hören konnte.

June

Kapitel 13

Mittlerweile hatten sich meine Pokerkenntnisse schon ein wenig verbessert und ich genoss es sogar, mit Chase im Team gegen die anderen zu spielen. Er hatte mir gezeigt, wie ich meinen Gesichtsausdruck neutraler halten konnte, um weniger Emotionen nach außen zu lassen. Aus irgendeinem Grund fühlte ich mich dadurch viel stärker. Ich bekam beinahe das Gefühl, als wäre es das Natürlichste der Welt, zusammen mit der Gruppe am Pokertisch zu sitzen.

Während einer der Jungs – ich kannte seinen Namen nicht – eine neue Runde Karten austeilte, huschte mein Blick zur großen Wanduhr in der Ecke des Raums. Es war bereits eine halbe Stunde her, seit Sam uns verlassen hatte. Seitdem lagen seine Chips unberührt an seinem Platz.

Chase zeigte mir unsere Hole Hand und als ich die beiden Damen erblickte, versuchte ich, mein Gesicht so entspannt wie möglich zu halten.

Im selben Moment tönte von oben ein dumpfes Geräusch zu uns, was jedoch niemanden der Anwesenden aus der Fassung brachte. Es hörte sich an, als hätte jemand voller Wut eine Tür zugeknallt. Ob es Probleme im Hotel gab?

Rebecca war die Einzige, die kurz von ihrem Blatt aufsah, sich jedoch nicht weiter stören ließ. Ihre Chips hatten sich seit Beginn bestimmt schon verdoppelt. Als ich meinen Blick über den Tisch gleiten ließ, stellte ich fest, dass sie die zweitmeisten Chips von allen besaß. Der Einzige, der mehr vor sich stapelte, war Chase.

Ich wusste nicht, wie viel Glück man wirklich brauchte, um dieses

Spiel zu dominieren und wie viel von all dem auf das tatsächliche Können zurückzuführen war. Dafür kannte ich mich einfach zu wenig aus. Zwar hatte Chase mir versichert, dass weder Glück noch Talent allein ausreichten, doch eine wirkliche Antwort auf meine Frage hatte ich nicht bekommen.

Gerade als ich weitere von Chases Chips in die Mitte schob, öffnete sich die schwere Tür und Sam trat zu uns. Alle Augen im Raum folgten ihm, während er sich auf seinen Platz setzte und so tat, als wäre er nie weg gewesen.

»Alles in Ordnung?«, fragte Rebecca leise, woraufhin Sam nur unbeeindruckt nickte.

»Es gab ein paar …« Er schien nach den richtigen Worten zu suchen. »Schwierigkeiten im Casino.«

Rebecca nickte. Für den Bruchteil einer Sekunde trafen sich unsere Blicke und ein Hauch von Sorge huschte durch ihre Augen. Ich versuchte, mir darauf nichts einzubilden und widmete meine Aufmerksamkeit wieder dem Spiel.

Nach einer weiteren Stunde beendete Sam den Abend und bedankte sich bei den Beteiligten. Vor ihm sammelten sich große Türme aus Spielchips, doch niemand von uns hatte im Laufe des Abends alle Chips verloren, weshalb die Stimmung locker und ungezwungen war. Könnte aber auch am Champagner gelegen haben.

Während einer nach dem anderen nach den Jacken griff und den Raum verließ, blieben Rebecca, Chase und ich am Tisch sitzen und warteten anscheinend darauf, dass der Rest der Runde endlich verschwand. Sam geleitete zum Schluss zwei der Mädels hinaus, doch keine Minute später stand er wieder vor uns.

Er musterte Chase und mich mit einem abschätzenden Blick. »Würdest du mir verraten, warum du sie heute mitgebracht hast?«

Chase stöhnte leise und fuhr sich über den Nacken. »Wieso nicht? Sie schlägt sich mittlerweile echt gut. Noch ein paar Abende und sie hat's drauf.«

Sam verschränkte die Arme vor der Brust. »Noch ein paar Abende? Wer hat denn gesagt, dass ich möchte, dass sie spielen lernt?«

»Sollte es nicht eher danach gehen, was ich möchte?«, mischte ich mich ein, wusste jedoch im selben Moment, dass das ein verdammt dummer Schachzug gewesen war.

»Bist du so schwer von Begriff, dass du immer noch nicht schnallst, was hier vor sich geht?«

Ich gab ihm keine Antwort, sondern strich mir lediglich eine Haarsträhne aus dem Gesicht.

»Hat es dir jetzt die Sprache verschlagen oder was?«

Mein Blick zuckte zu Chase, doch er sah nicht so aus, als könnte er mir in dieser Situation helfen. Auch Rebecca hatte sich einige Schritte entfernt und wartete das Geschehen ab.

»Geht«, befahl Sam. Anhand seines Tonfalls konnte ich bereits erahnen, dass er nicht mich damit meinte. »Wir beide sprechen noch, Moreno.«

Chase und Rebecca warfen mir einen gutmütigen Blick zu, bevor sie den Raum verließen und die Tür hinter sich schlossen. Na, danke für eure Hilfe!

Als sich ihre Schritte entfernten, ließ Sam sich stöhnend auf den nächstgelegenen Stuhl fallen. »Ich weiß nicht, was du an meinen Anweisungen nicht verstehst oder warum sie dir so fucking egal sind.«

»Sie sind mir nicht egal«, widersprach ich. »Ich befolge sie nur nicht.«

Sams Kiefer zuckte, bevor er sich nach vorne lehnte und mir gewissenhaft in die Augen sah. »Das würde ich dir aber dringend empfehlen. Stell dir nur mal ein Spiel vor, bei dem sich niemand an die Regeln hält?« Er musterte mich düster. »Ab sofort garantiere ich für nichts mehr.«

Unsicher biss ich mir auf die Unterlippe und verschränkte die Arme. »Wenn ich das *Warum* kennen würde, könnte ich es vielleicht verstehen«, wagte ich einen Versuch, der jedoch nach hinten losging.

Sam schnellte nach oben. Innerhalb von Sekunden hatte er mich gepackt und auf den Pokertisch gesetzt.

»In diesem Spiel gibt es kein *Warum*, Juniper. Der Grund, nach dem du die ganze Zeit wie verzweifelt suchst, existiert nicht. Also hör auf, dich so lächerlich anzustellen und befolge einfach das, was ich dir sage. Glaube mir, es ist das Beste für alle Beteiligten, wenn du deine kleine Eigeninitiative auf den Müll wirfst. Es hat noch nie etwas Gutes bewirkt, sich gegen eine zu große Macht zu stellen.«

Ich mied seinen durchdringenden Blick, mit dem er mich löcherte, doch dann nahm ich all meinen Mut zusammen und sah direkt in seine eisblauen Augen. Sie kamen immer näher. Ich fokussierte mich so sehr auf sie, dass ich das Gefühl bekam, sie würden sich auf mich stürzen.

»Zeig es mir«, forderte ich und seine rechte Augenbraue schnellte nach oben.

»Was soll ich dir zeigen?«

»Zeig mir, wie man gewinnt.«

Er wandte kopfschüttelnd den Blick ab. »Wenn man gewinnen möchte, braucht man vor allem eins: ein gutes Pokerface. Und deines, kleine Juniper, ist schwach.«

»Nein«, konterte ich mit leiser, aber fester Stimme. »Mein Pokerface ist nicht schwach, ich besitze erst gar keines. Und genau das ist es, was mich gefährlich macht.«

Sams Blick schnellte blitzschnell zu mir und ich erkannte das Feuer in seinen Augen. Innerhalb von Sekunden stand er wieder breitbeinig vor mir, sah auf mich hinab und schob zwei Finger unter mein Kinn, um meinen Kopf nach oben zu drücken. Ich ließ es geschehen.

»Juniper Kingsley.« Seine Stimme war nur ein Hauch. »Du bist absolut begehrenswert.«

Er blieb ernst, beugte sich zu mir herunter und berührte meine Lippen mit seinen; ganz sanft. Ich öffnete meinen Mund für seine Zunge und er stieß sie erst vorsichtig, dann tief und fordernd in mich, was ein aufregendes Prickeln durch meine Adern jagte. Ohne darüber nachzudenken, dass uns jederzeit jemand erwischen konnte, vergrub ich meine Hände in seinen Haaren und ließ ihn weiter meinen Mund erkunden. Sein frischer Geruch stieg mir in die Nase, den ich zuvor noch nie so intensiv wahrgenommen hatte. Ich schloss die Augen und ließ mich komplett fallen.

Immer drängender wurde der Kuss, der sich so unheimlich verboten anfühlte. Fast kam ich mir wie eine Kriminelle vor, die sich trotz jeder Warnung mitten ins Böse stürzte. Und ich war mir mehr als bewusst, dass ich diesen Punkt beinahe erreicht hatte.

Sams Hände wanderten an meinen Hüften entlang und ich war mir sicher, dass meine Beine unter der Berührung nachgegeben hätten, säße ich nicht vor ihm auf dem Pokertisch. Ich wusste nicht, warum mein Körper so auf ihn reagierte, doch was ich wusste war, dass ich Sam trotz meiner versuchten Standhaftigkeit absolut verfallen war.

Irgendwann unterbrach ich unseren Kuss, um schwer atmend nach Luft zu ringen. Sam verteilte Küsse meinen Hals entlang und löste kurz darauf die Träger meines schwarzen Kleids. Er entblößte meine Brüste und liebkoste sie mit seiner Zunge, was mir ein Keuchen entlockte. Ich warf den Kopf zurück in den Nacken, stützte mich mit den Händen auf dem Tisch auf und reckte mich Sam entgegen. Mein Körper brauchte mehr. Mehr von *ihm*.

Sam beugte sich weit über mich. Sein Körper über mir ließ die Spannung in mir in die Höhe steigen. Nach einigen Sekunden fanden sich unsere Zungen wieder. Er umklammerte mein Gesicht und drückte es näher zu sich heran, bevor er seine Hände unter mein kurzes Kleid führte. Mit einem Ruck schob er mir den Stoff über den Hintern und zog meinen Slip hinunter. Für einen kurzen Moment machte meine Hand Anstalten, nach vorne zu schnellen, doch ich hielt den Impuls zurück. Dann tauchte Sam mit seinen Fingern in mich ein. Ein Stöhnen entfuhr mir, und meine Hände rammten sich in die weiche Oberfläche des Tisches. Mit langsamen Bewegungen umkreiste er meine Perle und pulverisierte meinen Körper mit jedem Moment mehr. Da war plötzlich so viel Verlangen in mir; so viel Gier.

Hastig zog er seine Hand zurück und öffnete seinen Gürtel. Meine Augen wurden groß, als ich ohne Vorwarnung seinen Schwanz zu Gesicht bekam. In mir keimte der Wunsch, ihn anzufassen, doch schnell verwarf ich diesen Gedanken. Meine Kehle war trocken wie eine Staubwüste. Ich senkte meinen Blick, als Sam sich erneut über mich beugte und mich küsste. Seine Lippen waren so verdammt weich und bewegten sich geschmeidig auf meinen.

»Bist du sicher?«, flüsterte er und hielt für einen kurzen Moment inne. Zwischen den Fingern seiner linken Hand balancierte er ein Kondom.

»Seit wann fragst du mich?«, antwortete ich und stieß ein kurzes Lachen aus.

Er zuckte mit den Schultern. »Hast recht.« Elegant öffnete er die Verpackung des Kondoms mit den Zähnen und zog es sich quälend langsam über.

Trotz seiner Erkenntnis wartete er auf ein Nicken von mir, bevor er sich in mich schob und mich mit seiner Länge ausfüllte. Schmerz durchzuckte mich und ich war mit einem Moment nicht mehr so sicher, ob es wirklich eine gute Idee gewesen war, mich Sam so hinzugeben. Mein unendliches Verlangen ließ meine Zweifel jedoch zerplatzen und ich wartete sehnsüchtig darauf, seine Lippen erneut auf meinen zu spüren.

Während er mich mit heftigen Stößen nahm, zuckte ich immer weiter zusammen, beobachtete das Vergnügen in seinen leuchtenden Augen. Ich krallte meine Finger an den Rand des Pokertisches und stöhnte laut auf. Sam fühlte sich fantastisch in mir an. Und endlich; endlich küsste er mich wieder. Mein Körper wusste anscheinend nicht mehr, welche Impulse er zuerst an mein Gehirn weiterleiten sollte.

Nie im Leben hätte ich gedacht, dass ich mich so verbunden mit jemandem fühlen konnte, den ich im Prinzip überhaupt nicht kannte. Wie konnte es jemand schaffen, mein gesamtes Nervensystem mit einer einzigen Berührung so lahmzulegen, dass ich nicht einmal mehr wusste, wo sich oben und unten befand?

Ich streckte mich ihm entgegen und unsere Zungen umspielten einander. Seine Mund war warm und für einen kurzen Moment war mir, als gehörte er mir allein. Der Kuss fühlte sich viel intimer an als jeder, den wir beide zuvor gehabt hatten. Darin lag plötzlich so viel mehr Leidenschaft, so viel mehr Verlangen, so viel mehr … Sam.

Das Prickeln wurde heftiger und Sams Stöße immer schneller. Noch nie hatte ich mich von jemandem so begehrt gefühlt. Sam trieb das Ziehen in meiner Mitte weiter voran und liebkoste meinen Körper. Die Sehnsucht ergriff mich, sobald sich unsere Lippen trennten. Ich wollte nicht, dass er mich losließ. Seine Zunge sollte jede einzelne Sekunde meinen Mund ficken und ich würde ihn anbetteln, niemals damit aufzuhören.

»Sam?«, keuchte ich leise. Er sah mir in die Augen. »Küss mich bitte.«

Ein Schmunzeln umspielte seine Lippen und sein Kopf näherte sich dem meinen.

»Was möchtest du?«, raunte er dicht an meinem Gesicht.

»Küss mich«, wiederholte ich den verzweifelten Wunsch. Bevor er mich weiter auf die Folter spannen konnte, neigte ich mich nach vorne und drückte meine Lippen auf seine. Sofort zog sich ein heftiges

Prickeln durch mich hindurch und ich verdrehte die Augen. Und da war er. Der Moment, in dem das Feuer meine Adern durchflutete, alle Knochen einnahm und ich die Kontrolle über meinen eigenen Körper verlor.

Das Feuerwerk in mir stieg weiter an und explodierte einige Sekunden später in einem lauten Knall, der meine Muskeln zucken ließ. Ich stöhnte laut auf, während heftige Impulse durch meinen Körper jagten. Es war das aufregendste Gefühl, das jemals meine Adern durchströmte hatte und kurz darauf ließ die Spannung in meinem Körper nach und ich sank auf die Tischplatte. Mein Atem ging schwer und heftig, während ich Sam ansah, dessen Höhepunkt ebenfalls abklang.

Die nächste Minute sprachen wir kein Wort, sondern kommunizierten allein über unsere Blicke. Schließlich zog Sam seine Hose wieder hoch und schloss seinen Gürtel, bevor er sich mir näherte und an den Händen zurück in den Sitz half.

»Du hättest mir sagen müssen, dass es dein erstes Mal ist«, begann er besorgt und ich presste die Lippen aufeinander, mied seinen Blick.

»Du hast es gemerkt?«, fragte ich leise, woraufhin ihm ein Lachen entfuhr.

»Natürlich merke ich, wenn jemand keine Erfahrung hat, Sweetie. Ich hoffe doch, dass dir nun endlich klar ist, wer von uns beiden hier das Sagen hat.«

»Wie bitte?« Meine Stimme brach von der einen auf die andere Sekunde. »Du … du hast das nur gemacht …«

»Um dir eine Lektion zu erteilen?«, beendete er meine Frage. »Du spielst gut, Juniper. Für meinen Geschmack jedoch ein wenig zu gut. Sieh es als Chance und überlege dir das nächste Mal, ob du mich hintergehen möchtest.«

Er drehte sich um. Ich zog hastig meinen Slip an und strich mein Kleid glatt, bevor er die Tür öffnete und mich mit einer Handbewegung nach draußen bat. Mit purem Hass in den Augen ging ich auf ihn zu.

»Du arbeitest morgen übrigens eine Doppelschicht«, merkte er an. »Deine heutige hast du ja leider versäumt.«

Ich blieb mit geballten Händen vor ihm stehen. Anstatt den Raum zu verlassen, tat ich etwas, was ich schon so lange hatte tun wollen. Ich holte aus und verpasste ihm eine harte Backpfeife. Er stand kurz davor, etwas wie »Aua« zu murmeln, doch er blieb reaktionslos.

Schnell warf ich ihm ein herablassendes »Arschloch« entgegen und stolzierte mit erhobenem Kinn aus dem Raum. Ob das so schlau war, konnte ich nicht sagen, aber es fühlte sich verdammt richtig an.

***

Sonnenstrahlen kitzelten meine Haut und erfüllten meinen Körper mit einer wohltuenden Wärme. Ich öffnete langsam die Augen und versuchte, zwischen den verklebten Wimpern etwas zu erkennen.

Stöhnend schob ich die Bettdecke zur Seite und stützte mich auf die Ellbogen. Ich fühlte mich erstaunlich ausgeruht für die Tatsache, dass ich nur wenige Stunden geschlafen hatte. Gähnend rappelte ich mich auf und trat über den kalten Marmorboden ins angrenzende Badezimmer.

Nachdem ich den Lichtschalter ganze drei Mal mit meiner Hand verfehlt hatte, traf ich ihn endlich und der Raum erstrahlte in hellem Licht. Schmerzerfüllt kniff ich meine Augen zusammen und traute mich erst nach ein paar Sekunden, sie wieder zu öffnen. Dann trat ich vor den Spiegel. Doch als ich hineinsah, spürte ich ein Stechen im Herzen. Hastig blinzelte ich einige Male.

Eine Person, die ich nicht mehr erkannte, starrte mich an. Meine Adern zogen sich zusammen, als ich zögerlich einen Schritt nach vorne machte. Ich wusste, dass ich diejenige war, die ich dort vor mir sah, doch fühlen konnte ich es nicht. Es schien, als hätte ich mich letzte Nacht selbst verloren und war als ein anderer, neuer Mensch wieder aufgewacht.

Meine Wut auf die Person, die ich vor mir sah, wuchs immer stärker. Ich hätte hartnäckiger sein müssen. Hätte wissen müssen, dass Sam dieses Spiel mit Intrigen gespickt hatte. Meine Lippen bebten und dann verlor ich die Kontrolle über meinen Körper. Ruckartig holte ich aus und rammte meine Faust mit einem lauten Schrei mitten ins Glas. Kleine Splitter flogen durch die Luft und innerhalb einer Sekunde zogen sich riesige Risse über den Spiegel. Schwer atmend zog ich meine

Hand zurück und umfasste meine Faust. Was hatte ich getan?

Im selben Moment sprang bereits die Tür auf und Sam stürmte oberkörperfrei herein. Er trug nur eine schwarze Jeans mit Nieten und sah mich mit völliger Verwirrung und Verständnislosigkeit an.

»Was sollte das denn?«, fragte er und fuhr sich sichtlich verärgert durchs Haar. Breitbeinig stellte er sich vor den Spiegel und betrachtete, was ich angerichtet hatte. Und *Holy moly*, sah er heiß aus. Verdammt heiß.

»Ich … ich wusste nicht, dass ich so viel Kraft habe«, versuchte ich mich zu verteidigen, doch ein Blick in Sams Gesicht genügte, um festzustellen, dass ich mich nicht herausreden konnte.

»Du bist nicht genug ausgelastet, June«, sagte er und umfasste mein Kinn, als ich versuchte, mich von ihm wegzudrehen. »June, June, June, was mache ich nur mit dir? Du kannst dich glücklich schätzen, dass ich heute einen guten Tag habe. Ich werde dir die Möglichkeit geben, dich auszupowern, damit sowas hier«, er ließ von mir ab und drehte sich erneut zum Spiegel, »nicht mehr passiert.«

Unsere Blicke trafen sich im zersplitterten Glas und augenblicklich zog sich eine eiskalte Gänsehaut über meine Arme. Ein Gefühl, das ich schon seit langem zu verdrängen versuchte, kam in mir auf und wuchs unkontrolliert schnell. Ich kniff die Augen zusammen und versuchte, meinen Körper nicht allzu sehr anzuspannen.

»Du kommst mit«, befahl Sam plötzlich, doch während er zur Tür ging, blieb ich einfach auf der Stelle stehen. Er musterte mich mit hochgezogener Augenbraue.

»Muss ich dich erst zwingen? Das will ich nicht hoffen, denn du weißt, wozu ich in der Lage bin. Die Entscheidungen treffe ich und dein Verhalten spielt dabei eine sehr zentrale Rolle, Juniper.«

Ich bewegte mich immer noch nicht, sondern blickte ihn finster an. Kaum merklich leckte er sich über die Lippen, bevor er sich in Bewegung setzte und nach wenigen Schritten vor mir stand.

»Ich glaube, ich habe mich nicht deutlich genug ausgedrückt«, begann er rau und ließ seine Finger knacken.

»Du hast dich deutlich genug ausgedrückt«, versicherte ich ihm. »Nur lasse ich mich nicht mehr von dir für irgendein Spiel missbrauchen, Samuel.«

Die Worte endlich auszusprechen, tat so verdammt gut. Doch wusste ich in diesem Moment noch nicht, wie viel ich mit diesem einzigen Satz angerichtet hatte.

»*Missbrauch* ist ein ziemlich heftiges Wort für die Tatsache, dass du freiwillig hier bist«, entgegnete Sam kühl.

Ich verschränkte die Arme vor der Brust und sah ihn mit hochgezogenen Mundwinkeln an. »Das ist mir bewusst, De La Cruz.«

Kapitel 14

Dort stand sie. Mit verschränkten Armen und einem so hochnäsigen Grinsen, dass ich fast vergaß, wer sich von uns in welcher Position befand. Ich hatte für Junes Verhalten leider herzlich wenig Verständnis.

»Hör zu, Herzchen«, konterte ich und drückte sie mit einem Stoß gegen die Fliesen neben der Dusche. Mit jeweils einer Hand links und rechts von ihrem Gesicht abgestützt, sah ich ihr in die Augen. »Von meiner Geduld ist nicht mehr viel übrig.«

»Geht mir genauso«, fauchte sie, was mich jedoch nicht beeindruckte. »Du kannst mich nicht einfach nach Lust und Laune flachlegen und mich danach in die Wüste schicken!«

Ich seufzte und wandte den Blick ab. Wieso war dieses Mädchen so verdammt schwer von Begriff?

»Wie du siehst … kann ich es doch«, entgegnete ich mit gedehnter Stimme.

Ihre Mundwinkel zuckten kaum merklich und blitzschnell legte ich eine Hand um ihre geballte Faust.

»Komm ja nicht noch einmal auf dumme Ideen, Juniper. Du hast dich bereits genügend Regeln widersetzt. Jetzt wirst du das wieder gutmachen.«

»Das ist nicht dein Ernst, oder?«, stotterte sie und ich merkte, wie sie versuchte, ihre Faust aus meinem Griff zu lösen. »Einen Scheiß werde ich tun!«, spuckte sie mir die Worte entgegen. Ich musste zugeben, sie war ganz süß, wenn sie sich aufregte.

»Okay, wenn du nicht willst, dann machen wir es eben auf die harte Tour.«

Innerhalb von Sekunden drehte ich ihren Körper, sodass sie mit dem Gesicht gegen die Wand prallte und fixierte ihre Hände geschickt mit meinen hinter ihrem Rücken.

»Au! Was soll das?«, zischte sie, doch für dieses Gejammer hatte ich nun wirklich keine Nerven – und vor allem keine Zeit.

»Hör zu«, raunte ich ihr ins Ohr. »Du wirst keinen Mucks von dir geben, wenn wir die Flure dieses Hotels passieren, hast du verstanden? Vergiss nicht, dass ich genug Einfluss habe, um nicht nur dein Leben, sondern auch das deiner armseligen Freundinnen zu zerstören. Ich bin dein respektloses Verhalten mittlerweile leid.«

Mit einem Ruck zog ich sie von der Wand zurück und dirigierte sie zu ihrem Bett. Ich warf ihr einige Kleidungsstücke zu, die ich auf die Schnelle in ihrem Zimmer fand.

»Zieh das an!«, befahl ich.

Ohne mit der Wimper zu zucken gehorchte sie. Als June angezogen vor mir stand und ungeduldig die Hände in die Hüften stemmte, deutete ich auf den Nachtschrank hinter ihr. »Deine Spielkarte«, erinnerte ich sie und augenrollend griff sie hinter sich.

»Zufrieden?«

Ich nickte knapp und packte sie wieder am Arm.

»Wo gehen wir hin?«, fragte sie, als ich gerade den Türgriff umfasste.

»Das siehst du früh genug«, entgegnete ich kalt, öffnete die Tür und wäre beinahe in meinen Vater hineingerannt. Augenblicklich ließ ich June los und straffte die Schultern.

»Samuel?«, fragte er ungläubig und deutete auf meinen nackten Oberkörper. »Was soll das denn werden? Du wolltest doch nicht etwa so durchs Hotel laufen, oder?«

Seine Stimme wurde wütend. »Um die Uhrzeit ist doch kein Mensch hier«, verteidigte ich mich, woraufhin der Blick meines Vaters vielsagend zu June glitt. Schnell überlegte ich mir eine passende Ausrede, doch bevor ich meine Stimme erneut heben konnte, kam mir bereits jemand zuvor.

»Entschuldigen Sie, ich hatte einen plötzlichen Schwindelanfall und Samuel ist auf mich aufmerksam geworden. Er ist bei mir geblieben, bis es mir wieder besser ging.«

Augenblicklich hielt ich die Luft an, während mein Vater skeptisch zwischen June und mir hin- und hersah.

»Und Sie wohnen hier im Hotel, richtig? Habe ich mich Ihnen schon vorgestellt?«

Ohne auf ihre Antwort zu warten, streckte er ihr seine Hand entgegen. »Harry De La Cruz. Ich bin der Inhaber.«

Ich bemerkte, wie sich ihr Körper anspannte, doch sie ließ sich erstaunlich wenig anmerken. »Juniper Kingsley«, entgegnete sie freundlich und schüttelte ihm die Hand.

»Wenn Sie etwas benötigen, zögern Sie bitte nicht, sich bei der medizinischen Station zu melden.«

June nickte lächelnd und mein Vater setzte seinen Weg fort, doch nicht ohne mir vorher einen tötenden Blick zuzuwerfen. Schnell legte ich eine Hand auf Junes Rücken und führte sie den langen Flur entlang.

»Was sollte das?«, zischte ich, als ich mir sicher war, dass uns mein Vater nicht mehr hören konnte.

»Ich wollte helfen«, flüsterte sie zurück und sah unsicher zu mir auf.

»Auf deine Hilfe kann ich verzichten«, entgegnete ich und öffnete die breite Tür zum Treppenhaus. Ich führte sie ins Erdgeschoss und bog in einem günstigen Moment mit ihr in den dunklen Gang ab, in dem sich die Spielräume befanden.

»Ähm, was wird das?«, stotterte June.

»Halt den Mund«, gab ich ihr zu verstehen und drängte sie in den Raum. Der Geruch neuer Möbel stieg mir in die Nase und verwundert runzelte ich die Stirn. Hatte ich die Räume überhaupt jemals neu eingerichtet?

Als ich gerade das Licht anschalten wollte, unterbrach mich das Klingeln meines Handys. »Das gibt's doch nicht!«, fluchte ich leise, genervt über die erneute Unterbrechung, und nahm den Anruf an.

»Was hast du ausgefressen, Moreno?«

»Dein blondes Püppchen macht einen auf durchgedrehtes Flittchen. Sie kriegt sich nicht mehr ein, ich habe schon alles versucht. Es scheint, als hätte sie irgendwelche Drogen intus«, schilderte Chase desinteressiert und schien davon überzeugt zu sein, dass das nun mein Problem war.

»Blondes Püppchen? Ernsthaft?«

Chase seufzte. »Was ist jetzt? Kommst du oder soll ich sie einfach hier sitzen lassen?«

Ich fuhr mir mit der Hand über den Nacken und mein Blick zuckte kaum merklich zu June, die mich mit angespannter Haltung musterte.

»Komm zurück und lass sie da«, befahl ich ihm.

»Sam! Es wird auffallen, wenn sie plötzlich fehlt. Außerdem hat sie selbst kein Geld, um zurück zum Hotel zu kommen.«

»Dann kommt sie eben nie wieder zurück. Wo ist das Problem?«, fragte ich schulterzuckend. »Dann scheidet sie eben aus.«

»Ich kann sie doch nicht einfach hierlassen. Wer weiß, was das für ein Zeug war, das sie genommen hat. Du solltest wirklich …«

»Mein Gott, ich bin unterwegs«, unterbrach ich ihn genervt. »Wo bist du?«

»Symphony Park Avenue.«

»Okay, bin in 15 Minuten da. Lass sie nicht aus den Augen.«

Ohne June einen weiteren Blick zuzuwerfen, verließ ich den Raum und verschloss ihn von außen.

»Hey, bist du bescheuert?!« Ihre Stimme klang dumpf und sie warf sich polternd gegen die Tür.

»Amüsiere dich, Prinzessin!«, rief ich ihr entgegen, bevor ich mit dem Aufzug nach oben zu meiner Suite fuhr, mir hastig ein Hemd überzog und einen Chauffeur herbeirief. Als ich aus der Eingangshalle sprintete, stand meine Limousine bereits mit geöffneter Tür am Straßenrand. Wenigstens eine Sache, auf die man sich verlassen konnte.

»Wohin darf ich Sie bringen, Mr. De La Cruz?«, fragte Jeffers, der persönliche Chauffeur meines Vaters und mir.

»Zur Symphony Park Avenue«, antwortete ich und Jeffers reckte den Daumen in die Höhe.

Wie dieser Mann es nicht leid sein konnte, uns jeden Tag von Ort zu Ort kutschieren zu müssen, blieb mir ein Rätsel. Seit er vor vier Jahren angefangen hatte, für meinen Vater zu arbeiten, hatte ich ihn nicht einen einzigen Tag ohne ein positives Lächeln erlebt. Zwar war es der Job unserer Angestellten, immer zu lächeln, doch seines sah nie so gezwungen wie das manch anderer aus.

Vielleicht lag das aber auch daran, dass er ursprünglich aus Jamaika stammte und ich vor kurzem gelesen hatte, dass Jamaikaner geduldige Menschen wären.

»Was führt Sie so früh auswärts?«, fragte Jeffers und musterte mich im Rückspiegel.

»Sie wissen schon, dass Sie mir solche Art von Fragen nicht stellen sollten, oder?«

Er grinste. »Deshalb frage ich ja auch, wenn Ihr Vater nicht dabei ist.«

Schmunzelnd fuhr ich mir mit der Hand über den Nacken. Aus diesem Grund schätzte ich Jeffers so unglaublich. Er wusste genau, wie es in der Familie zuging und welchem Mitglied er wie begegnen konnte. Während ich bei den meisten unsere Angestellten das Gefühl hatte, sie würden meinem Vater regelrecht Honig um den Mund schmieren, um ihren Job zu behalten, blieb Jeffers lässig und bodenständig.

»Ich habe ein paar Komplikationen zu lösen«, antwortete ich und lehnte mich zurück.

Jeffers grinste wissend und setzte sich seine Sonnenbrille auf. »In der Minibar finden Sie übrigens neuen Champagner. Ihr Freund hat sich gestern darüber beschwert, dass, ich zitiere, dieses *Billigwasser* nicht mehr zu genießen ist.«

»Sie haben Chase gefahren?«, fragte ich mit hochgezogener Augenbraue.

Er nickte. »Eigentlich hätte ich Ihren Vater von einem Meeting abholen sollen, aber dann haben sich andere Anschlüsse ergeben, weshalb ich Ihren Freund auch mal genauer kennenlernen durfte.«

»Mein Beileid«, sagte ich emotionslos, woraufhin er ein leises Lachen ausstieß.

Zehn Minuten später sah ich bereits Chases Gestalt vor dem Fenster der Limousine. Neben ihm lag jemand auf dem Bürgersteig und schien sich verkrampft den Bauch zu halten. Ich wartete nicht darauf, dass Jeffers mir die Tür öffnete, sondern stieg sofort aus dem Wagen.

»Was hat sie?«, fragte ich meinen Freund, doch der zuckte nur mit den Schultern.

Neben uns blieben bereits einige Schaulustige stehen und glotzten uns an.

»Ihren Augen nach könnten Drogen im Spiel sein«, vermutete er und musterte die junge Blondine auf dem Boden vor uns.

Hastig ging ich in die Hocke und redete auf sie ein. »Ey, schau mich mal an.«

Sie hob zitternd den Kopf und für einen kurzen Moment schien sie überrascht, mich zu sehen. Jetzt fiel mir auch ihr Name wieder ein. Elena.

Ihre Pupillen waren klein wie Stecknadeln und in ihrem Blick war kein fester Fixpunkt mehr zu erkennen.

»Hast du Drogen genommen?«, fragte ich sie nachdrücklich, doch sie blieb reaktionslos. »Elena!« Ich wedelte mit der Hand vor ihrem Gesicht. Immer noch keine Reaktion. »Okay, das bringt nichts. Chase, trägst du sie bitte in den Wagen.«

Ich war bereits im Begriff, wieder in die Limousine zu steigen, als Chase mich zurückhielt.

»Wenn sie in die Limo kotzt, bringt dein Vater dich um.«

Unbeeindruckt zuckte ich mit den Schultern. »Soll er das doch versuchen. Dann hat er keinen Erben mehr, der nach ihm das Hotel und das Casino übernimmt.«

Chase stieß einen verzweifelten Laut aus. »Wie kann dir das nur so scheißegal sein? Du kennst deinen Vater. Er würde dich definitiv in Stücke reißen … und mich gleich mit.«

»Hast du ‚ne bessere Idee, Moreno? Willst du lieber einen Krankenwagen rufen und damit für Aufsehen sorgen?«

Chase schüttete verständnislos den Kopf und half Elena auf die Beine. Erst als sie sicher auf der breiten Rückbank lag, stieg ich ebenfalls wieder ein.

»Oh, Mr. Moreno, wie schön, Sie wiederzusehen. In der Minibar finden sie etwas, was Ihnen bestimmt gefallen wird.«

Chase rieb sich begeistert die Hände. »Ich weiß zwar nicht, seit wann mir das Privileg zugutekommt, über die Auswahl der Minibar der De La Cruz' zu entscheiden, aber mir soll es recht sein.«

Wir tauschten einen kurzen Blick, bevor ich Jeffers mitteilte, dass er uns zurück ins Hotel bringen sollte.

»Sag mal«, begann Chase kurz darauf. »Wobei habe ich dich eigentlich eben unterbrochen? Du klangst ziemlich genervt. So klingst du immer, wenn du mit etwas beschäftigt bist; oder mit jemandem.«

Ertappt kniff ich die Augen zusammen.

»Sie schon wieder, mh?« Er hob anzüglich die Brauen und wartete auf meine Reaktion, die ich ihm allerdings nicht gab.

»Wieso bist du nur so stur, was das angeht? Selbst Rebecca hat bemerkt, dass du sie anders ansiehst als die anderen Spielerinnen.«

»Du bist echt nervtötend«, entgegnete ich und drückte auf den Knopf an der Seite der Tür, um die Trennwand zwischen uns und Jeffers nach oben zu fahren. Danach warf ich einen kritischen Blick auf Elena, doch sie schien mittlerweile zu schlafen oder hatte einfach das Bewusstsein verloren.

Ich bediente mich an der Minibar und lehnte mich mit einem Glas Champagner nach vorne zu Chase.

»Spuck's endlich aus, Sam«, forderte er.

»Was habe ich denn gerade vor?«, fragte ich sarkastisch und nahm einen Schluck aus meinem Glas. Die Flüssigkeit prickelte auf meiner Zunge und erinnerte mich daran, wie sich Junes Zunge verschlungen mit meiner angefühlt hatte. Plötzlich hupte draußen jemand und die Limousine machte eine so starke Bremsung, dass ich beinahe den Champagner verschüttete.

Mein Blick schnellte aus dem Fenster, doch als ich erkannte, dass es sich lediglich um einen Spinner handelte, der uns die Vorfahrt genommen hatte, wandte ich mich wieder Chase zu.

»Also, da du ja sowieso schon bestens Bescheid zu wissen scheinst …« Ich biss mir auf die Unterlippe und überlegte, wie ich den folgenden Satz beginnen sollte. »Ich muss zugeben, dass sie im Gegensatz zu den anderen eine sehr eigene Art an sich hat, die mir allerdings in vielerlei Hinsicht ziemlich auf den Sack geht.«

Chase klatschte resigniert in die Hände. »Beinahe hätte ich geglaubt, du packst wirklich aus.«

»Aber nur beinahe«, verdeutlichte ich und führte das Glas erneut zu meinem Mund.

»Na ja, ganz unrecht hast du nicht«, bestätigte mir Chase. »Sie ist sehr eigen, was manche Dinge angeht, aber …« Er zog das Wort gekonnt in die Länge. »Insgesamt scheint ihr Charakter ganz ordentlich zu sein.«

»Woher willst du das wissen? Sie traut hier niemandem über den Weg.«

Ein schelmisches Grinsen breitete sich auf seinem Gesicht aus. »Tja, dann hast du wohl ziemlich verkackt, De La Cruz. Mir vertraut sie nämlich. Zumindest mehr als dir.«

»Wie hast du das bitte hingekriegt? Ich versuche permanent zu ihr durchzudringen und in manchen Situationen ist das auch gar kein Problem. Aber dann gibt es Momente, in denen sie ein Schutzschild um sich erbaut, sodass nicht einmal meine Worte richtig zu ihr durchdringen.«

Chase warf einen kurzen Blick auf Elena, um sicher zu gehen, dass sie nichts von unserem Gespräch mitbekam. Dann lehnte er sich ebenfalls zu mir nach vorne.

»Ich habe den Schlüssel für die Schublade wiedergefunden, in dem das Geheimrezept für Vertrauen aufgehoben war. Man nennt es auch Sympathie und Empathie.«

»Du hast einen auf *guten Freund* gemacht?«, fragte ich ungläubig und er nickte. »Sieht so aus, als ob es funktioniert hätte.«

Mit diesen Worten füllte er sich ebenfalls ein Glas Champagner und stieß mit mir an.

»Auf eine Handvoll turbulenter Tage.«

June

Kapitel 15

Seit geschlagenen 45 Minuten hockte ich nun auf dem harten Boden und peitschte die Wand vor mir aus. Nachdem Sam gegangen war, hatte ich das Licht im Raum eingeschaltet und wäre beim Anblick der vielen Peitschen an der Wand fast in einer Ecke zusammengebrochen. Da jedoch niemand anwesend war, um diese Dinger in irgendeiner Weise zu benutzen, hielt ich es für eine gute Idee, sie selbst auszuprobieren. Gut, auch wollte ich unbedingt ein bisschen Unordnung schaffen.

So hatte ich alle Peitschen fein säuberlich aus den Halterungen genommen und kreuz und quer auf dem Boden verteilt. Sollte Sam sie doch selbst wieder aufräumen.

Die Begegnung mit seinem Vater ging mir ebenfalls nicht mehr aus dem Kopf. Ob Harry De La Cruz wusste, was sich in seinem Hotel zutrug?

Weil ich gerade nichts Besseres zu tun hatte, holte ich die Spielkarte aus meiner Hosentasche und musterte sie genau. Die Herz-Dame. Die mit Abstand beliebteste Karte im Spiel, so fand ich. Doch wenn es bloß die zwei von Sam aufgezählten Karten gab, die mich schlagen konnten, hieße das doch, dass jede Spielerin eine Herz-Karte besaß, oder? Ich meinte mich zu erinnern, bei einer Uni-Veranstaltung einer Gruppe Skatspielern zugeschaut zu haben, die eindeutig das Kreuz-Symbol als das Stärkste betitelt hatten.

Wenigstens hatte ich so die Sicherheit, die drittstärkste Karte im Spiel zu besitzen. Doch konnte man sich in diesem Spiel überhaupt in irgendeiner Sache zu 100 % sicher sein?

Nach weiteren fünf Minuten hörte ich endlich das Klicken eines

Türschlosses und Samuel trat in den Raum. Sein überraschter Blick wanderte über die verstreuten Peitschen auf dem Boden zu mir.

»Was machst du da unten?«, fragte er irritiert und sah auf mich hinab.

»Gar nichts.« Ich zuckte unschuldig mit den Schultern, machte jedoch keine Anstalten, mich zu bewegen.

»Darf ich jetzt bitte hier raus?«

Sam warf mir einen verachtenden Blick zu.

»Und du musst mir eine Frage beantworten. Ansonsten wirst du mich ohne Gewalt nicht mehr durchs Hotel scheuchen können.«

Für den Bruchteil einer Sekunde, in der sich unsere Blicke trafen, hätte ich schwören können, ein Gefühl von Verständnis in seinen Augen aufblitzen gesehen zu haben.

»Meinetwegen«, stöhnte er und drehte sich zur Tür. »Wenn dir sonst nichts auf dem Herzen liegt.«

Verwundert über seine Reaktion rappelte ich mich auf und folgte ihm hastig. Er sprach kein Wort, während wir durch die Flure des Hotels liefen und er schließlich die Tür zu meiner Suite aufschloss. Wusste er nicht, dass ich selbst einen Schlüssel besaß? Das letzte Mal hatte er mich doch bereits erwartet.

Kurzerhand entschied ich, diese Information für mich zu behalten. Wer konnte schon wissen, ob sich ein eigener Schlüssel nicht in so manch einer Situation als nützlich erweisen würde.

»Also«, begann Sam und nahm neben mir auf dem Bett Platz. »Was willst du so Dringendes fragen?«

Plötzlich war ich mir nicht mehr sicher, ob ich ihm mein Anliegen wirklich mitteilen wollte. Ich nahm einen tiefen Atemzug und sah zu meinem Erstaunen in zwei freundlich aussehende Augen.

»Verrate mir, worum es in diesem Spiel geht. Was ist meine Aufgabe? Die habe ich bislang nämlich erfolglos gesucht.«

Diese Frage hatte ich ihm nun schon unzählige Male gestellt, doch ich gab die Hoffnung nicht auf, irgendwann doch noch eine Antwort von ihm zu bekommen.

Für einen kurzen Moment blitzte etwas in seinen Augen auf. »Wenn es dir verrate, hättest du einen Vorteil gegenüber den anderen Spielerinnen.«

Mein Blick wurde fordernder. »Na und? Wäre das denn so schlimm?«

Ein verschmitztes Schmunzeln breitete sich auf seinem Gesicht aus. »So langsam fange ich an, Gefallen an dir zu finden, Juniper.«

Ich legte meine Hände ineinander, um meinen ungleichmäßigen Puls zu kontrollieren.

»Nun gut«, meinte er und fuhr sich einfach quer durch seine Haare. »Aber vorher möchte ich ein bisschen was über dich hören. Ich muss meine Spielerinnen doch kennen.«

Mit einem zufriedenen Lächeln drehte ich meinen Oberkörper weiter in seine Richtung. »Eine Frage.«

Er schien zu überlegen. »Wonach sehnst du dich?«

Verwirrt runzelte ich die Stirn. »Eine sehr spezifische Frage für den Anfang …«

»Die unspezifischen Infos kenne ich bereits. Du wohnst in einer Kleinstadt in Kalifornien, lebst bei deiner Mum, die nicht nur dich, sondern auch deine kleine Schwester großzieht, und studierst Medienwissenschaften im vierten Semester. Dein Lieblingsessen ist ganz klassisch Spaghetti und du liebst es, Liebeskummer in einem Shoppingrausch zu ertränken. Habe ich was vergessen?«

Perplex blinzelte ich einige Male, während ich ihn anstarrte.

»Du wirst erstaunt sein, wie viel man heutzutage übers Internet herausfinden kann. Und weißt du, was das Beste ist? Es hat mich keine zehn Minuten gekostet, an all diese Infos zu kommen. Du solltest deinen Social-Media-Account vielleicht etwas aufräumen.«

Für ihn nicht sichtbar balle ich meine Hände zu Fäusten. Wieso nur machte mich dieser Typ jeden Tag aufs Neue wütend? Am liebsten hätte ich ihm ins Gesicht geschlagen. Ich wusste, dass er recht hatte, doch das würde ich niemals vor ihm zugeben.

»Also, was ist nun?«

»Du willst wissen, wonach ich mich sehne?«, wiederholte ich seine Frage, um mehr Zeit zu gewinnen. »Ich sehne mich nach Freiheit.«

Kaum merklich deutete er auf sich, doch ich schüttelte den Kopf. »Ich meine Lebensfreiheit. Immer häufiger habe ich das Gefühl, dass mein Leben mich erdrückt. Es ist kein Leben, auf das ich stolz sein kann und in dem ich aufblühe. Ich brauche mehr.«

Die Worte so ungefiltert aus mir herauszulassen tat mir gut, das spürte ich. Und als ich in Sams Augen sah, war ich mir sicher, dass er sie verstand. Dass er wusste, wie er sie zu deuten hatte.

»Dann bist du in Vegas goldrichtig.«

Mit diesen Worten erhob er sich und drehte sich von mir weg zur Tür.

»Warte.« Ich streckte die Hand aus und versuchte nach ihm zu greifen, war jedoch zu spät. »Du beantwortest erst meine Frage, bevor du gehst.«

Sam blieb stehen und dreht sich zu mir um. »Was wäre das für ein Spiel, wenn du wüsstest, worum es in Wahrheit geht?« Er betrachtete meinen angespannten Gesichtsausdruck eine Sekunde lang, bevor er sich zu mir beugte. »Ich gebe dir einen Hinweis«, raunte er leise. »Du musst die Intention des Spiels nicht kennen, denn du schlägst dich verdammt gut. Diese Stadt birgt viele unerwartete Überraschungen. Du wirst sie eine nach der anderen lüften, da bin ich mir sicher.«

Kurz wandte er seinen Blick ab, nur um mir danach noch intensiver in die Augen zu sehen. »Willkommen in der nächsten Runde, Juniper Kingsley.«

***

Den Rest des Tages durfte ich freundlicherweise ohne den Anblick eines arroganten De La Cruz-Sohnes verbringen. Ich entschied, vor dem Beginn meiner Doppelschicht im Casino das Hotel ein wenig zu erkunden.

Mein Weg führte mich vorbei an unzähligen Zimmertüren über breite Wendeltreppen und Vitrinen, in denen Auszeichnungen des Hotels zur Schau gestellt wurden. Der edle Stil des Hotels zog sich über sämtliche Etagen und wurde durch Möbel, Bilder oder beeindruckende Deckenlampen widergespiegelt.

Nach einiger Zeit erreichte ich die Etage, bei der ich mir sicher war, dass es sich um die ganz oberste handelte, da ich nirgends eine weitere Treppe entdecken konnte, die mich weiter hinaufführte. Der Flur hier hob sich minimal von denen in den unteren Etagen ab. Er sah noch teurer und noch exzentrischer aus und mit vorsichtigen Schritten näherte ich mich einem mit Gold umrahmten Fenster.

Ein Stich traf meinen Magen, als ich einen kurzen Blick nach draußen wagte. Das Hotel gehörte zwar noch längst nicht zu einem der höchsten Gebäude, doch ein wenig schummrig wurde mir bei dem Anblick schon.

Ich wich einige Schritte zurück und entschied, vorerst aus keinem Fenster mehr zu schauen. Stattdessen schlenderte ich durch den Flur, der in dieser Etage ausgesprochen kurz ausfiel. Als ich dann den Blick auf die große Tür vor mir richtete, wusste ich auch schlagartig, wieso. Mit goldenen Buchstaben stand auf dem weißen Holz ein Name geschrieben: *Samuel De La Cruz*.

Augenblicklich machte ich auf dem Absatz kehrt und verließ die Etage über die Treppen nach unten. Keinesfalls wollte ich riskieren, dass Sam mich beim Herumschnüffeln erwischte.

Andererseits hatte er es mir nicht verboten, in seinem Hotel herumzuspazieren. Im Gegenteil; als er mir meine Spielkarte überreicht hatte, hatte er erwähnt, dass ich mich frei im Hotel bewegen könnte, solange ich sie bei mir trug.

Trotzdem beendete ich meine Erkundungstour und ließ mich kurz darauf in mein weiches Bett fallen. Ich schnappte mir die Speisekarte des Hotels und nachdem ich mich heute für eine Cremesuppe mit Beilagensalat entschieden hatte, bestellte ich mir – wie bisher jeden Tag – den Zimmerservice.

Bereits nach 20 Minuten klopfte es und ich hüpfte von meinem Bett. Schnell strich ich meine Haare glatt, als bereits die Tür geöffnet wurde und Rebecca mit einem Servierwagen das Zimmer betrat.

»Hat jemand Abendessen bestellt?«, fragte sie lächelnd. Ich runzelte die Stirn und rückte mein Top zurecht.

»Hey, seit wann bist du für den Zimmerservice zuständig?«, wollte ich wissen und trat näher.

»Bin ich nicht«, witzelte sie und schloss die Tür hinter sich. »Ich wollte nur mit dir reden.«

»Oh …«, entfuhr es mir und sie deutete auf mein Bett. »Wollen wir? Das Essen wird kalt.«

»Aber ich möchte dir nicht einfach etwas voressen.«

»Wer sagt denn, dass du mir etwas vorisst?«, winkte sie ab. »Ich habe für mich einen Teller aus der Küche mitgehen lassen. Bin gespannt, wem nun sein Abendessen fehlt.«

Sie zwinkerte mir zu und schob den Wagen neben mein Bett, bevor sie die Tabletts vorsichtig auf der Bettdecke abstellte.

»Hunger?«, fragte sie und klopfte neben sich, was ich mir nicht zweimal sagen ließ. Ich setzte mich im Schneidersitz neben sie und öffnete den Deckel meiner Suppe. Sie duftete himmlisch und sofort schob ich mir einen Löffel in den Mund.

»Vorsicht«, versuchte Rebecca mich zu warnen, doch ich hatte mir bereits die Zunge verbrannt.

»Die Suppen hier sind immer glühend heiß. Du willst gar nicht wissen, wie oft ich mir früher den Mund verbrannt habe. Hier trink etwas.«

Sie griff ins untere Fach des Servierwagens und reichte mir eine Flasche Wasser, die ich dankend annahm. Die kühle Flüssigkeit tat unglaublich gut und ich leerte beinahe die halbe Flasche, bevor ich Rebecca erneut einen Blick zuwarf.

»Also«, begann sie lächelnd. »Wir haben uns da was überlegt. Was hältst du von einem Clubbesuch heute Abend? Es gibt einen luxuriösen Beachclub auf der Dachterrasse eines Hochhauses, von dem man ganz Las Vegas überblicken kann. Ursprünglich wollten die Jungs allein gehen, aber ich habe ein paar meiner Überredungskünste angewandt, um sie davon zu überzeugen, uns beide mitzunehmen.«

Meine Kinnlade klappte auf und ich schüttelte verwirrt mit dem Kopf. »Bitte noch mal: Was habt ihr vor?«

»Wir wollen feiern gehen, June, und du wirst mitkommen. Sam war richtig angepisst, als du gestern plötzlich beim Pokern aufgetaucht bist. Das können wir gerne wiederholen.«

Sie musterte mich neugierig.

»Also weiß Sam doch nichts davon, dass ich eventuell mitkomme?«, hakte ich vorsichtig nach.

»Na ja.« Sie presste die Zähne aufeinander. »Nicht direkt. Ich habe gesagt, ich bringe eine Freundin mit und ich denke nicht, dass Sam dich als eine meiner Freundinnen einordnet.«

Nervös leckte ich mir über meine Lippen. »Ich weiß nicht«, sagte ich zögerlich. »Sam war ziemlich sauer, dass ich ihn hintergangen habe und eigentlich hat er mir für heute eine Doppelschicht im Casino aufgebrummt.«

»Ach was«, redete sie mir dazwischen. »Es ist Freitag. Heute ist so viel Personal anwesend, dass es kaum auffällt, wenn jemand fehlt. Komm schon, June.«

Ich wusste, dass mich ihr Vorschlag endgültig ins Verderben reißen würde, sollte ich zustimmen. Sam hatte sich schließlich klar und deutlich ausgedrückt und ich traute ihm durchaus zu, seine Drohungen ohne mit der Wimper zu zucken in die Tat umzusetzen. Andererseits … weshalb hatte ich schließlich eingewilligt, hier zu sein? Ich wollte durchdrehen; eine komplett neue Seite meines Lebens kennenlernen. Wieso also nicht auch den Luxus genießen, den mir Las Vegas bot?

»Darf ich dich erst was fragen?«

»Klar, was immer du willst«, entgegnete sie und biss genüsslich in den Hamburger, den sie geklaut hatte.

»Wie kam es zu deiner Freundschaft mit Sam? Ich meine, ihr zwei seht in manchen Situationen sehr vertraut miteinander aus.«

Sie lächelte. »Ist eine ziemlich witzige Story. Vor circa drei Jahren hatte ich mein Vorstellungsgespräch für die Stelle als Kellnerin im Casino. Sam war damals frisch 18 geworden und mir ist zu Ohren gekommen, dass mein Vorstellungsgespräch das Erste war, das er allein führen durfte. Ich habe ihm angesehen, wie nervös er war, obwohl er zu der Zeit schon ein gutes Pokerface draufhatte.«

Sie biss sich verlegen auf die Unterlippe und grinste mich an, während ich nur vergnügt eine Augenbraue nach oben zog.

»Es war schon ziemlich kurios. Nun gut, das Gespräch an sich verlief ziemlich nach dem Standard-Leitfaden. Woher kommen Sie? Welche sind Ihre Stärken und Schwächen? Welche Qualifikationen bringen Sie mit? All diese Fragen. Ich habe Sam damals schon angesehen, dass er ein kleiner Wichser ist. Jedenfalls hat er nach meinem Gespräch die restlichen Bewerber und Bewerberinnen einfach nach Hause geschickt.«

»Was? Wieso hat er das gemacht? Sieht ihm gar nicht ähnlich«, stellte ich fest.

»Ja, du hast recht. Ich sagte doch, es war ziemlich kurios. Sam hat sich anscheinend so unwohl in seiner Position gefühlt, dass er die restlichen Gespräche ohne schlechtes Gewissen einfach abgesagt hat.« Sie zuckte mit den Schultern. »Tja, und dann hat er mich einfach eingestellt, damit er keine weiteren Vorstellungsgespräche führen musste. Es war ihm wohl zu peinlich, seinem Vater zu beichten, wie schlimm es wirklich für ihn war, ins Business einzusteigen. Und mal so nebenbei: Ich wäre sowieso die Beste für den Job gewesen.«

Ich kicherte ungläubig, bevor sie weitersprach.

»Dass Sam sich jemals unwohl gefühlt hat, obwohl er in dem Moment die mächtigste Person im Raum war, kann ich bis heute nicht glauben. In meinen ersten Wochen hat Sam mich quasi umgarnt, um sicherzustellen, dass ich ihn nicht bei seinem Vater verpetzte. Dann ist daraus irgendwann eine Freundschaft entstanden. Wie genau das passieren konnte, kann ich dir allerdings nicht sagen.«

»Also musstest du von Anfang an zusehen, wie er sich zu einem Arschloch entwickelt hat?«, fragte ich gespielt mitleidig.

»Nicht wirklich. Er war schon immer so. Ich musste nur mitansehen, wie er durchs Business immer kälter wurde und all die Empathie in seinem Körper auslöschte.«

Sie sah mir in die Augen und ein Ausdruck von Leid tauchte in ihnen auf. Doch aus irgendeinem Grund war ich mir nicht sicher, ob dieses Gefühl echt war. Ob sie die Wahrheit sprach? Vielleicht kannte sie noch andere Seiten von Sam, nur wollte sie nicht, dass ich davon Wind bekam. Womöglich hatte Sam ihr auch verboten, darüber zu sprechen? Schließlich wusste ich noch nicht, welche Rolle Rebecca in dem ganzen Drama spielte ...

»Ich hab's mir überlegt«, sagte ich, als wir unsere leeren Tabletts zurück auf den Servierwagen stellten.

Rebecca nahm mich forschend in Augenschein. »Ich begleite dich heute Abend.«

Ihre Augen blitzten freudig auf. »Du wirst es nicht bereuen«, trällerte sie und erhob sich. »Man kann mit den Jungs durchaus ein bisschen Spaß haben. Auch wenn du mir das jetzt noch nicht glaubst.«

Sie ordnete die Tabletts auf dem Wagen und schob ihn zur Tür. »Also, wir sehen uns. Die Limo steht um 19 Uhr vor dem Haupteingang. Pass auf, dass dich vorher niemand sieht, der dich kennt.

Bis heute Abend.« Damit wandte sie sich von mir ab und verließ das Zimmer. Ich blieb noch einige Sekunden reglos auf meinem Bett sitzen und fragte mich, warum sich plötzlich so viel Aufregung in mir ansammelte.

Sam

Kapitel 16

Ich öffnete die Tür zum Büro meines Vaters. Es roch stark nach Desinfektionsmittel und Geld. Anscheinend hatte er zuvor fremde Geschäftsleute zu Gast gehabt, denn in seinem Gesichtsausdruck zeichnete sich pure Verärgerung ab. Warum er ausgerechnet jetzt mit mir sprechen wollte, konnte ich beim besten Willen nicht sagen. Normalerweise führte er die Vater-Sohn-Gespräche bei einem unserer gemeinsamen Abendessen und nicht während seiner Arbeitszeiten.

Ich nahm auf einem der zwei Stühle vor seinem Schreibtisch Platz und wartete darauf, dass er anfing zu reden. Die darauffolgenden Sekunden, in denen eine unangenehme Stille zwischen uns herrschte, verriet mir, dass ich etwas gewaltig verkackt haben musste.

Endlich räusperte er sich und stützte sich nach vorne auf seine Ellbogen, die Hände zusammengefaltet.

»Möchtest du mir vielleicht etwas erklären?«

Ich zuckte nur mit den Schultern. Ich hatte ihm so vieles zu erklären, also wartete ich gespannt darauf, was er diesmal wieder zu bemängeln hatte.

Er stieß ein Seufzen aus, bevor er mich eindringlich musterte. »Darf ich dich fragen, wieso um alles in der Welt du um 7 Uhr morgens halb angezogen mit einem weiblichen Hotelgast aus einer der Suiten spaziert kommst?«

Shit. Mein Nacken begann zu kribbeln, während der vorwurfsvolle Blick meines Vaters auf mir ruhte.

»Das hat sie dir doch schon erklärt«, gab ich schließlich von mir. »Ich war auf der Suche nach Rebecca, als sie mir schwankend auf dem Flur begegnet ist. Was hätte ich denn anderes machen sollen, als ihr zu helfen? Sie umkippen lassen? Wäre ja sehr gute Gastfreundlichkeit gewesen.«

Am Blick meines Vaters erkannte ich, dass er mir kein Wort glaubte.

»Und die junge Dame war wohl so verwirrt, dass sie sich sogar in der Etage geirrt hat, nicht wahr? Sam, du musst langsam verstehen, worum es in diesem Business geht. Nur weil dir das Unternehmen in naher Zukunft gehören wird, heißt das nicht, dass du tun und lassen kannst, was du willst.«

Und da waren wir wieder bei seinem Standardvortrag.

»Ich möchte nur, dass du lernst, Verantwortung zu tragen, Sam. Du bist nicht umsonst in diese Familie geboren worden. In dir steckt ein erfolgreicher Geschäftsmann, das weiß ich. Also fang gefälligst an, an ihm zu arbeiten.«

In Gedanken sprach ich seine Worte bereits parallel mit, so oft hatte ich sie schon zu Ohren bekommen. Mein Vater hatte bald nichts anderes mehr im Kopf, als mich auf das spätere ›Businessleben‹ vorzubereiten. Dabei demonstrierte er mir oft genug, wie schön es doch sein konnte, seine Macht und seinen Einfluss auf andere auszunutzen.

Ungeduldig wartete ich auf die nächste Passage seines Vortrags, doch stattdessen kamen aus seinem Mund Worte, die mich noch weiter in die Scheiße ritten, als ich ohnehin schon war.

»Jedenfalls will ich hoffen, dass die Zimmer schnellstmöglich hergerichtet werden können. Die Hamptons werden diese nämlich morgen früh beziehen.«

Die Hamptons? Etwa Kyle Hampton? Ich hasste diesen Wichser und doch waren wir während einer Geschäftsreise meiner Familie in New Heaven so etwas wie Freunde geworden. Hätte ich bei unserem letzten Meeting aufgepasst, anstatt mit offenen Augen zu schlafen, wäre ich nun vielleicht ein Stück schlauer, was unsere neuen Gäste anging.

Doch sollte es sich wirklich um die Hamptons handeln, deren Bild gerade in meinem Kopf umherschwebte, mussten die Suiten makellos sein, wenn sie eintrafen. Meine Gedanken zuckten zu dem kaputten Spiegel, dessen Scherben mit Sicherheit noch niemand beseitigt hatte. Ich hatte dem Hotelpersonal verboten, ohne meine Erlaubnis die Suiten dieser Etage zu betreten, wodurch ich mir gerade selbst ins Fleisch geschnitten hatte.

Und wo, zum Teufel, sollte ich so schnell einen neuen Spiegel auftreiben?

Und was war mit …

Schnell räusperte ich mich. »Die Hamptons sollen die 214 beziehen?«

»Die 214 sowie die 215«, klärte mich mein Vater in einem bemüht ruhigen Ton auf und fast wäre mir der Mund aufgeklappt. Zwei Suiten? In meinem Kopf drehten sich Zahnräder und kurz darauf wurde mir bewusst, dass ich ein Problem hatte.

»Wieso ausgerechnet Suiten, die so nah am Empfang liegen? Die meisten wollen doch in einem möglichst hohen Stockwerk wohnen, um nicht gestört zu werden«, versuchte ich mich irgendwie zu retten, jedoch ohne Erfolg.

»Die Familie hat den deutlichen Wunsch geäußert, gerade keine Suiten in einem der oberen Stockwerke beziehen zu wollen. Dem komme ich natürlich nach. Wir müssen dafür sorgen, dass wir den Hamptons als Freunde entgegentreten, denn sollten wir sie hier in Vegas zu Feinden haben, wird es schwer für uns.«

Ich nickte abwesend.

»Jetzt geh«, forderte er und ohne eine weitere Sekunde zu vertrödeln, erhob ich mich und ging zur Tür.

»Ach, Sam?«

Ich drehte mich um.

»Bitte sag deiner kleinen Freundin vom Personal, dass unsere Küche für sie tabu ist.«

Er sprach die Worte mit einer so gefährlichen Ruhe aus, dass ich beinahe Angst bekam, er würde mich für die Fehler anderer an den Pranger stellen wollen.

Ich entgegnete nichts, sondern verließ ohne Weiteres sein Büro. *Rebecca, was hast du wieder ausgefressen?*

***

»Guten Abend, Jeffers«, entgegnete ich freundlich und stieg in die Limo, deren Tür mir wie üblich von unserem Chauffeur aufgehalten wurde.

»Na, Bock auf einen geilen Abend?«, fragte mich Chase und gab mir zur Begrüßung einen Handschlag.

»Sag mal, bist du schon angetrunken?«, hakte ich stirnrunzelnd nach und beugte mich zu ihm, um zu überprüfen, ob er bereits nach Alkohol roch. Fehlanzeige.

»Nein, ich wollte nur deinen verwirrten Gesichtsausdruck noch mal begutachten.«

»Witzig«, entgegnete ich sarkastisch und holte mein Handy aus der Hosentasche. »Wo bleibt eigentlich Rebecca?«, fragte ich, doch Chase zuckte nur mit den Schultern.

»Frauen brauchen doch immer länger«, erwiderte er.

»Danke für die Belehrung, Mr. Moreno. Da wäre ich ohne Ihre Hilfe nie draufgekommen.«

Schmunzelnd fuhr er sich durchs Haar und spielte danach an den Knöpfen der Limo herum.

»Könntest du das bitte lassen?«, fragte ich ihn und warf ihm einen ernsten Blick zu.

»Seit wann kann man das Licht hier drin dimmen?«, meinte er und lachte. Chase ließ seine Finger natürlich nicht von der ach so tollen Technik unseres Wagens.

»Hey, Jeffers! Tut mir leid, dass Sie warten mussten«, ertönte eine Stimme, gefolgt von dem Klackern der High Heels.

»Keine Umstände, Miss Coleman. Das ist mein Job.«

Kurz darauf erkannte ich einige schwarze Haarsträhnen und Rebecca kroch in einem silbernen Paillettenkleid zu uns in den Wagen. Sie trug ihre gewellten Haare zum ersten Mal offen und ich musste zugeben, dass sie wirklich respekteinflößend aussah. Ihr starker Gesichtsausdruck rundete ihr Auftreten perfekt ab.

Bevor ich sie fragen konnte, wie es zu den besagten Veränderungen kam, stieg eine weitere Person zu uns in die Limousine. Schlagartig wurde meine Kehle trocken und ich musste einige Male blinzeln, um wirklich sicher zu gehen, dass es June war, die ich vor mir sah.

»Was …«, setzte ich an, wurde jedoch abrupt von Rebecca unterbrochen.

»Sie kommt mit, keine Widerrede!«

Verdutzt sah ich sie an. »Seit wann hast du das bitte zu bestimmen?«

»Seit ich entschieden habe, dass ich June mag. Punkt.«

Ich seufzte und musterte June von Kopf bis Fuß. Sie trug das gleiche Paillettenkleid wie Rebecca und ihre dunkelbraunen Haare waren zu einer kompliziert aussehenden Hochsteckfrisur zusammengebunden. Lediglich eine kleine Haarsträhne links und rechts ihres Gesichts hatte sie herunterhängen lassen.

»Hey, Chase«, begrüßte sie meinen Freund und schenkte ihm ein Lächeln, bevor ihr Ausdruck wieder einfror. Hatte sie das etwa geübt?

Ich gab Jeffers ein Zeichen, dass wir vollzählig waren und er losfahren konnte. Die Trennwand zu ihm hatte ich bereits vorsichtshalber hochgefahren.

»Ihr habt einen Flachbildfernseher hier drin?«, fragte Chase und starrte mit großen Augen auf den schwarzen Bildschirm, den ein Monteur heute Nachmittag neben der Trennwand befestigt hatte. Dass der ihm nicht vorher aufgefallen war, wunderte mich ein wenig.

»Warum so beeindruckt heute?«, neckte ich ihn, woraufhin er mir gegen die Schulter boxte.

»Chase hat wohl einen Luxusschock bekommen«, kommentierte Rebecca und kicherte. Auch June verkniff sich neben ihr ein Schmunzeln.

»Also«, wechselte ich das Thema nach einigen Sekunden. »Ich nehme an, du warst noch nie in einem richtigen Club, oder? Bisher war ja alles hier für dich Neuland.«

June musterte mich skeptisch, erwiderte jedoch nichts.

Ich fuhr mir mit der Zunge über meine Zähne und überlegte, wie ich sie in der Fassung dazu kriegen sollte, freiwillig in ein anderes Zimmer umzuziehen. Ich hatte keinen Bock, ein riesiges Aufsehen zu erregen, sollte sie sich gegen mich stellen.

Ob Rebecca mit ihr reden konnte? Sie schien sich ja bestens mit ihr zu verstehen. Eine andere Lösung fiel mir auf die Schnelle nicht ein. Einen neuen Spiegel hatte ich bereits bei einem Händler bestellt. Dieser sollte heute Abend während Junes Schicht eingebaut werden. Der Gedanke ließ mich skeptisch werden.

»Sag mal, hatte ich dir nicht gesagt, du machst heute eine Doppelschicht?«, konfrontierte ich sie mit hochgezogener Braue.

»Das habe ich geregelt«, mischte sich Rebecca ein. »Als Junes Vorgesetzte habe ich das Recht, ihr jederzeit einen freien Tag zuzuschreiben.

Und da heute sowieso genügend Leute anwesend sind, hielt ich genau das für eine gute Idee.«

Sie klang, als hätte sie bereits mit der Frage meinerseits gerechnet und sich zuvor eine Antwort parat gelegt.

»Ich hätte dir die Beförderung nicht geben dürfen«, murmelte ich, woraufhin Rebecca jedoch nur wissend die Mundwinkel verzog.

»Also, hätten wir das geklärt?«, stichelte Rebecca weiter gegen mich, doch schließlich stieß ich ein tiefes Seufzen aus.

»Nun gut. Das bestätigt aber immer noch nicht meine Annahme, ob June heute zum ersten Mal feiern geht.«

Endlich sah sie mir in die Augen. Sie räusperte sich, bevor sie ihre Stimme erhob. »Ich bin 21. Das sollte deine Unsicherheiten beseitigen, oder?«

»Schrottige Clubs oder High School-Partys zählen nicht«, informierte ich sie, woraufhin sie empört die Arme vor der Brust verschränkte.

»Ich bin an der Universität«, korrigierte sie mich. Mir war nicht entgangen, wie sie ihre Zeit in Kalifornien verbrachte, jedoch hielt ich es für schlauer, sie in dem Glauben zu lassen, ich wüsste nicht allzu viel über ihr kleines Leben.

»Auch schrottige Uni-Partys gehören *nicht* zu der Erfahrung, nach der ich dich gefragt habe.«

Sie stieß einen schnippischen Ton aus und lehnte sich zurück in den Sitz. Na bitte, diese Geste reichte mir schon als Antwort.

»Sag mal, musst du so schlechte Laune verbreiten?«, giftete mich Rebecca an und versuchte June anscheinend zu verteidigen. Ich rieb meine Handflächen gegeneinander und lehnte mich nach vorne.

»Steht nicht zwingend in meiner Absicht, jedoch …«

Der plötzliche Klang von Musik unterbrach mich und kaum merklich zuckte ich zusammen. Ich schlug mir die Hand vor die Stirn und drehte mich stöhnend zu Chase.

»Sag mal, hast du sie noch alle?«, fragte ich, während er seinen Kopf zum Beat der Musik leicht hin- und herbewegte.

»Ich habe keine Ahnung, wie das wieder ausgeht«, teilte er mir mit ungezwungener Stimme mit, so als würde es ihn nicht im Geringsten jucken, dass er gerade meine Konversation unterbrach.

»Lass ihn doch«, beschwichtigte Rebecca, die mich im selben Moment am Handgelenk packte. »Wir tragen die Diskussion ein anderes Mal aus.« Sie zwinkerte mir zu, zuckte mit ihrem Kopf allerdings plötzlich nach hinten und begann, wie wild zu blinzeln.

»Wimper im Auge?«, fragte ich vergnügt, woraufhin sie mit einem quälenden Lachen nickte. »Verdient«, warf ich hinterher, wonach June meine Aufmerksamkeit auf sich zog. Ihr Geschichtsausdruck hatte sich zwischenzeitlich entspannt. Erst als sie meinen Blick auf sich spürte, erloschen die Emotionen in ihrem Gesicht.

»Kleiner Tipp so nebenbei: Behalte dein Pokerface bei, selbst wenn du dich unbeobachtet fühlst. Man weiß nie, worauf der tatsächliche Fokus anderer liegt.«

»Damit scheinst du dich ja bestens auszukennen – jedes kleinste Gefühl vor der Außenwelt zu verstecken. Ganz ehrlich, ich sollte mir in Zukunft überlegen, ob ich dir noch mehr meiner kostbaren Aufmerksamkeit schenken möchte.«

»Tu dir keinen Zwang an. Du kannst jederzeit aussteigen und zurück zum Hotel laufen. Ich werde dich nicht aufhalten.«

»Sam, warum so nett heute?«, ging Rebecca dazwischen und ich beobachtete, wie June ihr einen dankbaren Blick zuwarf.

»Komm schon. Wir wollten doch heute Abend Spaß haben. Wehe, du versaust mir das. Sonst könnte es passieren, dass mir das nächste Mal vor deinem Vater ganz aus Versehen ein paar Geheimnisse rausrutschen.«

Ich wusste, dass sie ihre Drohung nicht ernst meinte, doch trotzdem stellten sich bei dem Gedanken sämtliche meiner Haare auf.

»Ach ja? Weißt du, was auch passieren könnte? Wenn du dich das nächste Mal unbefugt in die Hotelküche schleichst, könnte mir einfallen, dir ebenfalls aus Versehen eine Kündigung vor die Füße zu schmeißen.«

Sie verzog schmunzelnd das Gesicht. »Ich mag dich auch, Samuel.«

»Leute, wir sind da, habt ihr das mitbekommen?«, meldete sich Chase zu Wort und deutete nach draußen.

Wir hielten direkt auf dem Parkplatz vor dem Eingang des Hochhauses. Als ich ausstieg und die frische Abendluft einatmete, war ich mir sicher, dass dieser Abend noch sehr lang werden würde.

June

Kapitel 17

Wir erreichten das oberste Stockwerk des Hochhauses und noch bevor sich die Aufzugstür öffnete, drangen dumpfe Bässe an unsere Ohren. Mir machte es Spaß, Samuel in seiner aktuellen Stimmungslage ein bisschen zu ärgern. Sollte er doch in dem Glauben bleiben, ich sei angepisst. Vielleicht begriff er dann endlich, dass er aufhören muss, den überheblichen Macker raushängen zu lassen.

Wir gingen um die Ecke eines kleinen Flures, in dem ein roter Teppich ausgerollt wurde. Als wir die Dachterrasse erreichten, staunte ich nicht schlecht. Riesige Palmen, mehrere Pools und unzählige Menschen, die wild tanzten oder sich auf den mit rotem Polster überzogenen Sitzbänken unterhielten.

»Das hier ist der beste Club in Las Vegas«, erklärte Sam hinter mir und ich spürte, wie er sich ein Stück zu mir hinunterbeugte. »Habe ich zu viel versrochen?«

Instinktiv schüttelte ich mit dem Kopf. Er hatte recht. Gegen das hier waren die Verbindungspartys auf der Uni ein Kindergeburtstag. Während es dort nach billigem Alkohol und Zigaretten stank, hatte ich hier das Gefühl, endlich im Leben angekommen zu sein. Alles wirkte edel, teuer, erwachsen.

»Ich besorge uns Drinks«, trällerte Rebecca und schob sich an einer Gruppe Mädels vorbei zur Bar. Sam folgte ihr und sobald er uns den Rücken zugekehrt hatte, gesellte sich Chase neben mich.

»Das war mutig von dir.« Er sah mich nicht an, sondern folgte mit dem Bick Sam und Rebecca. »Ich hätte mir an deiner Stelle überlegt, ob ich gegen Sam stichle, wenn ich weiß, dass ich den ganzen Abend mit ihm verbringen muss.«

Seine Stimme ging in dem vielen Gesprächen und den Bässen der Musik beinahe unter und ich hatte Mühe, ihn überhaupt zu verstehen.

»Es hat sich aber gut angefühlt«, erwiderte ich und grinste amüsiert.

»Dir scheint das wirklich nichts auszumachen«, stellte Chase beeindruckt fest. »Nicht viele trauen sich das.«

Ich zuckte mit den Schultern. »Vielleicht spiele ich einfach aus einer anderen Intention heraus. Ich bin nicht scharf auf irgendwelche Prämien. Ich will mein Leben genießen und mal so richtig die Sau rauslassen.«

Ich wusste nicht, was der Abend mit sich bringen würde, geschweige denn wie Sam damit klarkam, dass ich nun hier war. Doch im Gegensatz zu den vorherigen Tagen war es mir heute schlichtweg egal, was er mir zu sagen hatte. Heute würde ich mich einfach nur fallen lassen und ein bisschen Spaß haben.

»Die Intention unterstütze ich«, versprach mir Chase und stupste mit seiner Schulter gegen meine. »Wir müssen alle mal etwas lockerer werden. Vor allem Sam. Er ist sehr angespannt in letzter Zeit.«

Ich zwinkere ihm zu. »Vielleicht können wir das heute Abend ändern.«

Mein Blick huschte über die vielen Lichter, die an den Rändern der Pools als einzige Lichtquelle dienten. Am anderen Ende der Terrasse erkannte ich zudem eine große Bühne mit einer Tanzfläche, auf der sich einige Gäste herumtrieben.

»Manchmal spielen dort Bands aus Las Vegas Livemusik oder es kommen Comedians, die die Leute unterhalten, aber heute scheint es still zu sein, was mir ganz ehrlich nur recht ist. Die Musik vom Club ist sowieso besser als die der meisten Bands.«

Chase deutete auf ein Plakat an einer der vergoldeten Säulen neben dem Eingang. Ich verengte die Augen und versuchte, die Schrift zu entziffern.

»Rock In Your Mind«, las ich laut vor. »Klingt ja … spannend.« Ich sah zu Chase, dessen Gesichtsausdruck Bände sprach.

»Ich hasse Rockmusik, vor allem, wenn sie live gespielt wird.« Angewidert verzog ich das Gesicht. »Dito.«

Während Rebecca mit Sam immer noch an der Bar stand, bevorzugten es Chase und ich, uns auf einer der runden Bänke niederzulassen.

Vorsichtig setzte ich mich, um das Kleid nicht kaputt zu machen, und schlug die Beine übereinander. Für einen kurzen Moment legte ich den Kopf in den Nacken und schloss die Augen. Morgen früh würde ich definitiv Kopfschmerzen von der lauten Musik haben. Nun konnte ich mir auch vorstellen, warum sich der Club weit oben auf einem Hochhaus befand. Bei dieser Laustärke würde man jedes kleinste Lebewesen in den Wahnsinn treiben. Jeder vorbeigehende Fußgänger würde bestimmt einen Gehörschaden bekommen. Aber ob das die Besitzer des Clubs überhaupt interessierte? Die Gäste hätten damit mit Sicherheit kein Problem.

»Eine Runde Scotch für alle!«, hörte ich Rebeccas Stimme neben mir. Ich öffnete die Augen und war für einen kurzen Moment verwirrt. Der Nachthimmel war rabenschwarz und wies bald keinen Unterschied mehr zu der Farbe auf, die ich sah, wenn ich die Augen schloss.

Ich blickte in die Runde und nahm das Glas entgegen, das mir Rebecca reichte. Dann blieb mein Blick an Sam hängen. Erst jetzt fiel mir auf, dass er heute ein schlichtes, schwarzes T-Shirt mit einer Jeans und Sneakern trug. In dem Outfit sah er beinahe wie ein ganz normaler Junge aus und nicht wie der Sohn eines millionenschweren Casinobesitzers.

Chase leerte sein Glas in einem Zug, woraufhin Sam einen überraschten Blick mit Rebecca wechselte.

»Seit wann bist du der Erste, der ansetzt?«, wollte er wissen und konnte sich ein kleines Grinsen nicht verkneifen.

Mit einem fragenden Gesichtsausdruck stellte Chase das Glas auf dem flachen Glastisch vor uns ab.

»Keine Ahnung. Mir ist heute irgendwie danach.« Er zuckte mit den Schultern. Im Gegensatz zu Sam trug er ein weißes Hemd mit einem beigefarbenen Sakko und passender Hose.

»Oh, ich liebe diesen Song«, unterbrach Rebecca meinen Gedankengang. »Jetzt habe ich Lust zu tanzen. Komm mit, June!«

Ohne die Chance zu haben, etwas zu erwidern, drückte sie Sam ihr Glas in die Hand und zog mich am Handgelenk in Richtung der Bühne. Wir stiegen die schmale Treppe an der Seite nach oben und fanden uns kurz darauf auf der Tanzfläche wieder.

Nun packte auch mich die Tanzlust und mein Körper begann sich wie automatisch zum Takt der Musik zu bewegen. Völlig zwanglos ließ ich mich vom Beat des Songs packen und in eine eigene Welt ziehen. Eine Welt, in der ich die Hauptrolle spielte und sich niemand mit dem Namen Samuel De La Cruz vor mich und meine Bedürfnisse stellte.

Eine ganze Weile amüsierten Rebecca und ich uns auf der Tanzfläche und mit jedem neuen Song stieg unsere Energie weiter an. Zwischendurch versorgte uns ein Kellner mit Getränken, die, wie ich fand, ziemlich gewöhnungsbedürftig schmeckten und nicht ganz meinem Stil entsprachen. Ich hoffte nur inständig, dass nichts Hochprozentiges unter den Drinks war, denn sonst würde sich gleich meine Welt anfangen zu drehen. Zudem hatte ich mir vorgenommen, mich nicht zu sehr zu betrinken, um einen halbwegs klaren Kopf zu bewahren.

Nach einiger Zeit nahm ich wahr, wie Chase plötzlich die Bühne betrat.

»Ich löse dich mal ab«, teilte er mir mit.

Lächelnd überließ ich ihm Rebecca. Doch als ich gerade auf dem Weg war, die Tanzfläche zu verlassen, stieg Sam die Stufen nach oben.

»Wo willst du hin?«, fragte er amüsiert.

»Ähm, nach unten«, stellte ich das Offensichtliche klar. Bevor ich jedoch einen weiteren Schritt nach vorne machen konnte, hatte er mich bereits an den Hüften gepackt und zurück auf die Tanzfläche dirigiert.

»Wenn Rebecca und Chase zusammen tanzen können, dürfen wir das ja wohl auch.«

Normalerweise würde ich mit mir ringen, ob ich mich wirklich darauf einlassen sollte. Doch selbst, wenn ich gewollt hätte, ich hätte mich nicht wehren können – weder gegen Sam noch gegen mich selbst. Ein Teil von mir schien unfassbar neugierig zu sein, wie es sich anfühlte, mit dem Sohn eines der reichsten Casinobesitzer in Las Vegas zu tanzen. Und das dazu noch in aller Öffentlichkeit.

Ich ließ mich von Sam führen, bis er sich auf der Tanzfläche hinter mich stellte, seine Hände an meine Taille führte und mich mit leichtem Druck gegen seinen Körper zog. Ein erschrockenes Keuchen entfuhr mir und ich spürte den Hauch eines Atems an meinem linken Ohr.

»Lass dich fallen, June.«

Es waren immer die gleichen Worte, die meine Knie weich werden ließen.

Ich begann, meine Hüften im Takt der Musik zu bewegen. Bald schon passte mein Körper meine Bewegungen an die von Sam an. Obwohl ich ihn nicht ansah, konnte ich mir sein Gesicht in Gedanken bildlich vorstellen. Allein die Berührung reichte aus, um mir seine Emotionen trotz vermeintlichem Pokerface zu offenbaren.

Ich ließ meinen Kopf nach hinten gegen seine Brust fallen und legte meine Hände über seine. Bis auf den silbernen Ring, den er trug, waren sie wohlig warm und ich hatte das Gefühl, ihre Wärme würde sofort auf mich überspringen.

Im Augenwinkel nahm ich Chase und Rebecca wahr, deren Gesichter sich gefährlich nah kamen. Just in diesem Moment spürte ich Sams unausgesprochenen Wunsch in meinem Nacken. Rasch drehte ich den Kopf und sah zu ihm nach oben. Das Blau in seinen Augen blitzte auf und bevor er seinen Mund auf meinen legen konnte, kam ich ihm zuvor. Er schmeckte nach Alkohol und auf seinen Lippen konnte ich noch das Prickeln des Champagners spüren, den er getrunken haben musste, während Rebecca und ich getanzt hatten. Genüsslich schloss ich die Augen und empfing das Feuerwerk an Gefühlen, das sich langsam durch meine Adern zum Herzen schlich. Immer wieder versuchte mich meine Vernunft daran zu erinnern, wer die Person war, die ich gerade so leidenschaftlich küsste, doch gegen diese Glücksgefühle hatte sie leider wenig Chancen.

Ich öffnete meinen Mund und nahm seine Zunge in Empfang, die sich sofort mit meiner verschlang. Seine Hände zuckten unter meinen und nur zu gerne hätte ich sie fester an meine Taille gedrückt.

Mein Magen schlug einen Purzelbaum nach dem Nächsten, während Sam seine Lippen fester auf meine presste. Als ich kurz darauf fast das Gleichgewicht verlor, unterbrach Sams leichtes Schmunzeln unseren Kuss.

»Wenn ich dich fester packen soll, musst du es mir nur sagen«, witzelte er und brachte damit auch mich zum Lächeln. Er wusste gar nicht, wie glücklich ich darüber war, dass er für ein paar Minuten kein arroganter Arsch war.

Neben uns verließen Rebecca und Chase gerade die Tanzfläche und verschwanden vor der Bühne in der Menschenmenge.

Sam nickte den beiden mit dem Kopf nach und deutete damit an, dass er ihnen folgen wollte. Wohl oder übel musste ich nachgeben.

»Bin in fünf Minuten wieder da. Ich suche schnell die Toilette«, teilte ich Sam mit, der mir nur knapp zunickte. Ich wandte mich ab und hielt Ausschau nach einem Zeichen, das den Weg zu den Toiletten ausschilderte, wurde jedoch nicht direkt fündig. Als ich meine Suche gerade aufgeben wollte, erinnerte ich mich daran, dass wir zuvor vor dem Aufzug an zwei großen Türen vorbeigelaufen waren, die man als Toilettenräume identifizieren konnte. Schnell bahnte ich mir einen Weg durch die feiernden Menschen und erreichte eine Minute später tatsächlich die Damentoilette.

Nachdem ich mir die Hände gewaschen hatte, zupfte ich ein wenig an meiner Hochsteckfrisur herum und schickte Leah, Cheyenne und Cecilia wie jeden Abend die versprochene Sprachnachricht, in der ich kurz erwähnte, dass es mir gut ging und ich noch nicht von einer Gruppe Superreicher vermöbelt worden war.

Ich öffnete die Tür und wollte gerade wieder durch den Flur auf die Dachterrasse zurückgehen, als ich in einen Typen hineinlief, dessen Gesicht mir durchaus bekannt vorkam.

»Oh, shit! Tut mir leid!«, stieß ich hervor und musterte den Jungen vor mir. Er hatte braune Haare, die ein bisschen heller als die von Sam waren, und an seinem Kinn zeichneten sich leichte Bartstoppeln ab. Plötzlich fiel mir ein, woher ich ihn kannte: Es war einer der Typen, die gestern Abend mit uns am Pokertisch gesessen hatten. Seinen Namen kannte ich allerdings nicht.

»June!«, rief er erfreut und grinste zweideutig. »Wie schön, dich zu sehen.«

Ja. Ich freue mich auch total.

»Bist du mit Sam hier? Ich würde mich an deiner Stelle vor ihm in Acht nehmen. Der kann gefährlich werden, der Junge.«

»Danke für den Hinweis«, sagte ich stirnrunzelnd und zog den Satz bewusst in die Länge. Was wollte dieser Typ von mir?

Bevor ich mir darüber Gedanken machen konnte, machte er einen Ausfallschritt nach vorne und presste seine Lippen auf meine. Ich stieß einen entsetzten Laut aus und drückte ihn angewidert von mir weg, doch in diesem Moment spürte ich bereits, wie etwas Kleines meinen Rachen hinunterrann.

»Scheiße«, platzte es aus mir heraus und ich versuchte durch Husten und Würgen, das Etwas aus meinem Hals zu bekommen, jedoch ohne Erfolg.

»Spinnst du?«, schrie ich den Typen an. »Was ist das für ein Zeug?« Ich begann, auf ihn einzuschlagen, doch mit einer einzigen Bewegung drückte er mich von sich weg.

»Das merkst du noch früh genug«, war seine einzige Antwort, bevor er mit einem diabolischen Lachen in den Aufzug sprintete, dessen Türen sich eine Sekunde später schlossen. *Verdammt.*

Panisch hastete ich zurück auf die Dachterrasse und versuchte, Rebecca, Chase oder Sam ausfindig zu machen. Ich wollte sofort zurück ins Hotel, um checken zu lassen, ob die Tablette gefährlich für meinen Körper war.

Mit zittrigen Beinen quetschte ich mich an den anderen Leuten vorbei zu den Sitzbänken, an denen wir uns zu Beginn aufgehalten hatten. Ich atmete erleichtert auf, als ich Chases Anzug erkannte. Während ich nähertrat, begann sich meine Umgebung bereits zu drehen.

»Hey June, da bist du ja!«, rief mich Rebecca zu sich, doch gerade als sich Sam und Chase zu mir umdrehten und ich Sams Blick begegnete, wurde es dunkel …

Sam

Kapitel 18

Runter damit!«, forderte Rebecca amüsiert, während Chase den Drink hinunterstürzte und angewidert das Gesicht verzog.

»Der war stark. Nicht hochprozentig, aber stark.«

Wenn das so weiterging, könnte ich gleich einen Krankenwagen anstelle einer Limousine rufen. Doch ich musste zugeben, dass Chase trotz der vielen Drinks, die er heute gehabt hatte, noch erstaunlich gut aussah. Vielleicht vertrug er einfach mehr als ich, obwohl er normalerweise derjenige war, der am wenigstens von uns dreien trank.

»Hey June, da bist du ja!« Rebecca winkte und gleichzeitig drehten sich Chase und ich um. June kam auf uns zu, das Gesicht kreidebleich. War etwas passiert?

In dem Moment, in dem sich schließlich unsere Blicke trafen, gaben plötzlich ihre Beine nach und sie sackte zu Boden. Mein Magen krampfte sich zusammen und instinktiv sprang ich auf und eilte die paar Meter zu ihr.

»June? Hey, June!«, versuchte ich sie anzusprechen. Nichts. Hastig kniete ich mich neben sie und legte zwei Finger an ihre Halsschlagader, nur um sicher zu gehen. Während Chase sein Sakko auszog und June als Kissen unter den Kopf legte, näherten sich immer mehr Schaulustige. *Fuck*. Was sollte ich jetzt tun?

»J-u-n-e«, versuchte nun auch Rebecca ihr Glück und klopfte ihr leicht auf die Wange, doch auch bei ihr zeigte sie keinerlei Reaktion. So viel Alkohol hatte sie doch gar nicht getrunken, oder? Nein, ich war mir absolut sicher, dass hier etwas faul sein musste.

»Hier, ruf Jeffers an.« Ich entsperrte mein Handy und reichte es Chase, der sich sofort einige Schritte entfernte. Eine Gänsehaut zog sich über meinen Körper und ein schmerzhaftes Ziehen durchzuckte meinen Magen, doch meine Aufmerksamkeit galt nur June. Vorsichtig fasste ich an ihre Schultern und rüttelte sie leicht, in der Hoffnung, sie käme wieder zu Bewusstsein. Leider hatte ich kein Glück.

»Müsst ihr so glotzen?«, knurrte ich die Leute an, die gerade nichts Besseres zu tun hatten, als uns anzustarren. Völlig verständnislos schüttelte ich den Kopf und fühlte nach Junes Pulsader. Ihre Hand war eiskalt und ihr Puls ging deutlich langsamer als er eigentlich sollte. Ich ließ ihre Hand nicht los, sondern verschlang sie fest mit meiner.

»Komm schon, June«, murmelte ich. Als sie immer noch keine Reaktion zeigte, wurde ich ungeduldig. Nervös rieb ich mir mit der Hand übers Gesicht, während die andere immer noch die von June drückte. Wenn sich ihr Zustand verschlechterte, würde ich sie sofort ins Krankenhaus fahren müssen. Zu groß war meine Angst vor dem Ungewissen, das mit jeder weiteren Sekunde unerträglicher wurde.

»Jeffers ist in zehn Minuten vor dem Club. Wie willst du sie denn dort runter kriegen?«, fragte Chase und hockte sich neben mich. Ich schüttelte den Kopf. »Ich weiß es nicht. Im Notfall trage ich sie bis zum Aufzug und danach bis ins Auto.«

Chase schien von der Idee nicht besonders begeistert zu sein. »Na, das wird ja ein tolles Bild abgeben. Du weißt schon, dass sich dort Leute aufhalten werden, die dich sehen und höchstwahrscheinlich ziemlich schräg anglotzen werden.«

»Das ist mir gerade sowas von scheißegal. Meinetwegen können auch hundert Paparazzi vor dem Eingang stehen und ihre Kameras auf mich halten.«

»Wie du meinst.« Chase ließ von mir ab und stand auf. »Dann los, je eher wir hier wegkommen, desto besser.«

Ich warf June einen letzten Blick zu, doch sie schien immer noch nichts von ihrer Umgebung wahrzunehmen, also ließ ich ihre Hand los und griff ihr stattdessen unter die Arme, um sie gemeinsam mit Chase vom Boden aufzurichten. Scheiße, war sie schwer. *Hätte ich bei der dünnen Figur gar nicht erwartet.*

In meinen Armen trug ich sie schließlich bis zum Aufzug. Ich war froh, dass uns niemand der Schaulustigen folgte. Ansonsten hätten mich diese Menschen definitiv von einer anderen Seite kennengelernt.

Ohne June abzusetzen, fuhren wir die vielen Stockwerke nach unten. Quälend langsam bewegte sich der Aufzug und ich hoffte inständig, er hielt nicht noch zwischendurch an anderen Stockwerken an. Doch natürlich hatte ich kein Glück und so öffneten sich die Türen und eine große, goldene Vier leuchtete uns entgegen.

»Würden Sie bitte zwei Minuten warten? Das hier ist ein Notfall«, informierte Rebecca die beiden älteren Damen, die uns verwirrt anstarrten. Dann trommelte sie wie wild auf dem Knopf des Aufzugs, der für das Schließen der Türen verantwortlich war, herum.

»Wieso geht das nicht?«, zischte sie genervt. In diesem Moment schlossen sich die Türen und wir ließen die beiden Frauen einfach im Flur stehen.

»Geht doch«, merkte Chase amüsiert an und Rebecca warf ihm einen schnippischen Blick zu, bevor sie sich neben Junes Gesicht stellte.

»Sie sieht aus wie ein Geist«, sagte sie und legte den Kopf schief. In diesem Moment hielt der Aufzug und die Türen öffneten sich. Ohne auf unsere Umgebung zu achten, trug ich June aus dem Hotel und war heilfroh, als ich Jeffers Gesicht erblickte. In seinen Augen blitzte Entsetzen auf, als er June in meinen Armen liegen sah.

Hastig öffnete er uns die Autotür und Rebecca und Chase huschten hinein. Die beiden halfen mir, June auf die lange Rückbank zu legen. Schließlich stieg ich ebenfalls in den Wagen. Da ich nicht wollte, dass ihr Kopf während der Fahrt hin und her schleuderte, legte ich ihn vorsichtig auf meinen Schoß. Junes Frisur hatte sich mittlerweile gelöst und ihre Haare verteilten sich kreuz und quer über ihrem Gesicht. Behutsam strich ich sie zur Seite und sah auf sie hinab. Selbst im bewusstlosen Zustand war June wunderhübsch. Erst jetzt bemerkte ich, dass sich auf ihren Wangen kleine Sommersprossen abzeichneten. Sie waren so blass, dass ich sie zuvor nie bemerkt hatte. Sie gaben ihrem Gesicht die jugendliche und verspielte Frische, die sich auch in ihrem Verhalten widerspiegelte. Ihre glänzenden, vollen Lippen hingegen strotzten nur so vor weiblicher Power und Selbstbewusstsein, mit denen sie mich regelmäßig in den Wahnsinn trieb.

»Sie atmet aber noch, oder?«, fragte Rebecca vorsichtig und warf einen besorgten Blick auf June. Ich nickte knapp. »Wollen wir hoffen, dass das auch so bleibt.«

Chase verkniff sich ein Prusten. »Vor ein paar Tagen wolltest du sie noch unbedingt loswerden.«

Ich schluckte, denn er hatte absolut recht.

»Wie bitte?«, fragte Rebecca mit gerunzelter Stirn. »Was heißt hier *loswerden*?«

Eine unangenehme Stille breitete sich zwischen uns aus. Chase war schließlich der Erste, der tief seufzte. »Na los, Sam, sag du es ihr.«

Na vielen Dank auch.

Ich räusperte mich und fuhr mir mit der Hand durch meine Haare, bevor ich Rebecca ansah. Als ich jedoch den Mund öffnen wollte, schüttelte ich nur mit dem Kopf. Ich konnte es ihr nicht sagen; sie würde mich bis an ihr Lebensende dafür hassen. Vorausgesetzt, sie tat es nicht ohnehin schon.

»Wir hatten nur angedacht, sie aus dem Spiel zu werfen, weil sie sich nicht an die Regeln hält«, log ich und hoffte inständig, dass sie mir meine Lüge abkaufte.

»Wenn ihr das macht, schleppe ich sie euch persönlich zurück vor die Füße. Sie spielt verdammt gut, ist euch das mal aufgefallen? Und wenn ich das mal unter sechs Augen sagen darf, ich finde, sie ist eine Frau, die dir guttun wird, Samuel. Sie lässt sich nicht herumkommandieren und kennt ihre Werte. Genau so jemanden brauchst du. Wenn du mich fragst, könntest du alle anderen einfach rauswerfen und sie sofort gewinnen lassen. Klär dieses verdammte Spiel auf und fang mit ihr von vorne an, dann hast du eine Chance, dass June dir verzeiht und sich erneut auf dich einlässt. Unfassbar, dass du sie rauswerfen wolltest …«

Chase und ich lehnten uns gleichzeitig zurück und verschränkten die Arme vor der Brust.

»Wir haben sie ja nicht rausgeschmissen, also kein Grund, sich aufzuregen«, versuchte Chase sie zu besänftigen, was ihm erstaunlich gut gelang. Er hatte irgendeine beruhigende Wirkung auf Rebecca, die ich nie verstehen konnte. Manchmal schaffte er es, sie in einem einzigen Satz wieder zurück auf den Boden zu holen, sollte sie sich tierisch über etwas aufregen.

Sie konnte wirklich unausstehlich werden, wenn sie sich ungerecht behandelt fühlte. Eigentlich sollte Rebecca sich bei mir längst daran gewöhnt haben, doch an manchen Tagen wurde es ihr trotzdem zu viel.

Genau dann war ich unfassbar dankbar für einen Freund wie Chase.

Eine Weile sprach niemand ein Wort und ich sah abwechselnd aus dem Fenster und zu June. Ihre Hand hatte ich so in meine gelegt, dass es die anderen beiden nicht sehen konnten. Ich wollte spüren, sobald sie wieder in der Lage war, Druck auszuüben.

»Sag mal«, begann Chase zögerlich. »Irgendwie kommt mir die Situation gerade sehr bekannt vor.«

Er deutete auf June und tauschte einen wissenden Blick mit mir. Dann fiel mir plötzlich ein, worauf er hinauswollte. June war nicht die Einzige bewusstlose Person, die wir heute mit der Limousine umherkutschierten.

»Glaubst du, sie hat das Gleiche wie Elena?«, flüsterte ich, doch Rebecca hatte mich bereits gehört.

»Elena? Was ist mit ihr?«

»Nichts Schlimmes«, winkte Chase ab und sah mich wieder an. Verlegen biss ich mir auf die Unterlippe. Er könnte durchaus recht behalten mit seiner Vermutung. Junes Gesichtsfarbe ähnelte durchaus der von Elena heute Morgen. Ein unwohles Kribbeln durchfuhr mich.

»Ich habe das Gefühl, dass hier etwas ganz und gar nicht stimmt«, sagte ich und sah auf June hinab.

»Inwiefern?«, hakte Chase nach und lehnte sich näher zu mir.

»Ich meine ja nur«, flüsterte ich. »Elena kommt aus Vegas, sie hat Bekannte hier in der Gegend, die vielleicht etwas damit bezwecken wollten. Doch June kennt hier niemand. Kein Mensch interessiert sich für ein dahergelaufenes, naives Mädchen. Die Einzigen, die sie kennen und wissen, warum sie hier ist, sind wir drei, einige wenige Angestellte und die Leute, die gestern beim Pokern dabei waren.«

»Du glaubst, jemand von uns …«

»Ja«, schnitt ich ihm das Wort ab, damit Rebecca nichts hören konnte, was nicht für sie bestimmt war.

Chase leckte sich nervös über die Lippen. »Ich glaube das nicht. Keiner von uns würde irgendetwas in dieser Richtung tun. Und das noch dazu ohne Grund. Vielleicht war es einfach ein Zufall und sie hat wirklich zu viel getrunken. Am Ende machen wir uns unnötig Gedanken und es stellt sich heraus, dass sie kerngesund ist.«

»Sieht das für dich nach kerngesund aus?« Ich nickte mit dem Kopf nach unten zu June, die immer noch reglos auf der Sitzbank lag.

»Jetzt reg dich nicht so auf, Sam.«

Ich schnaubte und Chase wandte sich lächelnd Rebecca zu.

»Du brauchst gar nicht zu lachen, Chase. Tu nicht so, als ob ich kein Wort von dem verstanden hätte, was ihr beiden da getuschelt habt.«

Er presste die Lippen zu einem schmalen Strich zusammen und rieb sich über die Nase.

»Lass und erst abwarten, bevor wir vorzeitig Panik schieben.«

Ob wir wollten oder nicht, wir mussten Chase zustimmen. Jetzt einen Aufstand zu fahren, wäre absolut kontraproduktiv. Vielleicht konnte June mir mehr über die Geschehnisse verraten, sobald sie wieder zu sich kam. Vorausgesetzt, sie erinnerte sich überhaupt an etwas, das heute Abend geschehen war.

June

Kapitel 19

Sonnenstrahlen wärmten meine Haut. Ächzend öffnete ich die Augen. Für ein paar Sekunden war meine Sicht verschwommen, doch dann wurde sie allmählich klarer. Ich starrte an die weiße Decke über mir und versuchte mich zu besinnen. Als ich mich bewegen wollte, jagten tausende Nadelstiche durch meinen Körper und ich ließ mich zurück auf das weiche Kissen fallen. Mein zweiter Versuch brachte mich ein wenig weiter. Ich schaffte es, meinen Kopf ein Stückchen anzuheben.

»Guten Morgen«, ertönte eine amüsierte Stimme und ich drehte träge meinen Kopf. Samuel lehnte an der Fensterbank und warf mir einen gutmütigen Blick zu. Stöhnend ließ ich mich erneut ins Kissen zurückfallen.

»Wo, zum Teufel, bin ich?«, presste ich aus meiner trockenen Kehle hervor.

»In meinem Zimmer«, antwortete Sam so, als wäre das selbstverständlich.

Beinahe hätte ich mich an meiner eigenen Spucke verschluckt. Mein Oberkörper schnellte nach oben und ich ließ meinen Blick durch den Raum gleiten. Tatsächlich. Obwohl der Baustil Ähnlichkeiten mit meinem Zimmer aufwies, unterschied sich die Einrichtung wie Tag und Nacht von der, die in meiner Suite zu finden war.

Sam setzte sich neben mir auf die Matratze und reichte mir eine kleine Tablette und ein Glas Wasser. »Nimm die, danach geht's dir besser.«

Ohne darüber nachzudenken, was er mir da andrehte, nahm ich ihm die Tablette aus der Hand und spülte sie mit ein paar Schlucken Wasser hinunter.

»Mein Kopf dröhnt«, beschwerte ich mich und wollte mich gerade ein drittes Mal zurück ins Bett sinken lassen, als Sam hastig eine Hand hinter meinen Rücken legte.

»Nichts da, du bleibst sitzen.«

»Wieso?«, fragte ich gequält und rieb mir mit den Händen übers Gesicht.

»Weil ich das sage.«

Obwohl ich dachte, er würde mich jeden Moment aus seinem Zimmer schmeißen wollen, klang seine Stimme erstaunlich sanft.

»Kannst du dich erinnern, was gestern passiert ist?«, fragte er hinterher und musterte mich neugierig. Erst jetzt bemerkte ich, dass ich keine Ahnung hatte, wie ich hierhergekommen war, geschweige denn warum es mir so scheiße ging. Ich hatte mich doch nicht etwa betrunken, oder?

»Nicht wirklich«, begann ich, doch als mein Blick auf das schwarze Shirt fiel, das jemand an einem Kleiderbügel vor einen Schrank gehängt hatte, setzten sich nach und nach ein paar übriggebliebene Fetzen zusammen.

»Ich weiß, dass wir in den Nachtclub auf diesem Hochhaus waren«, begann ich langsam, meine übriggebliebenen Erinnerungen aufzuzählen. »Ich habe mit Chase über die schlechte Livemusik gelästert. Wir haben Scotch getrunken und Chase hat sich an einem Drink verschluckt.« Ich lachte bei der Erinnerung. »Rebecca und ich haben getanzt. Dann haben wir …« Ich stockte.

»Du erinnerst dich also«, stellte Sam amüsiert fest. »Und weißt du auch, was danach passiert ist?«

Ich schüttelte den Kopf.

Sam versuchte, mir auf die Sprünge zu helfen. »Du wolltest zur Toilette gehen. Warst du dort?«

Ohne ihn anzusehen, nickte ich. Nur wage erinnerte ich mich, was geschehen war.

»Und danach? Warst du noch irgendwo anders, bevor du zu uns gekommen bist?«

Angestrengt biss ich mir auf die Zunge.

»Da war ein Mann«, gab ich schließlich benebelt von mir.

»Ein Mann? Wie sah er aus? Hat er dir etwas getan?«

Ich stöhnte, als das Pochen in meinem Kopf erneut begann, meine

Gehirnzellen zu zerquetschen.

»Er hat mich geküsst. Und dann war irgendwas in meinem Hals. Mehr weiß ich nicht.«

Sam nickte. »Ich nehme mal an, das war eine Droge. Kannst du dich an sein Aussehen erinnern?«

»Nein«, entgegnete ich leise. »Da sind nur noch schwarze Umrisse in meinem Kopf. Ich glaube aber, dass ich ihn schon mal gesehen habe.«

Samuels Augen weiteten sich. »Bist du sicher?«

Ich schüttelte den Kopf. »Nein, das bin ich mir bei gar nichts mehr.«

Er senkte seinen Blick und einige Sekunden sprachen wir kein Wort. Die Stille, die normalerweise ein angespanntes Gefühl in mir auslöste, beruhigte mich heute. Ich spürte, dass etwas Ungeklärtes zwischen uns in der Luft lag. Eine Frage, die sich niemand traute, zu stellen … oder zu beantworten.

Gerade wollte ich die Bettdecke zur Seite schlagen, da stellte ich fest, dass ich nur in Unterwäsche in Sams Bett lag.

»Ähm«, sagte ich, um auf mein Problem aufmerksam zu machen, und sah zu Sam.

»Was ist?«, fragte er und musterte meinen Gesichtsausdruck.

»Ich brauche Klamotten zum Anziehen.«

Er deutete mit dem Finger auf große Kartons neben seiner Zimmertür. Was sollte das denn?

»Dort drin ist deine Kleidung und auch sonst jeglicher Kram, der von dir in der Suite herumlag.« Er stand auf. »Ich gehe gerne vor die Tür, wenn du dich dann besser fühlst.«

Völlig verwirrt sah ich zwischen ihm und den Kartons hin und her. »Warte, warum hast du meine ganzen Sachen in Kartons gepackt?« Er spürte die Panik in meiner Stimme, doch durch ein einfaches Lächeln schaffte er es, mich zu beruhigen.

»Keine Sorge, Sweetie. Ich setze dich nicht einfach vor die Tür. Deine Suite ist nur leider ab heute belegt, denn das Hotel ist restlos ausgebucht.«

Mir klappte der Mund auf. »Wie bitte?«, entfuhr es mir. »Wenn du glaubst, ich schlafe mit *dir* in einem Zimmer, dann hast du dich aber gewaltig geschnitten.«

Er zuckte bloß mit den Schultern. »Deine Entscheidung. Ich zwinge dich nicht, zu bleiben.« Mit diesen Worten öffnete er die Tür und ließ mich allein. *Holy shit.*

Konnte ich das wirklich machen? Wenn ich von nun an kein eigenes Zimmer mehr hatte, besaß ich auch keinen Rückzugsort mehr, in dem ich Ruhe vor Samuel hatte.

Genervt stöhnte ich in die Bettdecke und stand danach auf. Ich öffnete die Kartons, um sicher zu gehen, dass Sam mich nicht verarscht hatte, doch er hatte tatsächlich mein komplettes Zeug nach oben geschleppt.

Ich fischte das Erstbeste, was ich zu greifen bekam, aus dem Karton: eine altrosa Bluse und eine schwarze Schlaghose. Hätte schlimmer kommen können.

Nachdem ich mich angezogen hatte, sah ich mich genauer im Zimmer um. Ein großer Schreibtisch schmückte die riesige Suite. An den Wänden hingen eingerahmte Schwarzweiß-Fotos von Las Vegas und zwischendrin ein einfacher Spruch in schwarzen Buchstaben auf weißem Untergrund: *Work hard, play hard.*

Mein Blick zuckte zur Tür, die sich im selben Moment mit einem leisen Klicken öffnete.

»Ich hoffe, du bist fertig.«

Röte stieg in mein Gesicht und peinlich berührt spielte ich mit einer meiner zerzausten Haarsträhnen. Ich musste sie unbedingt wieder glätten. Hoffentlich besaß Sam ein Glätteisen in seinem Bad oder konnte wenigstens eines auftreiben.

»Äh, ich habe mir nur deine Fotos angesehen«, versuchte ich mich zu erklären, doch er winkte sofort ab.

»Dafür sind Bilder doch da, oder?«

Er sah mich an und ein Lächeln stahl sich auf sein Gesicht.

»Oh, Samuel De La Cruz traut sich zu lachen. Ist das echt?«, fragte ich. Sofort flog Kälte über sein Gesicht. »Och, komm schon. Wieso musst du ständig so einen ekelhaften Business-Blick aufsetzen? Gestern Abend hat das doch auch funktioniert.«

»Daran erinnerst du dich also«, meinte er und setzte sich auf die Schreibtischplatte. Er nickte kaum merklich neben sich und ich ließ mich an seiner Seite nieder.

»Weißt du, worum es in meinem Job geht?« Er sah mich an. »Geld und Macht. Und mit genau diesen zwei Dingen wirst du in Vegas erfolgreich. Seit ich klein bin, werde ich darauf vorbereitet, das Unternehmen meines Vaters zu übernehmen. Damit das reibungslos funktioniert, müssen mir gewisse Eigenschaften und Angewohnheiten eingetrichtert werden. So auch das Pokerface, das nichts über meine aktuelle Gefühlslage preisgibt. Und wenn Emotionen hervortreten, dann sind sie gewollt.«

Verlegen leckte ich mir mit der Zunge über meine trockenen Lippen. Ich wagte es kaum zu atmen, während er sprach.

»Mir ist bewusst, dass das für Leute, die nicht der High Society angehören, ziemlich schwer nachzuvollziehen ist. Aber ich bin nun mal damit aufgewachsen und erlebe diese Welt tagtäglich. Hier interessiert es niemanden, ob du zufrieden mit deiner Rolle bist oder nicht. Du hast abzuliefern, wenn es darauf ankommt und dich so zu verhalten, wie es von dir erwartet wird. Ganz egal, wie sehr du selbst darunter leidest.«

Für die nächsten Sekunden war unser Atem das Einzige, das die Stille zwischen uns füllte. Mein Körper war während seiner Worte zu einer Schockstarre eingefroren und ich brauchte einige Momente, um mich davon zu erholen. Ich wusste nicht, ob ich froh darüber sein sollte, dass er mir endlich etwas von sich aus erzählte oder eher wütend, weil die Wahrheit so verdammt unfair war. Das erste Mal schien ich so etwas wie Mitleid für Sam zu empfinden. Oder war das alles wieder nur ein neuer Schachzug gegen mich, um mein Vertrauen zu gewinnen?

»Ich weiß nicht, was ich dazu sagen soll«, begann ich zögerlich.

»Sag am besten gar nichts«, riet er mir, doch ich hörte nicht auf ihn.

»Sam, ich …«

»Komm jetzt bitte nicht mit irgendeiner Mitleidsnummer um die Ecke. Ich komme gut mit meinem Leben klar.«

Er stieß sich vom Schreibtisch ab und wandte sich um. Erst folgte ich ihm mit meinem Blick, dann stand ich ebenfalls auf. Als er gerade die Türklinke greifen wollte, hielt ich ihn am Arm fest. Genervt fuhr er zu mir herum.

»Was ist dein verficktes Problem, Kingsley? Begreife es endlich: Ich bin geboren, um zu funktionieren, nicht um zu leben.«

Seine blauen Augen funkelten mich an, bevor er sich umdrehte und aus dem Zimmer stürmte. War das sein verdammter Ernst? Erst ließ er mich in dem Glauben, ich würde endlich zu ihm durchdringen, und dann blockte er wieder eiskalt ab, als wäre nichts gewesen?

Verständnislos ließ ich mich auf sein Bett fallen. Dass er gar kein Problem damit hatte, mich allein in seinem Zimmer zu lassen, wunderte mich ein wenig. Schließlich hatte ich jederzeit die Chance, den Raum in ein Schlachtfeld zu verwandeln und all seine Sachen zu durchwühlen. Ich nahm mir vor, diesen Gedanken für später im Hinterkopf zu behalten.

Ein Klopfen zog meine Aufmerksamkeit auf sich. Als ich zur Tür blickte, steckte Rebecca neugierig ihren Kopf ins Zimmer.

»Gott sei Dank, geht es dir gut!«, meinte sie erleichtert und legte sich neben mich. »Sam hat voll die Premium-Matratze, ich sag's dir. Jedes Mal, wenn ich hier bin, würde ich am liebsten wie ein Kleinkind auf dem Bett herumspringen.«

Ich schielte zu ihr. »Jetzt wäre deine Chance.«

»Ach Quatsch, ich bin doch wegen dir hier. Los erzähl, wie geht's dir? Du hast uns gestern Abend einen ganz schönen Schrecken eingejagt, als du plötzlich ohne Vorwarnung ohnmächtig geworden bist.«

»Ja, ich hatte mir das auch anders vorgestellt. Aber bis auf ein paar Kopfschmerzen geht es mir gut. Sam hat mir eben schon was gegen die Schmerzen gegeben. Ich denke, es war Aspirin oder etwas Ähnliches.«

Sie warf mir einen verwirrten Seitenblick zu. »Sam hat dir Tabletten gegeben, ohne dass du etwas dafür tun musstest? Darauf würde ich mir an deiner Stelle etwas einbilden. Sowas höre ich nämlich zum ersten Mal.«

Ich kniff die Augen zusammen, während Rebecca den Kopf schief legte und amüsiert ihren Mund verzog.

»Sag mal, nur so unter uns …«

Eine meiner Augenbrauen schnellte nach oben.

»Sam gefällt dir, oder?«

Ein Kribbeln begann in meinem Magen sein Unwesen zu treiben. Rasch überlegte ich, wie ich nun antworten sollte.

»Die Frage ist wohl eher, wem gefällt er nicht?«, startete ich einen kleinen, jämmerlichen Versuch. Rebeccas Miene wurde wieder ernst.

»Weich meiner Frage nicht aus«, entgegnete sie standhaft. Innerlich gab ich bereits auf, da ich wusste, dass ich ihre Frage nicht mehr abschütteln konnte. Wieso konnte es jetzt nicht einfach an der Tür klopfen und jemand rettete mich aus der ungünstigen Situation? In den Filmen funktionierte das doch auch. Als ich jedoch feststellen musste, dass mir kein Prinz dieser Welt helfen wollte, seufzte ich tief.

»Sam interessiert mich nicht.«

»Lügnerin!«, beschuldigte sie mich. »Ich weiß, dass du ihn in manchen Situationen magst. Deine Augen verraten dich.«

»Stalkst du mich oder warum weißt du darüber bestens Bescheid?«

»Vielleicht arbeite ich ja auch insgeheim beim FBI? Wer weiß? Und jetzt sag mir einfach, dass du ihn magst.«

Ich sah ihr in die Augen. Das Braun in ihnen blitzte belustigt auf und bevor ich mich noch länger vor der Wahrheit verstecken konnte, antwortete ich ihr.

»Vielleicht ein bisschen.« Ich führte meinen Daumen und Zeigefinger zusammen und ließ nur hauchdünn Luft zwischen ihnen, um Rebecca zu symbolisieren, dass ich ihn wirklich nur ein klitzekleines bisschen mochte.

»Wenn du das *ein bisschen* noch weglässt und deine Hand zurückziehst, bin ich zufrieden.«

»Mann, Rebecca! Das muss dir doch als Antwort reichen!«

Sie hob abwehrend die Hände. »Okay, ich habe verstanden. Das Thema Sam ist wohl noch nicht ganz ausgereift. Geben wir dem Ganzen noch ein paar Tage.«

»Warum bist du dir da eigentlich so sicher?«, fragte ich skeptisch und setzte mich auf.

»Ich habe euch tanzen gesehen. Eure Blicke verraten euch. Aber keine Sorge, Sam hat heute Morgen genauso genervt auf mein Verhör reagiert.«

Heute Morgen? Mein Blick schnellte durchs Zimmer und scannte die Wände nach einer Uhr ab. Schließlich erblickte ich neben dem großen Schrank gleich drei schwarze Uhren, die mir die Zeit von Las Vegas, London und Paris anzeigten. Wir hatten bereits 11:30 Uhr. Wie lange hatte ich denn geschlafen?

»In Paris ist es schon 20:30 Uhr?«, fragte Rebecca ungläubig. »Selbst bei den Engländern hängen wir acht Stunden hinterher. Frechheit.«

Die Empörung war deutlich aus ihrer Stimme herauszuhören. Unterdessen war mein Blick längst wieder auf die Tür gerichtet, die sich mit einem Schwung öffnete.

»Hättest du nicht zwei Minuten früher hier aufkreuzen können?«, beschimpfte ich Chase, dem die Verwirrung mehr als deutlich auf die Stirn geschrieben stand.

»Was? Wieso?«, fragte er und Rebecca gab ihm mit einem kurzen »Schscht« zu verstehen, dass er am besten nicht weiter nachhakte. Er kam ihrem Rat nach und ließ seine Frage fallen.

»Bevor du fragst, ja, mir geht es gut«, beantwortete ich die Frage, von der ich sicher war, er würde sie als Nächstes stellen.

»Wenn ihr mich loswerden wollt, setzt mich bitte in Kenntnis.« Er deutete mit der Hand hinter sich zur Tür.

»Nein, bleib ruhig«, meinte ich und kicherte. Dann stand ich vom Bett auf.

»Oh, wartet! Mir kommt da gerade eine gute Idee.« Rebecca sprang ebenfalls auf die Beine und ging auf die Kartons zu. Kurz darauf warf sie mir zwei weiße Sneaker entgegen.

»Was haltet ihr davon, spontan essen zu gehen? Nur wir drei, ganz zwanglos.«

Chase zuckte zustimmend mit den Schultern. »Also ich hätte nichts dagegen. June?«

Beide Blicke lagen nun auf mir.

»Ihr seht echt gruselig aus, wenn ihr mich gleichzeitig mit hochgezogenen Augenbrauen anseht. Aber ja, ich komme gerne mit.«

»Fantastisch!«, trällerte Rebecca, während sie die Tür ansteuerte. »Ich weiß auch schon genau, wo wir hingehen. Chase, du hast nicht zufällig noch Sams Kreditkarte, oder?«

Kapitel 20

Guten Tag, Mr. De La Cruz. Wie kann ich Ihnen helfen?«

Ich räusperte mich und trat einen Schritt näher. »Ich würde gerne zu meinem Schließfach«, teilte ich Miss Roberts, der Bankangestellten, mit, woraufhin sie nickte. Sie besaß ein junges und frisches Lächeln, was ihr, da war ich mir sicher, im Leben einige Türen geöffnet hatte.

»Sehr gerne, folgen Sie mir bitte.«

Sie führte mich durch eine der Hintertüren eine schmale Wendeltreppe hinunter und entriegelte schließlich eine dreifach gesicherte Stahltür. Mit einer Handbewegung gab sie mir grünes Licht, den Raum zu betreten. Ich richtete meinen Anzug und ging lächelnd an ihr vorbei. Sie selbst trat nach mir ein.

In dem kleinen Raum war es stickig. Kein Wunder, es gab dort weder ein Fenster noch eine Klimaanlage. Ohne viel Zeit zu verschwenden, griff ich in die Innentasche meines Sakkos und holte ein kleines, schwarzes Portemonnaie hervor und klappte es auf. Einen der beiden Schlüssel löste ich vom Metallring und schob ihn in das Schlüsselloch eines der vielen Schließfächer. Miss Roberts drehte ebenfalls ihren Schlüssel in einem zweiten Schlüsselloch herum. Nachdem das leise Klicken der sich öffnenden Verriegelung ertönte, verließ sie den Raum und schloss die Tür hinter sich.

Ich nahm einen tiefen Atemzug, bevor ich die Klappe beiseiteschob, die unterste der kleinen Kisten herauszog und sie auf den Tisch in der Mitte des Raumes stellte. Wie jedes Mal jagte ein Stich durch meine Adern, während ich die Kiste öffnete. Meine Augen begannen zu funkeln, als mir die schwarzen Modelle entgegenblitzten, die mich ein kleines Vermögen gekostet hatten. Wüsste mein Vater davon, würde er mich mit Sicherheit sofort enterben und an den Pranger stellen. Doch dieses Risiko war es mir wert.

Vorsichtig hob ich eines der Modelle hoch und betrachtete es im schwachen Licht der Lampen. Die Waffe lag mir perfekt in der Hand und fühlte sich mächtig an. Wie ich dieses Gefühl liebte. Zu lange hatte ich auf ihren Gebrauch verzichtet, dabei lösten sich Probleme meist von selbst, sobald der Unruhestifter die kleine Pistole zu Gesicht bekam.

Zufrieden steckte ich mir die Waffe in meinen Anzug und verdeckte sie mit meinem Sakko. Ich hatte bewusst auf eine Tasche verzichtet, da ich nicht den Anschein erwecken wollte, wichtige Unterlagen oder Dokumente mit mir herumzutragen.

Nachdem ich die Kiste verschlossen und wieder sicher im Schließfach verstaut hatte, klopfte ich gegen die Tür, um Miss Roberts zu signalisieren, dass ich fertig war.

Beim Verlassen des Bankgebäudes wurde mir dann doch ein wenig mulmig zumute. Auf offener Straße mit einer Waffe herumzulaufen, war in Vegas nicht die beste Idee. Schnellen Schrittes lief ich um die Häuserecke zum Parkplatz und stieg in die Limousine, in der Jeffers auf mich gewartet hatte.

»Wo soll es hingehen?«, fragte er über die Lautsprecher des Wagens und pfiff fröhlich. Die Trennwand hatte ich bereits auf der Fahrt zur Bank hochgefahren.

»Zum Belagio. Ich habe eine Verabredung im *Picasso*.«

»Mit ihrem Vater?«, hakte er nach, während ich gerade dabei war, die Waffe im doppelten Boden des Seitenfachs zu verstauen.

»Ja«, erwiderte ich seufzend und ließ mich nach hinten auf die Sitzbank sinken. »Sehen Sie also zu, dass wir uns nicht verspäten.«

Jeffers Lachen plärrte durch die Lautsprecher. »Haben Sie sich mit mir als Fahrer jemals verspätet?«

***

Mein Vater wartete bereits im Eingangsbereich des Picassos auf mich und klopfte mir zur Begrüßung auf die Schulter.

»Behalte dein Sakko an, wir gehen eine Runde spazieren.«

»Ich dachte, wir essen«, äußerte ich mich verwundert, doch er schüttelte kaum merklich mit dem Kopf.

»Das war nur ein Vorwand, um dich hierher zu bestellen. Los, komm mit.«

Ich unterdrückte ein Stöhnen und folgte meinem Vater aus dem Restaurant. Das konnte doch nicht sein verdammter Ernst sein!

Wütend lief ich neben ihm an den großen Wasserfontänen vorbei, die den Platz vor dem Belagio zierten.

»Muss ich jetzt wirklich auf mein Essen verzichten?«, fragte ich, doch mein Vater verzog keine Miene. »Ja.«

Fantastisch, alter Mann. »Und worum geht es jetzt hier?«, wollte ich wissen, um einschätzen zu können, wie lange er mir wieder einen seiner Vorträge halten würde.

»Um dich«, war seine einzige Antwort. Mein Magen zog sich zusammen, als ich hörte, wie er das Wort *dich* betonte. Es konnte im Prinzip alles bedeuten, doch ich war mir sicher, dass es diesmal nichts Gutes verhieß.

»Samuel, was glaubst du, auf wie viele Dinge ich im Leben verzichten musste, um so erfolgreich zu werden?«

Ich zuckte mit den Schultern. »Kein Ahnung. Bestimmt auf einige.«

Er nickte. »Auf vieles, mein Sohn. Du kannst dir gar nicht vorstellen, wo ich gelandet wäre, hätte ich mich damals so sehr ablenken lassen wie du gerade. Ich weiß, dass man sich in deinem Alter für alles außer fürs Business interessiert.«

»Ich interessiere mich doch fürs Business«, widersprach ich ihm. »Sonst wäre ich ja wohl kaum hier.«

Er wusste, wovon ich sprach. Als ich 16 Jahre alt war, hatte ich die Wahl gehabt, entweder bei meiner Mutter oder meinem Vater zu leben. Damals war ich so angetan von der Vorstellung gewesen, einmal das Unternehmen meines Vaters zu leiten und ein ganzes Casino in meinem Besitz zu haben. Also hatte ich mich dazu entschlossen, meine Mutter nach der Trennung allein nach Texas ziehen zu lassen und stattdessen in Las Vegas zu bleiben. Meine Eltern wussten beide, wie sehr ich diese Stadt liebte, weshalb mir meine Mum niemals böse gewesen war.

»So meinte ich das nicht. Ich weiß, dass du deinen Platz in unserem Business finden wirst. Worauf ich hinauswill ist, dass dir langsam klar werden muss, dass jegliche Ablenkung in diesem Job Millionen kosten könnten. Vor allem, wenn die Ablenkung weiblicher Natur ist.«

Ich rieb mir über die Nase. »Dad, ich weiß, was ich tue. Ich weiß genau, was gut für mich ist und was nicht.«

»Und warum lässt du das Schlechte dann nicht einfach links liegen?«, fragte er provokativ.

Ein mulmiges Gefühl breitete sich in meiner Brust aus. Ob er wusste, was in seinem Casino vor sich ging? Welches Spiel dort stattfand? Wie viele Suiten im Hotel tatsächlich in Gebrauch waren?

Plötzlich war ich nicht mehr ganz so selbstbewusst wie noch vor einigen Momenten. Ich versuchte mich mit der Annahme zu beruhigen, dass mein Vater längst etwas unternommen hätte, sollte er von den Geschehnissen Wind bekommen haben.

»Ich finde, es ist langsam an der Zeit, dass du dir Prioritäten im Leben setzt. Deine Führungsqualitäten werden demnächst hart auf die Probe gestellt, also sorg dafür, dass du keine Schwachstellen offenlegst. Du weißt, jede Frau liebt dich nur so lange, wie du sie lässt.«

Ich nickte und sah mich um. Plötzlich packte mich die Sehnsucht nach einem einfachen und unkomplizierten Leben. Auf dem großen Platz vor uns liefen Kinder laut lachend umher, während ihre Eltern versuchten, den Stadtplan von Las Vegas zu entziffern. Mit einem Mal zweifelte ich daran, ob ich wirklich das richtige Leben für mich gewählt hatte. Ob ich wirklich dafür bestimmt war, der High Society anzugehören und große Geschäfte abzuschließen.

»Ich werde dich schon nicht enttäuschen Dad«, entgegnete ich mit einem Lächeln, das er sofort erwiderte.

»Ich wusste, du würdest es verstehen. Jetzt entschuldige mich bitte, ich habe noch eine richtige Essensverabredung. Vergiss die Sponsorengala nicht. Übrigens möchte ich, dass du auch ein paar Worte sprichst. Die Leute sollen dich langsam als Mitglied in unseren Kreisen ansehen.«

»Tun sie das nicht ohnehin schon?«, wollte ich wissen und verschränkte die Arme vor der Brust.

»Nicht offiziell«, entgegnete er zwinkernd, wandte sich ab und überquerte die Straße, an deren Ende eine Limousine bereitstand. Jedoch erkannte ich, dass es nicht Jeffers war, der sie fuhr, sondern ein breitschultriger Mann mit einer dunklen Sonnenbrille. Er sah aus, als hätte er keine Lust auf seinen Job, denn er lächelte nicht ein einziges Mal. Ich konnte nicht verstehen, wie mein Vater diese Mimik jeder anderen vorziehen konnte. Würde Jeffers plötzlich seine aufgeweckte Art verlieren, würde ich mich in seiner Nähe unwohl fühlen.

Ich beschloss, vor der Gala noch ein wenig frische Luft zu schnappen und meinen Kopf freizubekommen. Angestrengt dachte ich darüber nach, was mein Vater heute Abend wohl von mir verlangen würde. Ob er mir einfach einen Zettel mit einer vorgefertigten Rede in die Hand drückte, die ich dann irgendwie unter die Leute bringen sollte? Oder waren ein paar freie Worte zu meinen zukünftigen Intentionen besser angesiedelt?

Ich steuerte den nächstgelegenen Park an und kam an einem kleinen Stand vorbei, an dem sich einige Leute eine Tüte French Fries kauften. Kurz überlegte ich, ob ich stehenbleiben und mir ebenfalls etwas zu essen kaufen sollte, doch dann verscheuchte ich den Gedanken wieder. Ich konnte es mir nicht erlauben, beim Kauf von billigem Essen gesehen zu werden. Obwohl die wenigsten Leute in den mittleren und unteren Schichten meinen Namen kannten, war das Risiko dennoch gegeben, von jemandem gesehen zu werden, von dem ich nicht wollte, dass er mich sah.

Die meisten Menschen hatten das Privileg, in der Öffentlichkeit einen Scheiß darauf zu geben, wie sie auf andere wirkten. Ich jedoch nicht. So gerne würde ich einfach mal in Jogginghose zusammen mit Chase durch den Park laufen, Alkohol trinken und einen Fuck darauf geben, was andere von uns hielten.

Doch das war leider nur Wunschdenken. In der Öffentlichkeit hatte ich eine Rolle zu spielen. Ich war Samuel De La Cruz, Sohn eines der reichsten Casinobesitzer in ganz Las Vegas und genau so hatte ich auch anderen entgegenzutreten. Ganz gleich, ob ich das wollte oder nicht.

Während ich durch den Park schlenderte und einigen Fotografen dabei zusah, wie sie das Licht der Sonne durch die grünen Blätter der Bäume einfingen, hallten die Worte meines Vaters in meinem Kopf wider. Beinahe befürchtete ich, er hätte sie so tief in mein Gehirn gebrannt, dass ich sie nie wieder loswerden würde.

»Es ist langsam an der Zeit, dass du dir Prioritäten setzt.«

Wie viele Prioritäten durfte ein Geschäftsmann denn haben? Drei? Fünf? Eine einzige?

Plötzlich schoss mir eine Idee durch den Kopf. Zuerst war es nur ein Gedankenblitz, doch je länger ich darüber nachdachte, desto begeisterter wurde ich. Die Idee war riskant; sehr sogar. Aber wie so oft im Leben reizte mich genau dieses Risiko. Sollte ich sie wirklich in die Tat umsetzen, würde ich heute Abend definitiv mehr Menschen überraschen als geplant. Allen voran meinen Vater.

Kapitel 21

»Das macht dann 350 Dollar.«

Ich verschluckte mich fast an meinem Orangensaft, als ich die Summe zu hören bekam, die wir zu zahlen hatten. Chase und Rebecca schienen von dem hohen Betrag jedoch nur wenig beeindruckt. Ohne mit der Wimper zu zucken schob Chase Sams Kreditkarte in das kleine Gerät und gab die Geheimnummer ein.

»Wenn Sam das hier herausfindet, sind wir alle gleichermaßen am Arsch«, flüsterte er, als der Kellner gegangen war.

»Und wenn er es nicht herausfindet?«

»Wird er«, beschwichtigte Rebecca. »Was Finanzen angeht, ist Sam immer auf dem neuesten Stand. Ich gebe dem Ganzen hier höchstens eine Woche, dann ist sowieso Monatsende.«

Chase nickte zustimmend. »Ich würde mir da auch nicht zu große Hoffnungen machen. Aber hey, das Essen hat wenigstens geschmeckt. Dafür unterziehe ich mich gerne einer Standpauke. Die Kreditkarte wird er mir deswegen aber ganz sicher nicht wegnehmen. Schließlich spiele ich für ihn des Öfteren den seriösen Bodyguard seiner Spielerinnen. Das solltest du ja bereits mitbekommen haben.« Er zwinkerte mir verschmitzt zu.

Nachdem ich meinen Orangensaft geleert hatte, verließen wir das Restaurant. Draußen kroch mir die trockene Wüstenluft in meine Lungen und ich brauchte einige Momente, um mich daran zu gewöhnen, keine Klimaanlage mehr zur Verfügung zu haben, die mich jederzeit mit kalter Luft versorgte.

»Habt ihr noch was vor?«, fragte Rebecca, als wir in unsere Limousine stiegen. Schon auf der Hinfahrt hatte es mich erstaunt, wie klein diese doch im Gegensatz zu Sams war. Chase hatte mir erklärt, dass das Hotel für alle Gäste einheitliche Limousinen zur Verfügung stellte. Diese hier schien eine davon zu sein.

»Nicht, dass ich wüsste«, antwortete Chase. »Woran hast du gedacht?«

Sie zuckte mit den Schultern. »Ich weiß nicht, vielleicht könnten wir eine Runde durch den Park gehen. Der Lorenzi-Park ist hier ganz in der Nähe.«

Ich verzog das Gesicht. »Wenn es euch nichts ausmacht, würde ich mich gerne ein wenig hinlegen. Meine Kopfschmerzen dröhnen gerade sehr.«

Rebeccas besorgter Blick lag auf mir. »Wenn du doch mit einer Ärztin sprechen möchtest, scheu dich nicht, Bescheid zu geben.«

Ich nickte. »Ich brauche einfach ein wenig Ruhe.«

»Ist gut, wir fahren dich zurück. Der Park läuft uns nicht weg«, meinte Rebecca lächelnd und warf mir einen gutmütigen Blick zu.

»Ihr beiden könnt mich ruhig am Hotel rauslassen und danach zum Park fahren, wenn ihr möchtet. Ich komme schon klar.«

»Nichts da!«, widersprach sie mir, doch Chase sah sie eindringlich an. »Was ist denn daran so verkehrt? Durch deine Anwesenheit werden ihre Kopfschmerzen auch nicht besser.«

Sie seufzte. »Hast recht. Gut, wir lassen dich vor dem Eingang raus. Ist das okay für dich?«

Ich nickte knapp und Chase holte sein Portemonnaie hervor.

»Hier, die brauchst du, falls Sam nicht da ist.« Er hielt mir eine silberne Karte entgegen.

»Das ist die Schlüsselkarte für Sams Suite. Halte sie einfach kurz vor den Sensor neben der Tür, dann solltest du sie ohne Probleme aufdrücken können. Sam bevorzugt zwar seine guten alten Metallschlüssel, aber ich finde, gegebenen Luxus sollte man ausnutzen.«

Zögerlich nahm ich sie an. »Danke.«

»Keine Ursache. Falls du was brauchst, ruf mich einfach an.«

»Aber ich habe deine Nummer doch gar nicht.«

»Doch, hast du«, widersprach mir Rebecca fröhlich. »Du hast die von Chase, mir und sogar die Privatnummer von Sam. Eigentlich hätte ich seine geschäftliche in deinem Handy einspeichern sollen, aber die private kann auch nicht schaden.«

Sofort zog ich mein Handy hervor.

»Meine findest du unter meinem Vornamen. Sam habe ich als *Reiches Arschloch* eingespeichert und Chase unter *Möchtegern-Macho*. Passend, oder?«

Auf Chases Gesicht stand mittlerweile ein großes Fragezeichen. Er hob skeptisch eine Augenbraue. »Möchtegern-Macho«, wiederholte er langsam. »Wann mache ich denn bitte einen auf Macho?«

Sie deutete auf sein Portemonnaie, das er immer noch in der Hand hielt. »Mit wessen Kreditkarte hast du denn eben im Restaurant angegeben? Da fällt mir ein … ich hätte deine Karte einfach mal mit der von Sam tauschen müssen und hoffen, dass es dir nicht auffällt.« Sie sah ihn vergnügt an. »Wenn das geklappt hätte, hätte ich dich von Herzen ausgelacht. Vielleicht mache ich das beim nächsten Mal.«

»Unterstehe dich!«, gab er brummend zurück und verstaute das Portemonnaie wieder in seiner vorderen Hosentasche. Ich unterdrückte ein Schmunzeln und lächelte stattdessen in mich hinein. Wieso genoss ich es so sehr, wenn Rebecca und Chase sich gegenseitig angifteten?

»Bis später«, verabschiedete mich Rebecca, während ich aus der Limo stieg und die Tür zuschlug. Als ich die vielen Stufen bis in den obersten Stock gemeistert hatte, brauchte ich eine kurze Verschnaufpause. Obwohl ich vom Empfang bis hier nach oben nur knapp drei Minuten gebraucht hatte, ärgerte ich mich doch ein wenig, nicht den Aufzug genommen zu haben. Ich kramte die Schlüsselkarte hervor und hielt sie vor den Sensor, so wie es mir Chase zuvor gesagt hatte. Mit einem leisen Klicken ließ sich die Tür öffnen und ich trat ins Zimmer.

Sam schien nicht da zu sein, worüber ich ganz dankbar war. Ich ließ mich rücklings auf sein Bett fallen, dann streifte ich mir die Schuhe von den Füßen und starrte für einige Zeit auf die weiße Decke über mir.

»So müde?«, riss mich eine belustigte Stimme aus meiner Starre. Wie lange hatte ich denn in der Position gelegen?

Ich rappelte mich auf und blickte zu Sam, der gerade die Tür hinter sich schloss.

»Ich hatte nur ein wenig Kopfschmerzen.« In diesem Moment fiel mir etwas ein, was mich schon den ganzen Tag beschäftigte. »Sag mal, wir schlafen aber doch nicht heute Nacht in einem Bett, oder?« Meine Unsicherheit war deutlich herauszuhören.

Er zuckte mit den Schultern. »Wieso nicht? Das Bett ist groß genug und ich habe dir eine eigene Decke und ein eigenes Kopfkissen besorgt. Du wirst nicht mal merken, dass ich da bin.«

Da sollte er sich mal nicht zu sicher sein.

»Muss das sein? Kann ich nicht einfach bei Rebecca schlafen?«

»Sie wohnt nicht im Hotel«, informierte er mich, woraufhin mir nur ein leises »Oh …« entfuhr. Bis gerade eben hatte ich angenommen, dass sie ebenfalls ein Zimmer im Hotel besaß, doch explizit danach gefragt hatte ich nie. Mir fiel ein, dass auch Chase niemand war, dem ich zutraute, im Hotel seines besten Freundes zu leben und in ständiger Abhängigkeit von ihm zu sein.

»Ich kann mich auch gerne mit einer Decke auf einen Pokertisch legen«, schlug ich vor, doch Sam kniff sich nur an die Nasenwurzel.

»Du meinst den Pokertisch, den du vollgeblutet hast?«

Ich stockte und augenblicklich stieg Hitze in meine Wangen. Was hatte ich?

Peinlich berührt sah ich zu Boden und versuchte, nicht zu viel Scham zu empfinden.

»Der Boden ist zu hart, um dort zu schlafen. Falls dich das nicht stört, nur zu. Ansonsten wird dir wohl oder übel nichts anderes als das Bett übrigbleiben.«

Ich seufzte tief. Wollte ich wirklich eine Nacht mit Sam De La Cruz in einem Bett verbringen? Es betraf ja im Prinzip nicht nur eine einzige Nacht, erinnerte ich mich. Ich würde so lange hier schlafen müssen, bis eines der Hotelzimmer frei wurde. Und ich hatte keinen blassen Schimmer, wann das sein würde.

»Anderes Thema«, begann Sam und ich sah zu ihm auf. Irgendetwas an seiner plötzlichen Haltung gefiel mir nicht. »Heute Abend findet eine große Sponsorengala statt, auf der viele bedeutsame und weniger bedeutsame Leute anwesend sein werden.«

Ich runzelte die Stirn. Warum erzählte er mir das?

»Unter anderem werde auch ich dort sein. Ich möchte dich gerne als Begleitung mitnehmen.«

Mein Herz machte einen Satz und es schien, als würde das Blut in meinem Körper für diese eine Sekunde stillstehen. »Wie bitte?«, entfuhr es mir. Sam grinste und trat einen Schritt auf mich zu.

»Ich möchte, dass du mich auf die Gala begleitest«, wiederholte er.

»Äh, ich …« Ich schüttelte ich den Kopf, doch Sam unterbrach mich.

»Erzähl mir jetzt nichts von irgendwelchen Kopfschmerzen. Das hältst du für einen Abend schon aus. Wir stellen dir ein Outfit zur Verfügung, du bekommst ein professionelles Make-up …«

»Ich weiß nicht«, antwortete ich so standhaft, wie ich gerade konnte. Und das war die Wahrheit.

»Das war keine Frage«, stellte Sam klar und kam näher. Bei seinen Worten breitete sich ein Ziehen in meiner Brust aus.

»Gehört das zum Spiel?«, fragte ich und er beugte sich zu mir. Sein frischer Geruch stieg mir in die Nase und ließ meinen Körper kribbeln.

»Vergiss das Spiel«, raunte er an meinem Ohr und hinterließ eine Gänsehaut auf meiner Haut. »Du spielst längst nicht mehr, ist dir das nicht aufgefallen?«

Ich blieb regungslos. Was sollte das bedeuten, ich spielte nicht mehr?

»Und was passiert mit den Regeln?«, fragte ich vorsichtig.

»Kein Spiel, keine Anforderungen, keine Regeln. Ganz einfach.«

Ein Schauer lief mir über den Rücken und ich schluckte den Kloß in meinem Hals hinunter, bevor ich erneut sprechen konnte. Was sagte er da? Eine Gala ganz ohne Regeln? Das roch gefährlich nach Drama.

»Okay.«

»Ja?«, hakte er nach.

Ich nickte. »Ich werde mitkommen. Aber nur unter einer Bedingung.« Ich öffnete die Augen und sah ihn an.

Er legte den Kopf schief. »Nur zu.«

Ein tückisches Grinsen breitete sich auf meinem Gesicht aus, während ich aufstand und ihm fest in die Augen sah. »Ich werde mich nicht als deine Freundin ausgeben.«

Sein Lächeln wurde breiter. »Das hatte ich auch nicht erwartet.«

Ich trat einige Schritte an ihm vorbei. »Und dein Vater?«

»Wird das akzeptieren müssen, ob er möchte oder nicht. Wir haben das Glück, dass auf der Gala viele Sponsoren anwesend sein werden. Daher kann er uns höchstens morgen früh auseinandernehmen. Und dann bin ich vorbereitet.«

Nachdenklich knibbelte ich an meinen Fingernägeln herum und überlegte, ob ich das Risiko wirklich eingehen wollte. Ich könnte den Abend auch einfach mit Rebecca und Chase verbringen oder einen Abendspaziergang durch Las Vegas machen. Aber ich musste feststellen, dass mich keine dieser Optionen so sehr reizte wie der Galabesuch.

Ich stellte mir vor, wie Cecilia, Cheyenne und Leah wohl darauf reagieren würden, wenn ich erzählte, dass ich eine echte Gala besucht hatte. Der Gedanke erinnerte mich daran, dass ich mich dringend noch einmal bei ihnen melden musste. Doch was sollte ich diesmal schreiben?

Hey, ich habe den Spaß meines Lebens!

Hey, wisst ihr was, ich bin gestern unter Drogen gesetzt worden!

Hey, ich werde mit Samuel auf eine verdammt geile Gala in fucking Las Vegas gehen!

Ich spürte, wie die Aufregung meinen Magen in Beschlag nahm. Ich war nun wirklich kein Model-Mädchen, doch für einen Abend im Rampenlicht zu stehen, konnte meinem Selbstbewusstsein bestimmt nicht schaden.

Kapitel 22

Und? Wie sieht's aus?«, hakte ich nach, während ich langsam die Tür zu meinem Badezimmer öffnete.

»Raus, De La Cruz!«, ertönte die Stimme der Stylistin und drückte mir die Tür wieder vor der Nase zu.

Stöhnend lehnte ich mich an die Wand und wartete darauf, dass June endlich fertig wurde. Ich konnte nie verstehen, wie man es schaffte, sich zwei Stunden mit einem Look zu beschäftigen. An manchen Tagen bekam ich bei meinem Styling, das nie länger als eine Viertelstunde dauerte, einen regelrechten Wutanfall.

Nach geschlagenen fünf Minuten, die sich wie eine Ewigkeit anfühlten, öffnete sich endlich die Tür. Meine Augen weiteten sich, als mein Blick von zwei High Heels über ein bordeauxfarbenes Kleid bis hin zu einem strahlenden Lächeln wanderte.

June trug dunkelroten Lippenstift, ein starkes Augen Make-up und an ihrem Hals blitzte eine goldene Kette. Ihre Haare fielen in Wellen über ihre zarten Schultern, von denen eine der vorderen Strähnen nach hinten gesteckt war. Als June sich um ihre eigene Achse drehte, erkannte ich die teure Perlenstecknadel, mit der die Haarsträhne an ihrem Hinterkopf befestigt worden war. Sie sah absolut umwerfend aus.

»Hat dir meine Arbeit tatsächlich die Sprache verschlagen?«, witzelte Karen. Sie war nicht ohne Grund unsere beste Stylistin. Mit einem kritischen Auge begutachtete sie Junes Look. »Darf ich noch mal schnell an dein Auge?«

June nickte und Karen wischte an ihrem Lidschatten herum. Für mich sah sie danach zwar genauso aus wie vorher, aber sobald Karen zufrieden war, wusste ich, dass ich June so der Presse vorführen konnte.

Von dem kleinen, verunsicherten Mädchen, das ich kennengelernt hatte, war nichts mehr übrig. Ihre Schritte wirkten beinahe majestätisch. Das Kleid hatte einen Ausschnitt für eines ihrer Beine, wirbelte hinter ihr her und verlieh damit ihrem gesamten Auftreten zusätzliche Präsenz.

»Kommst du?«, fragte June an der Zimmertür.

Hastig folgte ich ihr. In meinem schlichten schwarzen Anzug fühlte ich mich neben ihr schon fast beleidigt.

Während wir durch den Flur liefen, zogen wir sämtliche Blicke der Hotelgäste auf uns, was mich allerdings nicht im Geringsten störte. June hingegen schien sich wohl noch daran gewöhnen zu müssen, der Aufmerksamkeit anderer Leute standzuhalten.

Karen half ihr, die breite Treppe zum Empfang hinunterzugehen und gab ihr Tipps, wie sie sich am besten bewegte. Ich warf Karen ein dankbares Lächeln zu, bevor ich hinter June aus dem Hotel trat.

Jeffers sah aus, als würde ich ihm einen Alien präsentieren, während June selbstbewusst die Stufe hinunterstieg.

»Ihr Vater wird Sie definitiv umbringen«, murmelte er, während ich ihm ein geschäftliches Lächeln schenkte.

»Da haben Sie vollkommen recht«, stimmte ich ihm zu. »Das wird er.«

Es stellte sich als große Herausforderung heraus, June mitsamt dem Kleid in die Limousine zu befördern, ohne etwas kaputt zu machen. Als Jeffers die Tür schließlich zudrückte, atmete ich erleichtert aus.

***

Die Gala fand in einem riesigen Anwesen statt. Bereits vor der Empfangshalle tummelten sich Reporter und Schaulustige, die einen Blick auf die High Society erhaschen wollen. Selbst ein Kamerateam war vor Ort. Was wollten die denn hier? Wir waren schließlich keine Prominenten; auch sonst durften nur geladene Gäste die Gala betreten.

»Ach du Scheiße!«, stieß June aus, als sie die vielen Menschen erblickte. »Ich glaube, ich kann das nicht.« Ihr Stimme wirkte völlig verängstigt.

Ich nahm ihre Hand und sah ihr gewissenhaft in die Augen. »Du schaffst das schon. Drinnen werden wesentlich weniger Leute sein als hier draußen. Die wollen alle nur ein wenig gaffen. Dann hauen sie wieder ab.«

Gequält sah sie nach draußen.

»Hey, hör mir zu. Du siehst aus wie eine Diva in diesem Outfit. Strahl das auch nach außen aus und du wirst merken, dass du dich viel sicherer und selbstbewusster fühlst. Vergiss nicht: *Fake it until you make it.*«

June nickte, während die Limousine vor dem Eingang des pompösen Anwesens zum Stehen kam.

Ich gab ihr das Zeichen, tief ein- und auszuatmen, was sie sofort tat. Jeffers öffnete die Tür der Limo und als ich aus dem Wagen trat, erfasste mich das Blitzlichtgewitter. Bevor ich mich jedoch den Kameras widmete, hielt ich June meine Hand entgegen, die sie dankend ergriff. Und dann trat auch sie in die Öffentlichkeit.

Die Gastgeber der Gala hatten einen goldenen Teppich ausgerollt und ich war so froh wie noch nie, dass zwischen uns und den Reportern eine Absperrung angebracht worden war.

Ich zog June, die leicht irritiert in die hellen Lichter blinzelte, hinter mir her und setzte ein professionelles Lächeln auf, bevor wir uns für die Kameras positionierten. Für einen kurzen Moment legte ich von hinten eine Hand an ihre Taille, woraufhin ihr Körper kaum merklich zusammenzuckte. Sie wehrte sich jedoch nicht, sondern lächelte den Reportern selbstbewusst entgegen. Bereits nach einigen Sekunden löste ich mich von ihr, griff nach ihrer Hand und führte sie weiter.

»Samuel, wer ist die junge Lady an Ihrer Seite?«

»Mr. De La Cruz, für wie wichtig schätzen Sie den heutigen Abend für Ihre Zukunft ein?«

»Verraten Sie uns mehr über Ihre neue Begleiterin! Wir sind gespannt!«

Stimmen riefen wild durcheinander meinen Namen und die Blicke erwartungsvoller Reporter trafen mich. Sie störten mich nicht im Geringsten, doch June schien unter den Rufen beinahe zu ersticken. Ihre Knie zitterten und ihre Hand klammerte sich beinahe verzweifelt um meine. Immer mehr Leute tummelten sich an den Absperrungen und beobachteten uns. Hatten die alle nichts Besseres zu tun?

Ein Security öffnete uns die Tür zur Empfangshalle. Schnell huschten June und ich hindurch. Drinnen war es wesentlich ruhiger und ich bemerkte sofort, wie sich Junes Körperhaltung ein wenig entspannte.

»Das war krass«, flüsterte sie, während uns beiden von einem Kellner ein Glas Champagner in die Hand gedrückt wurde.

Ich ließ meinen Blick durch den großen Raum schweifen und erkannte sogar einige mir bekannte Gesichter. Ich konnte sie zwar nicht alle zuordnen, aber zumindest waren sie mir nicht komplett fremd. Unter einer Gruppe Männern erspähte ich schließlich die Gestalt meines Vaters. Jemand aus der Gruppe nickte fragend in unsere Richtung. Als der Kopf meines Vaters zu uns herumschnellte, wich ihm jegliches Blut aus dem Gesicht. Blitzschnell setzte er wieder ein Pokerface auf und kam auf uns zu.

»Sam. Schön, dass du hier bist.« Sein Lächeln war mehr als erzwungen. »Darf ich fragen, was sie«, er zeigte auf June, »hier zu suchen hat?«

»June begleitet mich«, gab ich kühl zurück, als würde er das nicht ohnehin selbst erkennen können.

Er runzelte die Stirn und schien kurz zu überlegen. »June …«

»Kingsley«, half sie ihm lächelnd auf die Sprünge, woraufhin er wissend mit dem Kopf nickte. Ich erkannte jedoch ganz genau, dass mein Vater gerade realisierte, woher er June kannte. Ich hätte mir in dieser Sekunde keinen schöneren Gesichtsausdruck von ihm wünschen können. Pures Entsetzen brach aus ihm heraus, während er in Gedanken wahrscheinlich gerade das Mädchen mit dem Schwindelanfall mit dem verglich, das gerade in einem prachtvollen Abendkleid vor ihm stand.

Ohne eine weitere Reaktion abzuwarten, schob ich mich an meinem Vater vorbei.

»Entschuldigst du uns? Ich möchte June noch ein paar anderen Leuten vorstellen«, erklärte ich und streute damit noch mehr Salz in die Wunde.

Ich genoss es, meinen Vater innerlich so wütend zu sehen – in einer Situation, in der er keinerlei Chance hatte, diese Gefühle aus sich herauszulassen oder gar zu zeigen.

»Ich glaube, er wird uns später beide auseinandernehmen«, befürchtete June, als ich mit ihr eine ruhige Ecke ansteuerte, doch ich winkte ab.

»Wird er nicht. Im Laufe des Abends wird er noch feststellen, dass meine Entscheidung, dich mitzunehmen, gar nicht so dumm war, wie er jetzt gerade denkt.«

»Ach, es geht gar nicht um deinen Vater?«, fragte sie verdutzt.

»Nicht direkt«, versuchte ich mich zu erklären und zog sie hinter einen großen Blumentopf, in den man irgendein Gras eingepflanzt hatte. »In erster Linie geht es mir um etwas anderes. Meinen Vater zu verärgern ist nur die Kirsche auf der Torte.«

Sie nickte, schien jedoch nicht zu verstehen, worauf ich hinauswollte. Leider hatte ich gerade keine Nerven für lange Erklärungen.

»Geht's mit der Nervosität?«, fragte ich stattdessen.

Urplötzlich zog June ihre Hand zurück, so als wäre ihr jetzt erst aufgefallen, dass sie meine immer noch gehalten hatte.

»Momentan ist es auszuhalten«, antwortete sie und richtete ihr Kleid. Ich sah ihr an, dass sie noch nicht ganz realisiert hatte, wo sie sich befand oder wann sie sich wie zu verhalten hatte.

»Ist es okay, wenn ich dich ein paar Freunden vorstelle?«

Sie nickte, jedoch bildete sich ein Fragezeichen auf ihrer Stirn.

»Mit Freunden meine ich bekannte Geschäftspartner unserer Familie. Wir erwecken gerade aber den Anschein, als verlaufe unsere Beziehung auf einer freundschaftlichen Ebene«, stellte ich klar und griff wieder nach ihrer Hand. Die Stärke, mit der sie meine hielt, war im Gegensatz zum Beginn um einiges lockerer.

Ich trat mit June hinter dem Blumentopf hervor. Die Eingangshalle hatte sich mittlerweile gut gefüllt und es war kein Problem, sich einfach unter die Leute zu mischen.

»Guten Abend, Mrs. Hampton«, begrüßte ich die Frau, die ich als Erste zuordnen konnte.

»Samuel! Ich dachte schon, wir kriegen dich gar nicht mehr zu Gesicht«, erwiderte sie erfreut und klopfte ihrem Mann auf die Schulter, der sich sofort umdrehte.

»Schönen guten Abend«, begrüßte ich auch ihn. »Wie schön, Sie beide mal wieder zusammen zu sehen.«

Augenblicklich zuckte sein Blick als Erstes zu June.

»Wir haben uns lange nicht mehr unterhalten. Anscheinend hat sich seit dem letzten Mal einiges getan.«

Sein Lächeln war genauso künstlich wie das meines Vaters.

Ich bemühte mich um ein paar klare Worte. »Wenn ich Sie bekanntmachen darf, das ist June Kingsley. Sie kommt ursprünglich aus Kalifornien und begleitet mich heute Abend, wie Sie sehen.«

Mrs. Hampton schien überrascht. »Oh, Sie kommen aus Kalifornien? Was verschlägt Sie denn nach Las Vegas?«

June lief neben mir rot an. *Antworte etwas*, murmelte ich in Gedanken. *Ganz egal, was.*

»Ähm, ich bin geschäftlich hier. Aber nur für eine kurze Zeit.«

Mein Körper spannte sich an. Verdammt, eine bessere Vorlage hätte sie den Hamptons nicht geben können.

»Hört sich interessant an. Darf ich fragen, was Sie beruflich machen beziehungsweise in welcher Branche Sie tätig sind?«

June stand wie hypnotisiert auf der Stelle und ihr Blick huschte kaum sichtbar zu mir. »Immobilien«, sagte sie schließlich. »Die beste Einnahmequelle für junge Geschäftsleute.«

Eifrig nickte Mrs. Hampton. »Da kann ich Ihnen nur zustimmen. Wir haben uns früher ebenfalls mit dem Verkauf von Immobilien den Start ins Business ermöglicht.«

Ich lächelte sie an. »Sagen Sie, Mrs. Hampton, ist Kyle heute nicht anwesend?«

Sie deutete hinter mich. »O doch, das ist er.«

June und ich wandten uns zeitgleich um.

»Samuel! Ewig nicht gesehen!«, begrüßte er uns und zeigte sein perfektes Lächeln. Während ich ihm die Hand gab, schielte ich zu June, die mit großen Augen an Kyle hinabblickte.

»Ich dachte, weibliche Begleitungen wären nicht dein Fall?«

Er reichte June die Hand und ich sah den Siegelring dort aufblitzen, den er bereits bei unserem Kennenlernen getragen hatte. »Kyle Hampton«, stellte er sich vor.

»June Kingsley«, erwiderte sie freundlich, doch man sah ihr mehr als deutlich an, dass Kyle ihr Respekt einflößte.

»Heute ohne Bodyguard?«, fragte ich und ließ meinen Blick kaum merklich an ihm vorbei durch den Raum gleiten. Er begann zu schmunzeln.

»Nur weil du ihn nicht siehst, bedeutet das nicht, dass er nicht da ist.«

Mit diesen Worten zwinkerte er June zu und wandte sich von uns ab.

»Wenn ihr mich entschuldigt, ich werde erwartet.«

June atmete hörbar aus und zupfte danach an ihrem Kleid herum.

»Sag bitte nie wieder, dass du geschäftlich hier bist«, zischte ich durch zusammengebissene Zähne. »Vor allem nicht vor den verdammten Hamptons.«

»Warum denn nicht?«, erwiderte sie und lachte. »Man kauft mir die Geschichte mit der Immobilienmaklerin doch perfekt ab.«

Ich schüttelte leicht mit dem Kopf. »Geh bitte trotzdem kein Risiko ein, ja? Du bist den Menschen hier fremd, das bleibt nicht unbemerkt. Ich möchte nicht, dass …«

»Sam, hey!«, unterbrach mich eine Stimme, über die ich mich mehr als freute. Ich drehte mich um und gab Adam zur Begrüßung einen kräftigen Handschlag, bevor auch er auf June deutete.

»Du kennst sie ja bereits«, sagte ich, doch als ich einen Blick in Junes Gesicht warf, wusste ich, dass etwas nicht stimmte. Sie fühlte sich unwohl.

»Alles in Ordnung?«, fragte ich sie leise und ihre Aufmerksamkeit richtete sich auf mich, so als sei sie für einen Moment in Tagträumereien versunken.

»Ja, alles bestens«, entgegnete sie und lächelte Adam an.

»Ich bin Adam, falls dir noch niemand meinen Namen verraten hat«, stellte er sich ihr vor und schüttelte ihre Hand. »Mich überrascht es ein wenig, dass sie hier ist.« Er wandte sich an mich. »Seit wann bringst du Spielerinnen zu solch wichtigen Galas mit?«

Was sollte das denn plötzlich? Jeder Eingeweihte wusste, dass wir außerhalb des Hotels nicht über das Spiel sprachen.

»Die Frage kann ich dir gerne beantworten, wenn wir uns das nächste Mal unter vier Augen unterhalten«, schüttelte ich ihn ab.

Er nickte nur. »Sorry, dass ich so neugierig bin, aber ihr beiden saht eben sehr vertraut miteinander aus. Seid ihr …?«

»Nein«, platzte es aus mir heraus und auch June hatte bereits ihren Mund geöffnet, um zu widersprechen.

»Sie ist nur meine Begleitung für heute Abend«, stellte ich klar und richtete meine Krawatte. »Wurdest du eigentlich auch zu einer Rede verdonnert?«, fragte ich, um das Thema zu wechseln.

Adam legte stöhnend den Kopf in den Nacken.

»Ja, ich soll die Abschlussrede halten. Was Schlimmeres gibt es kaum.«

»Na ja«, wandte ich ein. »Am Ende sind die meisten hier sowieso sturzbetrunken. Wenn du es versaust, merkt es fast niemand.«

Er schmunzelte und sah sich in der Empfangshalle um, so als würde er Ausschau nach jemandem halten.

»Wahre Worte«, gab er zu und schob seine Hand lässig in eine seiner Hosentaschen, während er in der zweiten ebenfalls ein Champagnerglas hielt. Doch anders als bei June und mir, war seines bereits zur Hälfte ausgetrunken. Ich betete, dass er sich heute ausnahmsweise am Riemen riss und nicht zu viel trank. Schon oft hatte ich ihn nach einer Gala stützend in eine Limousine setzen und nach Hause fahren lassen müssen, weil er Gefahr gelaufen war, wirklich dumme Dinge zu tun.

Endlich wurden die Türen zum großen Saal geöffnet und die Anwesenden begaben sich langsam hinein. Ich staunte nicht schlecht, als ich die Dekoration des weitläufigen Raums sah. Lange Tische überzogen mit goldenen Tischdecken erstreckten sich vor uns und ganz hinten erkannte ich eine kleine Bühne mit einem Rednerpult. Unzählige Blumengestecke und Kerzen schmückten den Saal und es sah aus, als hätte hier jemand bereits ein kleines Vermögen ausgegeben, um die Gäste der Gala so traditionell wie nur möglich zu empfangen.

Ich steuerte zwei Plätze ziemlich am Rand an und hielt June ihren Stuhl bereit, bevor ich selbst auf dem gepolsterten Sitzmöbel neben ihr Platz nahm. Kurz darauf stieß auch mein Vater zu uns und besetzte den Platz neben mir, nachdem er mich mit einem kühlen Blick gemustert hatte. Hatte er bei solchen Veranstaltungen nicht normalerweise einen Begleitschutz an seiner Seite?

Ich hatte damals bewusst auf deren Einsatz verzichtet, doch mein Vater schwor darauf, sich mit einem Bodyguard sicherer zu fühlen. Wenn er unbedingt mit einem kleinen Schoßhund herumlaufen wollte, der ihm auf Schritt und Tritt am Hintern hing, sollte er das tun. Doch heute schien er ihn irgendwo zwischen der Limousine und seiner schlechten Laune verloren zu haben. Vielleicht war seine Laune ja gar nicht so übel und es würde sich am Ende herausstellen, dass der Bodyguard einfach keinen Bock mehr auf ihn und seine desinteressierte Arroganz hatte. Ich würde ihm diese Begründung jedenfalls abkaufen.

Das Klimpern eines Glases zog schließlich unsere Aufmerksamkeit auf den Gastgeber, den ich mit Sicherheit schon einmal gesehen hatte. Dieser stand nun auf, um etwas zu sagen.

Die nächsten Minuten, in denen er sprach, zogen einfach an mir vorbei. Es interessierte mich kein Stück, was er zu sagen hatte, doch ich wandte meinen Blick nicht ein einziges Mal von ihm ab.

Als uns der dickere Mann endlich einen schönen Abend wünschte, erhob ich mitsamt den anderen mein Glas. June tat es mir nachträglich gleich und gab ihr Bestes, sich nicht anmerken zu lassen, dass dies ihre erste Gala oder eher ihr erster öffentlicher Auftritt war. Bis jetzt schlug sie sich verdammt gut für die Tatsache, dass gerade der Teufel persönlich neben uns am Tisch saß.

Leider rutschte eine Tatsache dabei viel zu weit in den Hintergrund: Zu diesem Zeitpunkt befand sich längst ein viel gefährlicherer Teufel als Harry De La Cruz unter uns.

June

Kapitel 23

Die Gala war bereits in vollem Gange, als sich meine verspannten Muskeln endlich lösten und ich nicht mehr das Gefühl hatte, jeden Moment die Kehle zugeschnürt zu bekommen. Seit über einer Stunde lauschten wir nun Sponsorenvorträgen und ich kopierte systematisch jede von Sams Gesten, um möglichst wenig aufzufallen. Dass sein Vater zwei Plätze weiter saß, machte das Ganze jedoch nicht unbedingt einfacher. Jedes Mal, wenn ich zu spät mein Glas hob oder an den falschen Stellen ein leises Kichern ausstieß, hatte ich Angst, er könnte es bemerken und mich als völlig ungeeignet betiteln. Vorausgesetzt, er tat dies nicht ohnehin schon.

Irgendwann war auch er an der Reihe und stellte sich mit breiten Schultern hinter das Rednerpult. Sams Vater begann, von den ausgezeichneten Verläufen der letzten Monate zu erzählen, wie stolz er auf sein Unternehmen war und welch wichtige Rolle sein Sohn in Zukunft einnehmen würde. Ich bewegte mich kaum und hörte jedem seiner Worte gespannt zu; vor allem, weil mir durch seine Rede erneut vorgeführt wurde, wie ernst es um Sams Aufgaben stand, die er zu erfüllen hatte.

Nachdem Harry De La Cruz seine Rede beendet hatte und Applaus den Saal erfüllte, erhob sich Samuel. Er richtete seinen Anzug und stieg die wenigen Stufen zur Bühne hinauf. Er positionierte sich hinter dem Rednerpult und holte einen kleinen Zettel aus seiner Innentasche hervor. Bevor Sam jedoch anfing zu sprechen, stockte er, nahm den Zettel, knüllte ihn zusammen und warf ihn neben sich auf den Boden. Dann wandte er sich an die Gäste der Gala.

»Meine Damen und Herren, für diejenigen, bei denen ich mich heute

Abend noch nicht persönlich vorgestellt habe: Ich bin Samuel De La Cruz. Mein Vater hat Sie ja bereits über die guten Aussichten unseres Unternehmens aufgeklärt, dennoch möchte ich heute Abend auch von meiner Seite aus ein paar Worte an Sie richten.«

Der gesamte Saal schien die Luft anzuhalten, um seinen Auftritt unter keinen Umständen zu stören. Auch ich gab keinen Mucks von mir und starrte zur Bühne. Der Sam, der dort oben stand, wirkte so ganz anders als der, mit dem ich hier eingetroffen war.

Sam räusperte sich. »Denken Sie einmal an Ihren Start zurück. Vielleicht den Tag, an welchem Sie das erste Mal an einem Meeting teilnehmen durften oder den ersten Vertrag unterzeichnet haben. Ich bin mir sicher, Sie alle können sich noch sehr gut daran erinnern, wie Sie sich zu dieser Zeit gefühlt haben. Ein Unternehmen zu führen ist keinesfalls etwas, was man macht, um mehr Geld für sich und seine Familie zu erwirtschaften. Wenn man sich dazu entscheidet, ein Unternehmen zu führen, liegt es einem am Herzen. Wie in allen Herzensangelegenheiten im Leben möchte man auch in diesem Business auf keinen Fall versagen. Manche Leute lernen mit der Zeit, mit dem aufkommenden Druck umzugehen und ihn in positive Energie umzuwandeln, andere hingegen kämpfen ihr Leben lang dagegen an.«

Er machte eine kurze Pause und blickte für den Bruchteil einer Sekunde in meine Richtung.

»Ich wünschte, ich könnte Ihnen stolz mitteilen, dass ich zur ersten dieser Kategorien gehöre, doch ich musste vermehrt feststellen, dass ich mich eher der Letzteren zuordnen lasse. Warum erzähle ich Ihnen das? Fakt ist, ich möchte niemandem mehr Lügen auftischen, um das Unternehmen, meinen Vater und vor allem mich selbst in ein besseres Licht zu rücken, in das wir definitiv nicht gehören. Daher möchte ich Ihnen einen Blick hinter die Kulissen gewähren.«

Ich merkte, wie Sams Vater neben mir unruhig wurde. Ihm schien es ganz und gar nicht zu passen, was sein Sohn dort auf der Bühne preisgab.

»Man sagte mir, als Geschäftsmann brauche man Prioritäten im Leben, die einem den nötigen Fokus geben. Doch überlegen Sie einmal, wie Ihr Leben aussehen würde, wenn Sie Ihre gesamte Energie auf einige ausgewählte Prioritäten setzen würden. Sie würden sämtliche

Freiheiten verlieren und sich ständig fragen, wie Ihr Leben wohl ausgesehen hätte, hätten Sie damals anders für sich gewählt.

Was ich Ihnen heute Abend gerne mit auf den Weg geben möchte, ist die Zuversicht, dass jeder einzelne von Ihnen die Macht besitzt, jegliche Prioritäten seines Lebens zu verändern oder gar komplett zu streichen. Hätte ich nicht den Mut gehabt, meinen Fokus im Leben beliebig zu verändern, würde ich heute Abend mit Sicherheit nicht hier oben stehen und Ihnen stolz mitteilen, dass ich mich auf eine erfolgreiche Zukunft als Mitglied der High Society freue. Danke schön.«

Stille herrschte im Saal und ich konnte die Anspannung, die von den anderen Gästen ausging, deutlich spüren. Mein Herz klopfte wie wild. Erst als lauter Applaus ertönte, wurde ich von meiner Schockstarre befreit.

Samuel schenkte dem Publikum ein charmantes Lächeln, bevor er seinen zerknüllten Zettel vom Boden aufhob und die Bühne verließ. Beim Vorbeigehen drückte er seinem Vater die Papierkugel vor die Brust und nahm anschließend wieder neben mir Platz.

»Du warst super«, versicherte ich ihm, obwohl der düstere Ausdruck auf dem Gesicht seines Vaters etwas anderes sagte.

»Das will ich auch hoffen«, flüsterte er zurück. »Das war nämlich ,ne ziemlich riskante Aktion.«

Ich kicherte. Als ich mir sicher war, die Aufmerksamkeit von Sams Vater zu haben, beugte ich mich nach vorne und gab ihm einen kleinen Kuss auf die Lippen. Sam schien überrascht, doch als ich eine Sekunde später meine Lippen wieder von ihm löste und ihn eindringlich ansah, gab er mir mit einem Schmunzeln zu verstehen, dass ich nicht falsch gehandelt hatte. Mittlerweile war mir auch klar geworden, warum ihm die Vorstellung, seinem Vater eins auswischen zu können, so viel Vergnügen bereitete. Harry De La Cruz sah aus, als wäre er von einer Wespe gestochen worden. Der Hass in seinen Augen war kaum zu übersehen, auch wenn er ihn hinter einer eisigen Mauer zu verstecken versuchte.

Ich griff nach meinem Glas und trank einen großen Schluck Champagner, bevor der nächste Vortrag angekündigt wurde. Wie lange dauerte eigentlich so eine Sponsorengala?

Eine leichte Berührung am Handgelenk ließ mich innehalten. Ein warmes Kribbeln schoss durch meinen Arm in meine Brust. Sams Hand umfasste ganz sachte die meine und wir verschlangen unsere Finger miteinander. Unter dem schützenden Stoff der Tischdecke hielten sich unsere Hände fest. Mit jeder weiteren Minute fühlte es sich immer natürlicher an, an Sams Seite zu sitzen.

Ob er schon viele Frauen mitgenommen hatte? Die meisten Leute, mit denen wir gesprochen hatten, wirkten eher überrascht, dass er nicht allein gekommen war. Doch was wusste ich schon? Vielleicht waren die überraschten Gesichtsausdrücke unserer Gesprächspartner genauso fake wie der Applaus, der nach jedem einzelnen Vortrag verteilt wurde. Diese Erkenntnis zeigte mir jedoch, dass ich immer noch absolut keine Ahnung hatte, in welches Business ich hineingeraten war und wie der Standard hier wirklich aussah.

Weitere eineinhalb Stunden vergingen. Ich war noch nie so erleichtert, das Wort *Pause* zu hören. Die Gäste erhoben sich von ihren Plätzen und verteilten sich im Raum, um Gespräche zu führen, irgendjemanden zu beglückwünschen oder Fragen zu stellen.

»Wollen wir abhauen?«, fragte Sam und warf mir einen gequälten Blick zu. Er sah genauso gelangweilt aus wie ich mich fühlte. Hastig nickte ich.

»Nichts lieber als das. Aber fällt es nicht auf, wenn wir plötzlich nicht mehr da sind?«, fragte ich.

»Ach was, während der Pause gehen sowieso einige Leute nach draußen, um frische Luft zu schnappen. Da interessiert es niemanden, wenn wir kurz verschwinden und nicht mehr wiederkommen. Mein Vater wird wahrscheinlich der Einzige sein, dem auffällt, dass die Plätze neben ihm leer sind.«

Ich presste die Lippen aufeinander.

»Also, wollen wir?« Er nickte Richtung Ausgang. »Es sei denn, du verbringst die nächsten zwei Stunden lieber hier und lauschst den lebenswichtigen Vorträgen, die dir geboten werden.«

Ohne eine weitere Sekunde zu verschwenden, stand ich auf und strich mein Kleid glatt. Obwohl ich die meiste Zeit gesessen hatte, begannen meine Füße in den High Heels zu schmerzen, doch ich bemühte mich um eine neutrale Mimik. Gemeinsam verließen wir den Saal und wie Sam es vorhergesehen hatte, achtete draußen niemand mehr auf uns. Selbst von den Reportern war keine Spur mehr zu sehen; dabei begann die Stadt zu dieser Uhrzeit doch gerade erst richtig aufzuwachen.

»Rufst du Jeffers?«, wollte ich wissen, doch er schüttelte mit dem Kopf. »Bist du mal nachts durch Las Vegas spaziert?«

Jetzt schüttelte ich mit dem Kopf.

»Dann verpasst du etwas.«

Ich kicherte und biss mir neugierig auf die Unterlippe. Sams Lächeln fühlte sich gerade so unfassbar wertvoll an, dass ich den Moment am liebsten angehalten hätte, nur um es mir noch ein bisschen länger anschauen zu können. Unsere Hände fanden sich wieder, während wir uns von dem Galagebäude entfernten und ich mich fragte, was Sam wohl vorhatte.

Bei Nacht durch die Gassen von Las Vegas zu laufen fühlte sich definitiv magischer an als am Tag. Ich hatte das Gefühl, durch eine ganz andere Stadt zu spazieren, so groß war der Unterschied. An jeder Straßenecke blinkten Lichter auf, die entweder Werbetafeln oder einzelne Gebäude hervorhoben. Immer mehr Menschen begegneten uns auf den Straßen und die Innenstadt der Metropole entfaltete ihre gesamte Schönheit.

In einer der Fußgängerzonen angekommen, überkamen mich so viele neue Sinneseindrücke wie noch nie zuvor. Verkleidete Menschen, Straßenkünstler und unzählige Touristen füllten die Straße und aus den Clubs plärrte laute Musik, die neue Gäste anlockte. Ein kleiner Brunnen mit einer Miniwasserfontäne zierte die Mitte des Platzes.

»Wie wär's damit?« Sam deutete auf das Riesenrad, das sich vor uns aufbaute und in einem Farbverlauf aus bunten Lichtern erstrahlte.

»Das … ist sehr hoch, Sam«, informierte ich ihn steif.

»Das Flugzeug, mit dem du hergekommen bist, ist höher geflogen.«

Der Hauch eines Schmunzelns zog sich über mein Gesicht.

»Komm schon, du wirst es nicht bereuen.«

Ich nickte leicht. »Bevor du mich dazu zwingst, gehe ich lieber freiwillig.«

Über das Wheel House, ein vierstöckiges Gebäude, erreichten wir schließlich den Zugang zum Riesenrad. Sam holte unverzüglich sein Portemonnaie hervor, um uns zwei Karten zu kaufen.

»Scheiße, ist das hoch!«, entfuhr es mir, als ich einen Blick nach unten wagte.

Rasch legte Sam eine Hand um meine Taille.

»Es zahlt sich aus, glaube mir. Du wirst die Höhe gar nicht wahrnehmen«, versuchte er mich zu besänftigen.

Mit einer Rolltreppe fuhren wir die letzten Meter nach oben und stiegen anschließend zusammen mit ein paar anderen Leuten in eine der Kabinen. Kurz darauf schlossen sich die Türen und das Riesenrad begann sich zu drehen.

»Du wirst sehen, wenn wir gleich oben sind, wirst du dich in die Stadt verlieben. Der High Roller ist übrigens das höchste Riesenrad der Welt, wusstest du das?«

»Du Arsch«, entgegnete ich leise und sah gespannt nach draußen. Ich hatte keine richtige Höhenangst, doch ein bisschen mulmig wurde mir ab einer gewissen Höhe schon.

Quälend langsam bewegten wir uns und mit jedem weiteren Meter glänzten meine Augen ein Stückchen mehr. Ich fühlte mich, als steckte ich mitten in einem Disneyfilm, in dem jeden Moment magische Feen auftauchten, die Sternenstaub über die Stadt rieseln ließen. Ein kitschiger Gedanke, wie im Nachhinein feststellte.

»Wow«, wisperte ich, als unsere Kabine den Höhepunkt des Riesenrads erreichte. Mein Blick schweifte über die erleuchtete Innenstadt bis zu den Lichtern in der Ferne. Erst am Horizont wurden sie von der Finsternis der sternenklaren Nacht verschluckt. »Ich liebe es.«

Mein Kopf klebte beinahe an der Scheibe der Kabine, so sehr beeindruckte mich der Anblick. Sam trat hinter mich und legte seine Arme über meine Schultern. Ich lehnte den Kopf gegen seine Brust und genoss das prickelnde Gefühl, das seine Nähe in mir auslöste.

»Siehst du das Gebäude dahinten?« Sam zeigte auf ein Haus, das in goldener Farbe erleuchtete und in verschiedene Richtungen abstand. »Das ist das *Mirage*. Hast du bestimmt schon mal von vorne gesehen.«

Ich nickte und deutete auf den Platz vor den Wasserfontänen. »Dort unten war ich letztens mit Chase. Wir haben Zuckerwatte gegessen, die er von deinem Geld gekauft hat.«

Er hob belustigt eine Augenbraue. »Hat mich sicherlich ein Vermögen gekostet.«

Ich schielte zu ihm nach oben. »Wenn du wüsstest, wie viel wir wirklich ausgegeben haben.«

»Glaubst du, das weiß ich nicht?«, erwiderte er. »Ich verfolge jeden Dollar, der mein Konto verlässt.«

Für einen kurzen Moment dachte ich, er würde mich auf die Aktion heute Mittag ansprechen. Schließlich hatten Chase, Rebecca und ich ihn mit unserem Restaurantbesuch um einige Dollars erleichtert. Doch obwohl ich mir sicher war, dass er längst davon wusste, verlor er kein Wort darüber, sondern drückte mir einen kleinen, sanften Kuss auf den Kopf. Meinen Blick wandte ich nicht eine einzige Sekunde von der Stadt ab, die mir in diesem Moment alles bedeutete.

Plötzlich bekam ich das Gefühl, ein Zuhause gefunden zu haben. Ich fühlte mich, als gehörte ich an keinen anderen Ort der Welt. Als hätte das Schicksal mich auf dieses Riesenrad geführt, nur damit ich endlich verstand, was mich an dieser Stadt so faszinierte. Sie war unendlich. Ihre Nächte waren unendlich. Und ich fing gerade an, mich mitten in dieser Unendlichkeit zu verlieren.

Kapitel 24

Psssst.« Ich legte einen Finger auf meine Lippen. »Einige Hotelgäste regen sich gerne mal darüber auf, dass es nachts so einen Lärm auf den Fluren gibt.«

Sie kicherte. »Ich bin doch leise. Du redest die ganze Zeit. Wenn uns jemand erwischt, schieb ich es auf dich.«

»Jetzt sei endlich still«, erwiderte ich so leise ich konnte und lachte. Dann schob ich June durch die Türen des Aufzugs. Nachdem wir die halbe Nacht durch Las Vegas gelaufen waren, wunderte es mich überhaupt nicht, dass June ihr leises Sprechen verlernt hatte. In der Innenstadt herrschte solch eine Geräuschkulisse, dass man sich in den meisten Fällen nur durch gegenseitiges Anschreien verständigen konnte.

»Sind die Wände hier drin schalldicht? Dann hört uns doch niemand.«

»*Dich* hört dann niemand«, korrigierte ich sie. »Und woher, zum Teufel, soll ich wissen, ob das Ding hier schalldicht ist?«

Ich drückte sie gegen eine der Stangen an der Wand und presste meine Lippen auf ihre. Sie schmeckten nach einem süßen Sommernachtstraum, der mich ohne Vorwarnung umhüllte. Meine Zunge stieß tiefer in ihren Mund und entlockte ihr ein Keuchen. Gott, wie ich es liebte, wenn sie so auf mich reagierte. Ihre Hände vergruben sich in meinem Haar und zerstörten meine Frisur nun endgültig. Nichtsdestotrotz würde ich keine einzige ihrer Berührungen missen wollen.

Die Türen des Aufzugs öffneten sich und wir taumelten in den menschenleeren Flur. Das war der Vorteil, wenn man eine ganze Etage für sich allein besaß. Sie drängte mich zur Zimmertür, die sie mit einer einzigen Handbewegung entriegelte.

Ich runzelte die Stirn, erkannte aber dann die kleine Schlüsselkarte.

»Wer hat dir die denn gegeben?«, fragte ich perplex.

»Wer wohl?«, kam ihre Antwort, während sie den Griff nach unten drückte und die Tür aufstieß.

Ich verdrehte die Augen. »Was ein Wichser. Wird Zeit, dass ich ihm in Sachen Schlüsselvergabe eine Lektion erteile.«

Für einen kurzen Moment ließ sie von mir ab, um sich ihre High Heels auszuziehen. Achtlos schmiss sie sie neben sich auf den Boden. »Die Dinger sind richtige Folterinstrumente, ich sag's dir. Aber was tut man nicht alles für den perfekten Look.«

»Willkommen in der High Society«, entgegnete ich belustigt und schloss die Tür. Während ich June zum Bett dirigierte, öffnete ich den Reißverschluss ihres Kleides und befreite sie von dem ganzen Tüll. Sachte drückte ich sie in die weiche Bettdecke und kroch über sie. Ihre Pupillen weiteten sich, als ich langsam die Krawatte lockerte und sie mitsamt dem Sakko neben das Bett warf.

Sie hob ihre Hände und öffnete die Knöpfe meines Hemds, bevor sie es mir auszog und auf meinen nackten Oberkörper blickte. Kaum merklich zuckte ihr Blick zu meiner Hose, doch bevor ich ihr den Gefallen tat, beugte ich mich zu ihr hinunter und berührte ihre Lippen mit meinen. Sie fühlten sich so zart an, so unfassbar perfekt. Wie sie es hinbekam, so spät am Abend – oder war es bereits früh am Morgen? – ein solches Bild abzugeben, blieb wohl ihr kleines Geheimnis.

Ihre Lippen bewegten sich geschmeidig auf meinen, während ihre Finger meine breiten Schultern hinunterwanderten und die Linien meines Tattoos entlangglitten. Die Stellen, über die sie fuhr, begannen wie wild zu kribbeln und ließen eine Gänsehaut über meine Arme laufen. June ertastete meine Bauchmuskeln und ließ ihre Nägel über meine Haut gleiten. Ein Schauder durchfuhr mich, doch ich hörte nicht auf, sie zu küssen. Der Knopf meiner Hose wurde gelöst und innerhalb von Sekunden hatte sie mich von Hose und Boxershorts befreit. Ihr Blick hing an meinem Schwanz und zu gerne würde ich genau jetzt in ihre Gedanken schauen können. Ich legte zwei Finger unter ihr Kinn und hob ihren Kopf, bis sie mir wieder in die Augen sah.

Sie beugte sich nach vorne, damit ich den Verschluss ihres BHs öffnen konnte. Kurz darauf blitzten mir ihre Brüste entgegen. Als ich meine Hand jedoch an ihren Slip legte, packte sie urplötzlich mein Handgelenk.

»Was ist?«, flüsterte ich, doch sie presste nur die Lippen zu einem schmalen Strich zusammen. Nach kurzem Überlegen wusste ich, worauf sie hinauswollte. Ich gab ihr einen Kuss und lehnte mich zu ihrem Ohr. »Du musst sie nicht verstecken. Du bist wunderschön.«

Sie schluckte hart. »Du hast sie schon gesehen?«, wisperte sie und sah auf einmal ängstlich aus.

»Glaubst du, mir entgeht auch nur ein Zentimeter deines Körpers?«

Ich drückte einen Kuss auf ihr Ohrläppchen, bevor ich wieder ihren Blick suchte. Junes braune Augen verbargen etwas, das sah ich. Ein Sturm tobte in ihnen.

Sie senkte ihren Blick.

»Schäm dich nicht für deinen Körper, June. Niemals.«

Eine kleine Träne rann ihre Wange hinunter. Bevor sie auf die Bettdecke tropfte, wischte ich sie behutsam weg.

June lockerte ihren Griff um mein Handgelenk und ich schob ihren Slip vorsichtig nach unten. Dabei entblößte ich die Narbe, die sie darunter trug.

»Hast du sie beim letzten Mal schon gesehen?«, fragte sie und sah zu mir auf. Meine Mundwinkel hoben sich leicht. »Natürlich.« Sie wandte ihren Blick ab. »Aber es war mir egal«, setzte ich hinterher. »Bevor du nicht bereit bist, werde ich auch nicht danach fragen.«

Sie nuschelte etwas, das ich jedoch nicht verstand. Schon zogen mich ihre Hände näher. Ich nahm eine ihrer Brustwarzen zwischen die Zähne und biss leicht zu, bis sich eine Gänsehaut auf ihnen bildete. Mit der Hand knetete ich unterdessen Junes andere Brust.

Sie sank zurück in die weiche Bettdecke. Sie so vor mir zu sehen, ließ ein Feuer in mir auflodern, von dem ich wusste, dass es sich zu einem gefährlichen Brand entzünden konnte.

Ich platzierte eine Spur aus Küssen ihren Körper hinab, bis ich schließlich ihre Beine auseinanderdrückte. Meine Zunge drang in ihre Klit ein und jagte damit einen Stromstoß durch ihren Körper. Junes Hände vergruben sich in den Haaren meines Hinterkopfs und pressten ihn fester an sich. Sie schmeckte fantastisch.

Langsam umspielte die Spitze meiner Zunge ihre Perle. Ihr Körper bebte unter der Berührung. Sie keuchte so stark auf, dass sich ihre Beine zu schließen begannen. Sofort schnellten meine Hände nach vorne und drückten sie wieder auseinander, sodass ich uneingeschränkten Zugang zu ihrer Klit besaß.

Immer weiter stieß meine Zunge in sie hinein und brachte ihren Körper damit zum Erschaudern. Ich leckte June so lange, bis sie stöhnend ihre Hände von mir löste und sie in den Stoff der Matratze krallte. Kurz bevor sie zum Höhepunkt kam, zog ich meinen Kopf zurück und beugte mich wieder über sie.

»Hör nicht auf«, brachte sie völlig außer Atem hervor; ihr flehender Blick lag auf mir wie ein schwerer Stein.

Ich senkte meine Lider. »Ich mache erst weiter, wenn du darum bittest.«

Hitze überkam mich, als sie tief in die Matratze sank. »Bitte, mach weiter.« Ihre Stimme war nur der Hauch eines Flüsterns, trotzdem erkannte ich die Verzweiflung in ihr. Ohne sie noch weiter auf die Folter zu spannen, ließ ich meinen Kopf wieder zwischen ihre Beine gleiten und brachte sie wenige Sekunden später zum erlösenden Orgasmus. Ihr zuckender Körper turnte mich mehr an, als es wahrscheinlich gesund war, und doch konnte ich den Blick nicht eine Sekunde von ihr lassen.

Ich gab June eine Minute Verschnaufpause, bevor ich mich zu ihr hinunterbeugte und ihren Mund in Besitz nahm. »Ich würde gerne etwas ausprobieren«, raunte ich, stieß mich von der Matratze ab und griff in die oberste Schublade meines Nachtschranks. Eine schwarze Augenbinde kam zum Vorschein. Als June erkannte, was ich vorhatte, leuchteten ihre Augen.

»Ich soll dir blind vertrauen?«, murmelte sie und starrte auf den schwarzen Stoff, den ich in den Händen hielt. Ich zog die Brauen nach oben. »Deine Entscheidung.«

»Okay, ich vertraue dir«, schoss es aus ihr heraus.

Als ich erstaunt auf sie hinuntersah, röteten sich ihre Wangen. »So Hals über Kopf hatte ich eigentlich nicht mit einer Antwort gerechnet, aber gut.«

Ich kam näher und sie schloss ihre Augen. Sachte legte ich ihr die Augenbinde an.

Ihr Haar war mittlerweile komplett durchwühlt; von den professionellen Wellen war keine Spur mehr zu sehen.

»Okay?«, fragte ich, woraufhin sie nickte.

Mit einem Stupser drückte ich sie wieder mit dem Rücken aufs Bett. Als ich ihr so nahe kam, dass ihr Atem den meinen streifte, begann sie leise zu kichern.

»Was ist so lustig?«, fragte ich amüsiert.

Sie verzog das Gesicht. »Es ist aufregend, das ist alles.«

Ich grinste in mich hinein und schob ihr Gesicht mit wenigen Fingern in die richtige Position, bevor meine Zunge über ihre Lippen leckte. Meine Fingerspitzen fanden erneut ihre Brustwarzen.

Wie schon zuvor durchzuckte ein Blitz ihren Körper, der ohne weiteres auf mich übersprang. Meine Adern füllten sich mit einem kochenden Elixier und brachten meinen Körper auf Hochtouren. Unser Verlangen wurde immer stärker, die Küsse intensiver und die Berührungen fordernder.

Wüsste ich es nicht besser, hätte ich vermutet, in uns lauerte das gleiche Feuer, das nur darauf wartete, die Kontrolle über unsere Körper und unseren Geist zu übernehmen. *Wie einfach es doch wäre, dich zu manipulieren.* Noch ein einziger Atemzug und ich würde sie mit mir in die Dunkelheit reißen.

Ohne den Kuss zu unterbrechen, griff ich in die immer noch geöffnete Schublade und beförderte ein Kondom hervor. Das Knistern der Packung verriet June, was als Nächstes passieren würde. Sofort spannte sich ihr gesamter Körper an.

Ich öffnete die Packung, rollte das Kondom ab und blickte auf sie hinab.

»Wehe, du fragst jetzt«, kam sie mir zuvor und drückte mir ungeduldig ihr Becken entgegen.

»Dann nicht«, gab ich in einer monotonen Stimmlage von mir und als sie bemerkte, wie sich meine Stimme immer weiter entfernte, griff sie mit den Händen nach mir. Geschickt wich ich ihr aus und hockte mich neben sie; ganz nahe an ihr Ohr.

»Ich habe dir gesagt, ich werde nichts ohne dein Einverständnis tun.«

»Mann, Sam! Du bringst mich noch zur Weißglut, wirklich«, jammerte sie und räkelte sich auf dem Bett hin und her.

»Sag es«, forderte ich. »Vorher bewege ich mich keinen Zentimeter.«

June stöhnte gequält. »Ja, ich will es.«

»Was willst du?«, ließ ich sie direkt ins offene Messer laufen. Gequält verzog sie das Gesicht. »Sprich es einfach aus, Kingsley. Gib dich einfach hin und genieße das Aufblühen deines dunklen Verlangens.«

Ihre Unterlippe begann zu beben. »Ich habe so etwas nicht, Sam.«

Ich strich ihr eine Haarsträhne hinters Ohr. »Woher willst du wissen, dass du keine dunkle Seite besitzt, wenn du sie nie herausgefordert hast?«

Sie nahm sich die Augenbinde ab und rappelte sich auf, sodass sich ihr Gesicht über meinem befand.

»Samuel«, sagte sie standhaft.

»Ja?«, antwortete ich und erhob mich, sodass sie nun wieder unter mir war.

»Fick mich so lange, bis ich nicht mehr stehen kann.«

Meine Brauen zogen sich kaum merklich nach oben. »Klare Ansage, Sweetie«, meinte ich zwinkernd und setzte ihr die Augenbinde wieder auf.

Sie ließ sich zurück aufs Bett sinken und ich ließ meine Lippen auf ihre hinabgleiten, während ich langsam in ihre – mittlerweile klitschnasse – Pussy eintauchte.

Mit gleichmäßigen Stößen nahm ich sie. Stöhnend legte sie den Kopf in den Nacken. Ich packte June am Hals und drückte ihren Unterkiefer weiter zurück in den weichen Stoff der Matratze. Kein Gefühl der Welt konnte beschreiben, was gerade in mir vorging. Allein die Tatsache, dass mir ihre Zustimmung so unglaublich wichtig erschien, versetzte mir einen Stich in mein Herz. Noch nie waren mir die Gefühle einer Frau wichtiger gewesen.

Ich ertappte mich dabei, wie ich sehnsüchtig auf ihre Lippen starrte. Hastig beugte ich mich zu ihr und holte mir einen erneuten Kick an Verlagen. Unsere Zungen umspielten einander und klammerten sich beinahe verzweifelt an die jeweils andere. June seufzte in meinem Mund; der kurze Atemstoß ließ mich beinahe verrückt werden.

Ich stieß meinen Schwanz härter in sie und füllte sie komplett aus. Ihre Hände umfassten meine starken Schultern und krallten sich immer heftiger in meine Haut. Unter normalen Umständen würde mir ihr Griff sicherlich Schmerzen bereiten, doch nicht heute. Heute Nacht verdrängte ich sämtlichen Schmerz, den der Teufel durch meinen Körper zu jagen versuchte. Ich hatte meine kompletten Prinzipien über Bord geworfen und beinahe meine zukünftige Existenz gefährdet. Doch ich war mir absolut sicher, dass es das Risiko wert war. June war es wert.

Kapitel 25

Wie viel konnte man in nur einer einzigen Sekunde für nur eine einzige Person empfinden? Die Antwort war klar: Mehr, als ich jemals gedacht hätte.

Samuel hatte es geschafft, mich in einen derartigen Rauschzustand zu versetzen, dass ich komplett die Orientierung verloren hatte. Seine Hände auf meinem Körper, sein pochender Schwanz in mir. Zum ersten Mal in meinem Leben verließ ich mich nur auf mein Gefühl, das meinen Körper leitete.

Die Finsternis, in die ich blickte, umhüllte meinen verwirrten Geist. Ich hatte keine Ahnung, wie lange ich schon hier auf Sams Bett lag und alles, was passierte, einfach geschehen ließ. Ich dachte nicht darüber nach, was diese Nacht für uns beide bedeutete. Um ehrlich zu sein, dachte ich seit einigen Minuten überhaupt nicht mehr, sondern konzentrierte mich auf jede Berührung, die Sam meinen Körper spüren ließ.

Er fickte mich immer härter und ich zuckte bei jedem Stoß mehr zusammen. Doch ich genoss es, ihm die volle Kontrolle über mich und meinen Körper zu lassen. Ich machte mir keine Gedanken darüber, mit wem ich hier wirklich gerade Sex hatte, sondern schob das Scheinbild, das er mir heute Abend von sich geliefert hatte, vor die knallharte Realität. Samuel De La Cruz konnte charmant sein. Er konnte es! Und endlich zeigte er es mir auch. Ich wollte nicht wissen, woher der plötzliche Verhaltenswechsel kam, sondern wie ich ihn so lange wie möglich halten konnte.

Apropos, müsste es nicht eigentlich schon stockduster sein? Bisher hatte Samuel keine Anstalten gemacht, das Licht in der

Suite anzuschalten. Die schwachen Lichter der Anzeigetafeln und Straßenlaternen hatten mit Sicherheit ihre Mühe, den Weg bis hier nach oben zu finden.

Ein Knistern breitete sich in meinem Körper aus und ich spürte den sanften Hauch eines Atems an meinen Lippen. Ich wagte es nicht, mich zu bewegen, sondern wartete gespannt darauf, dass Samuels Lippen auf meine trafen. Er ließ sich Zeit und schien wohl zu bemerken, dass ich kurz davor war zu platzen, könnte ich ihn nicht bald wieder schmecken.

Ein Stöhnen schoss aus meinem Hals, als Sam sich schneller zu bewegen begann und seine Hände an meinem Rippenbogen entlanggleiten ließ.

»Wusstest du, dass du wunderschön bist, wenn du stöhnst?«, raunte er dicht vor mir. Demonstrativ schüttelte ich den Kopf.

Das Ziehen wurde immer stärker und begann nun, sich einen Weg durch meinen gesamten Körper zu bahnen. Sams schneller Atem traf mich erneut. Endlich küsste er mich wieder. Seine Zunge bahnte sich unkontrolliert einen Weg durch meine Lippen und entfachte ein Gefühl von Begehren in mir. Er nahm mich immer schneller und ließ mir keine einzige Sekunde zum Durchatmen.

Meine Mitte zog sich zusammen. Ich stöhnte auf, dann durchzuckte ein Pochen meinen Körper und entfachte das Feuerwerk in meinen Adern. Der Orgasmus zog sich bis in meine Brust. Für ein paar köstliche Sekunden ließ ich mich einfach unter den Explosionen begraben.

Auch Samuel schien zum Höhepunkt zu kommen, denn sein Schwanz begann heftig in mir zu pulsieren. Mit einem Mal verlangsamte er seine Bewegungen, bis er sich schließlich zurückzog und neben mich aufs Bett legte. Er strich mir eine Haarsträhne hinters Ohr, bevor er mir die Augenbinde abnahm.

Meine schweren Lider öffneten sich. Nachdem sich meine Augen an die dunkle Sicht gewöhnt hatten, sah ich ihm direkt in die eisblauen Augen. Das sonst so tosende Meer in ihnen hatte sich gelegt. Neugierig studierte er meinen Gesichtsausdruck. Ich sagte kein Wort, sondern hielt mir gähnend die Hand vor den Mund.

»So langweilig?«, fragte er grinsend.

»Müde«, entgegnete ich knapp und schmiegte meinen Kopf an seine Brust, während ich meine Arme um seinen Oberkörper legte. Ich schloss die Augen, als mich eine weitere Welle an Müdigkeit überkam. Sam streichelte sanft über meine Schulter, während ich ihn fest an mich zog und langsam wegdämmerte.

***

Als ich am nächsten Morgen mein Bewusstsein zurückerlangte und mit der Hand neben mich tastete, musste ich enttäuscht feststellen, dass von Sam jede Spur fehlte. Hatte er mich ernsthaft wie beim letzten Mal einfach allein gelassen? Das konnte nicht sein Ernst sein. Erst behandelte er mich, als würde ich ihm etwas bedeuten, nur um mich am Morgen danach mal wieder in die Wüste zu schicken?

Verständnislos rappelte ich mich auf und ließ meinen Blick durch die Suite gleiten. Sie sah noch genauso aus wie gestern Nacht, nur mit dem kleinen Unterschied, dass unsere Sachen nicht mehr wild verstreut auf dem Boden, sondern fein säuberlich an Kleiderbügeln aufgehängt an einer Kleiderstange hingen. Einen Moment später krabbelte ich aus dem Bett und fischte mir aus den Kartons, die immer noch neben der Tür standen, neue Unterwäsche und ein passendes Outfit für den Tag. Ich hatte Glück, dass ich am Shoppingtag mit Cheyenne, Cecilia und Leah einige neue Klamotten gekauft hatte. Mir gingen nämlich so langsam die Outfits aus, die ich von zu Hause mitgebracht hatte.

Rasch zog ich mir meine liebste High-Waist-Jeans und ein dunkles, bauchfreies Top über und … *Scheiße*. Ich hatte den Mädels keine Nachricht geschickt!

Panisch suchte ich das Zimmer nach meinem Handy ab. Verdammt, wo war dieses blöde Ding?

Ich fand es schließlich auf der Fensterbank der Suite wieder; mit vollem Akku. Wie das nun wieder passiert war, wusste ich nicht, doch ich hatte gerade andere Probleme. Mein Blick zuckte zu der Spielkarte, die neben meinem Handy lag. Die verdammte Herz-Dame. Ohne nachzudenken, steckte ich sie mir in die Hosentasche und entsperrte danach mein Handy. Zu meinem Erstaunen hatte keine meiner Freundinnen nach mir gefragt. Hastig nahm ich eine kurze Sprachnachricht auf. Ich fügte ein kurzes »Ach übrigens, mir geht's gut. Ich lebe noch« hinzu und schickte die Nachricht ab. Keine 30 Sekunden später ploppte eine Nachricht von Leah auf.

Leah:
Ich dachte schon, du hast uns vergessen. ;)

Ein kurzes Lächeln huschte über mein verschlafenes Gesicht. Ich fühlte mich immer noch nicht ganz wach. So dauerte es ewig, bis ich die Nachricht ins Handy getippt hatte.

June:
Quatsch, ich war bloß beschäftigt.

Leah:
Aha. Das lasse ich einfach mal so stehen …

Mehr schrieb sie nicht.
Ich legte mein Handy zurück auf die Fensterbank, entschied mich einen Moment später jedoch dazu, es vorsichtshalber direkt auf den Nachttisch zu legen, damit ich es beim nächsten Mal schneller fand.

Die zerwühlte Bettdecke raschelte unter meinem Gewicht und gerade, als ich sie ordentlich auf dem Bett zusammenfaltete, öffnete sich die Tür.

»Oh, du bist wach«, ertönte Sams muntere Stimme. Auf seinem Arm balancierte er zwei Tabletts mit frischen Croissants. »Guten Morgen, Schlafmütze«, zog er mich auf und mein Blick schnellte automatisch in Richtung der großen Uhren in seinem Zimmer.

»Es ist doch erst 10:30 Uhr«, entgegnete ich verdattert und versuchte, seinen wissenden Gesichtsausdruck zu deuten.

»*Erst*? Meine Tage beginnen zu Spitzenzeiten um 6 Uhr.«

Er kam auf mich zu und stellte die Tabletts auf dem gemachten Bett ab. »Hunger?«

Ich nickte. »Aber sowas von.«

Gemeinsam setzten wir uns auf sein Bett und aßen die Croissants, deren warmer Geruch mir noch lange in der Nase blieb.

»Also«, begann Sam, während wir den Empfangsbereich des Hotels betraten. »Was hältst du von einem Casinobesuch heute Abend?«

Verwirrt zog ich eine Braue nach oben. »Was?«

Er lachte. »Ein Casinobesuch; nur wir beide. Du hast die freie Wahl. Casinos gibt es in Las Vegas genügend. In dieser Stadt musst du jede Nacht ausnutzen, die dir geboten wird.«

Begeistert von seiner Idee nickte ich. »Aber ich will dein Geld nicht verspielen«, warf ich ein.

»Du hast mich schon so viele Dollars gekostet. Glaubst du, der eine Casinobesuch macht da jetzt noch einen Unterschied?«

Ich zuckte mit den Schultern. »Ich meine ja nur.«

Plötzlich bog er rechts ab und ging nicht, wie erwartet, geradeaus aus dem Hotel hinaus.

»Chase und ich haben uns was für dich überlegt«, sagte er und führte mich tiefer ins Gebäude.

Der Weg, den wir einschlugen, kam mir jedoch bekannt vor. Ich wollte am liebsten gar nicht wissen, was die beiden Jungs ausgeheckt hatten. Doch wie ich Chase kannte, konnte definitiv nichts Sinnvolles dabei herauskommen.

Vor einer Holztür blieb Sam schließlich stehen und öffnete sie mit einem der Schlüssel, die er an seinem Schlüsselbund mit sich führte. Er drückte die Tür auf und bedeutete mir, den Raum vor ihm zu betreten. Chase saß bereits auf einem der Stühle, spielte mit seinem silbernen Ring und hob amüsiert den Kopf, als ich vor ihn trat.

»Na endlich. Dachte schon fast, ihr hättet mich versetzt.«

Sam trat neben mich und hob überrascht die Brauen. »Seit wann bist du pünktlich, Moreno?«

»Seit ihr beiden euch entschieden habt, zu spät zu kommen«, antwortete er und deutete auf die beiden Plätze schräg neben sich am Pokertisch. Ein Flashback packte mich, als sich vor meinem inneren Auge abspielte, was Sam und ich zuletzt hier in diesem Raum getrieben hatten.

»Bevor wir dich in die Weiten der Casinowelt lassen, möchten wir dir gerne einen kleinen Crashkurs in Sachen Glücksspiel erteilen.«

Neugierig setzte ich mich neben Chase. Sam nahm auf dem Stuhl neben mir Platz, sodass ich genau zwischen den beiden saß.

»Fangen wir am besten mit Poker an. Das ist das schwierigste Spiel, da du dort nicht gegen die Bank, sondern gegen andere Leute spielst. Bereit?«, fragte Chase.

Ich nickte eifrig. Wenn es etwas gab, von dem ich absolut keine Ahnung hatte, dann war das definitiv, wie man in einem noblen Casino in Las Vegas Geld gewinnen konnte. Wie man welches verlor hatte ich bereits herausgefunden, doch wiederholen wollte ich diese Erfahrung am liebsten nicht.

»Beginnen wir mit Lektion 1: Offenbare zu keinem Zeitpunkt jegliche deiner Gefühle und Emotionen. Solltest du eine Runde gewinnen, darfst du dich kurz freuen. Danach ist dein Empfinden wieder tot. Dein Pokerface ist hier also das A und O.«

Chase drehte sich zu mir, sodass ich ihm direkt ins Gesicht sehen konnte. »Wie sieht so ein Pokerface aus? Achte auf mein Gesicht. Deine Lippen bleiben geschlossen und deine Gesichtsmuskeln entspannt. Deine Augen sind fokussiert, behalten jedoch die gleiche Kälte wie der Rest des Gesichts bei. Es dauert ein wenig, bis du das draufhast; die Augen lassen sich nämlich nicht so leicht manipulieren. Momentan sind sie also deine größte Schwachstelle. Wichtig ist, dass dein Blick nirgendwo kleben bleibt, sonst starrst du zu sehr. Am besten legst du den Fokus auf die Karten in der Mitte. Aus dem Augenwinkel kannst du dann die anderen Spieler beobachten, aber dazu kommen wir gleich.«

Er hielt inne, während ich völlig überfordert versuchte, ihm zu folgen. »Du bist gerade übrigens das Negativbeispiel. Keine Sorge, wir üben das noch.«

Ich nickte, obwohl ich mich bereits jetzt nur noch an die Hälfte seiner Worte erinnern konnte. Wie sollte ich mir das alles merken und mich gleichzeitig aufs Spiel konzentrieren, dessen Regeln ich ebenfalls noch nicht wirklich verinnerlicht hatte?

»Lektion 2«, fuhr Sam fort, erhob sich und ging um den Pokertisch herum. Auf der gegenüberliegenden Seite stützte er sich mit den Händen auf den Tisch und sah mich ernst an.

»Cold Reading; so lautet der Schlüssel zum Erfolg. Schon mal davon gehört?«

Instinktiv schüttelte ich den Kopf.

»Hätte mich auch stark gewundert«, murmelte er. »Beim Cold Reading versuchst du, die Eigenschaften fremder Menschen herauszufinden, die du noch nie zuvor gesehen hast. Mentalisten und Wahrsager benutzen die Technik gerne in Verbindung mit Barnum-Statements, um den sogenannten Forer-Effekt hervorzurufen. Sie lassen also ihr Gegenüber glauben, sie wüssten mehr über deren Persönlichkeit, als sie es tatsächlich tun.

Beim Pokern benutzen wir Cold Reading hingegen nicht, um irgendwen zu beeindrucken, sondern um uns ein Bild der Verhaltensweisen unserer Mitspieler zu machen. Wir erstellen also eine Art Baseline zu jeder Person am Tisch, die das Verhaltensmuster widerspiegelt. Sollte es dann dazu kommen, dass eine Person ihre Baseline verlässt, verrät sie uns damit einiges darüber, welche Karten sie vielleicht auf der Hand hat oder ob sie gut beziehungsweise schlecht aufgestellt ist.«

Ich blinzelte perplex. Nun war ich endgültig raus, was die Lektionen der Jungs betraf.

»Das klingt … kompliziert«, stotterte ich. »Ich habe kein Wort verstanden.«

Sam und Chase grinsten gleichzeitig. »Vielleicht sollten wir lieber bei den Basics bleiben«, schlug Chase vor.

»Dafür bin ich auch«, meinte ich und hob meine Hand.

Sam kniff sich an die Nasenwurzel. »Na gut, lassen wir das. Chase?«

»Kommen wir zu Lektion 3«, leitete er über.

»Wie viele Lektionen gibt es denn noch? Ich bin ja mit einer schon überfordert.«

»Ruhe. Lektion 3 verstehst du.«

Er beugte sich nach vorne und sah mir gewissenhaft in die Augen. »Egal, mit welchen Menschen du spielst, fühle dich niemals unterlegen. Es gibt ein Sprichwort, welches besagt, dass das Schicksal dafür verantwortlich ist, die Karten zu mischen, es aber deine Aufgabe ist, zu spielen. Nicht umgekehrt. Behalte das im Hinterkopf.«

Ich nickte leicht. »Okay. Sonst noch was?«

Mein Blick zuckte zwischen den beiden Jungs hin und her.

»Ich denke, das reicht für den Anfang an Theorie«, erklärte Sam und beförderte einen Stapel Karten aus einem Schrank hervor, den er auf den Tisch knallte. »Jetzt kommt die Praxis.«

Ohne etwas zu erwidern, griff ich nach den Karten und begann sie zu mischen. Sie fühlten sich mächtig in meinen Händen an; mein Selbstbewusstsein schoss in die Höhe.

»Darf ich euch was fragen?«

Sam legte den Kopf schief. »Nur zu.«

»Warum ausgerechnet Poker?«

Er zuckte mit den Schultern, während er sich an der kleinen Bar bediente. »Roulette ist Glückssache und Black Jack für Anfänger.«

»Bin ich kein Anfänger?«, fragte ich verdutzt.

Er schnappte sich sein Champagnerglas und setzte sich mir gegenüber an den Pokertisch. »Gleich nicht mehr.«

***

Den gesamten Vormittag über versuchten Sam und Chase, mir hilfreiche Tipps zu geben, um meine Mimik zu verbessern, aufmerksamer zu werden und die Regeln des Spiels zu verstehen. Dabei stellte sich heraus, dass Pokerspielen gar nicht so leicht war, wie es aussah. In jeder Runde sprach Chase mich auf eine Abweichung in meinem Pokerface an oder korrigierte meine Sitzhaltung.

»Du sitzt zu steif, so wirkst du angespannt.«

»Dein linker Mundwinkel hat gezuckt, damit hast du dich verraten.«

»Wieso hältst du die Karten so offen? Deine Sitznachbarn könnten problemlos hineinschauen.«

»Das ist keine Straße, dir fehlt der König.«

Nach zwei Stunden ließ ich mich stöhnend auf den Stuhl zurücksinken. »Halten wir fest: Ich kann's nicht. Bei euch sieht das alles so selbstverständlich aus.«

Sams aufmunternder Blick streifte meinen. »Das wird schon, Übung macht den Meister. Heute Abend geben wir dem Ganzen trotzdem einen Versuch.«

»Wieso darf ich eigentlich nicht mitkommen?«, fragte Chase angepisst. »Ich könnte auch mal wieder einen Abend vollgepackt mit Geldscheinen, Pokerchips und Spielautomaten gebrauchen.«

»Dann schnapp dir doch Rebecca«, schlug ich vor, doch Sam schüttelte warnend den Kopf.

»Die kleine Rebellin wird heute Abend ihre Arbeitsschicht einhalten. Und du, Chase«, er hob warnend den Finger, »wirst das nicht wieder kaputtmachen.«

»Was heißt hier *wieder*?«, entgegnete er aufgebracht.

»Du weißt, wovon ich rede.«

»Apropos arbeiten«, mischte ich mich ein. »Sollte ich nicht irgendwann auch mal wieder …«

»Nein«, unterbrach mich Sam ernst. »Du hast mir in den ersten paar Tagen mehr Beschwerden eingebracht als alle anderen dort zusammen in einem Monat. Ich lasse nicht zu, dass sich das wiederholt.«

Beleidigt schob ich meine Unterlippe hervor. »So scheiße war ich doch gar nicht in der Kellnerinnen-Rolle.«

Chase prustete los. »Und wie scheiße du warst.«

Erst jetzt erinnerte ich mich an den Vorfall zwischen uns im Casino. Vielleicht hatte er doch recht. Als ich mich zurückzuerinnern versuchte, sammelten sich vor meinem inneren Auge immer mehr peinliche Situationen der ersten Tage an.

»Okay, womöglich bin ich doch nicht die geborene Kellnerin«, sah ich ein. »Vielleicht gehöre ich doch eher in die Glückspielszene, was meint ihr?«

Sam schüttelte grinsend den Kopf. »Wir werden sehen, Juniper.«

Kapitel 26

Mist. Wieso funktionierte der Scheiß nicht?

Seit geschlagenen fünf Minuten rüttelte ich an der Tür zu Sams Suite und wedelte mit der Schlüsselkarte vor dem Sensor herum, doch nichts geschah. Weder das leise Klicken noch irgendein anderes Lebenszeichen gab das kleine Gerät von sich. Geschlagen ließ ich die Stirn gegen die weiße Tür sinken.

Wo sollte ich jetzt eine neue Schlüsselkarte oder zumindest einen normalen Schlüssel herbekommen? Sam war kurzfristig von einem der Sponsoren zum Essen eingeladen worden. Natürlich war ihm nichts anderes übriggeblieben, als einzuwilligen. Ob Chase einen Ersatzschlüssel besaß?

Da mir keine bessere Idee einfiel, ging ich den Flur wieder zurück und drückte auf den silbernen Knopf an der Wand, um den Aufzug zu rufen. Ich wusste weder, in welchem Zimmer Chase wohnte, geschweige denn ob er nicht auch unterwegs war.

Im Erdgeschoss angekommen, beschloss ich, am Empfang nach Chases Zimmernummer zu fragen, in der Hoffnung, die Angestellten dort durften sie preisgeben.

»Miss Kingsley?«, ertönte plötzlich eine ältere Stimme hinter mir. Ich wirbelte herum und blickte direkt in die dunklen Augen von Harry De La Cruz. Mit einem Lächeln auf den Lippen kam er auf mich zu.

»Guten Tag, Mr. De La Cruz«, begrüßte ich ihn freundlich und schenkte ihm ebenfalls ein Lächeln, das jedoch mehr gezwungen als gewollt über mein Gesicht huschte.

»Dürfte ich Sie spontan auf eine kleine Spritztour einladen? Eigentlich wollte ich bereits gestern Abend auf der Gala einmal mit Ihnen unter vier Augen sprechen, doch der Verlauf des Abends wollte das wohl nicht zulassen.«

Ihm war mit Sicherheit nicht entgangen, dass Sam und ich einfach abgehauen waren. Doch hatte ich wirklich Lust, mich einer Unterredung mit ihm zu unterziehen? Wenn ich ablehnte, würde das mit Sicherheit auch Folgen für Samuel haben, also entschied ich, mich dem Löwen zum Fraß vorzuwerfen.

»Sie meinen, jetzt gleich?«, hakte ich nach, woraufhin er nickte. »Okay, wie Sie wünschen. Betrifft es Sam?«

»Alles zu seiner Zeit, Miss Kingsley.«

Wir verließen das Hotel und wurden draußen von einer dichten Wolkendecke empfangen. Vielleicht hätte ich mich heute Morgen doch nicht für das bauchfreie Top entscheiden sollen.

Die Limousine der De La Cruz-Familie empfing uns, doch zu meiner Verwunderung öffnete uns nicht Jeffers, sondern ein breitschultriger Mann mit Glatze die Tür.

»Jeffers ist heute leider verhindert«, antwortete er mir auf meine unausgesprochene Frage und bat mich vor ihm in die Limousine.

»Also«, begann er, als der Chauffeur den Wagen startete. »Sie und Sam scheinen sehr vertraut miteinander.«

Ich nickte.

»Wissen Sie, es ist mit großer Gewissheit keine Seltenheit, dass Samuel Frauen ins Hotel einlädt. Bisher konnte ich mir immer ein sehr gutes Bild von diesen Damen machen, doch aus Ihnen werde ich momentan noch nicht schlau. Sam scheint mehr an Ihnen zu liegen als an anderen Frauen, und das macht mich als Vater natürlich neugierig.«

»Verständlich. Jedoch kann ich Ihnen zurzeit noch nicht die Antwort geben, die Sie gerne von mir hören möchten. Sam und ich kennen uns noch nicht lange.«

Er musterte mich bedacht. »Und doch hat er darauf bestanden, dass Sie ihn zur Gala begleiten.«

Ein Schauer jagte mir den Rücken hinunter. Bei jedem Atemzug hatte ich Angst, er könnte etwas aus meinem Gesicht lesen. Ich zuckte mit den Schultern.

»Wie Sam das Ganze empfindet, weiß ich nicht. Ich kann nur für mich selbst sprechen.«

Er hob das Kinn an. »Und verraten Sie mir, Miss Kingsley: Was empfinden Sie?«

Ich schluckte hart. Was sollte ich jetzt darauf antworten? In dem ganzen Gefühlschaos wusste ich ja selbst nicht einmal, wo ich stand oder wo ich überhaupt hinwollte.

»Um ehrlich zu sein, kann ich Ihnen das noch nicht sagen. Ich denke, es braucht noch etwas Zeit, um Klarheit zu schaffen.«

Sams Vater räusperte sich. »Da bin ich anderer Meinung. Mein Sohn kann keine Ablenkung gebrauchen. Und Sie stellen definitiv eine solche dar. Lassen Sie mich Ihnen ein Angebot machen. Für 50.000 Dollar packen Sie Ihre Koffer und verschwinden aus der Stadt.«

Mein Magen drehte sich um. »Wie bitte?«, fragte ich völlig perplex in der Hoffnung, seine Worte falsch verstanden zu haben.

» Miss Kingsley, ich möchte, dass Sie meinen Sohn nicht länger stören. Wenn Sie eine höhere Summe verlangen, nur zu.«

Wie automatisch schüttelte ich mit dem Kopf. »Tut mir leid, aber ich bin nicht bestechlich. Außerdem glaube ich nicht, dass ich Sam großartig im Weg stehen könnte.«

Seine Miene blieb finster. »Zwingen Sie mich nicht, andere Maßnahmen einzuleiten. Glauben Sie mir, ich würde Sie am liebsten unversehrt nach Kalifornien zurückschicken. Wenn Sie sich aber entscheiden, nicht zu gehen, werde ich das zu verhindern wissen. Ich frage Sie noch ein letztes Mal: Möchten Sie mein Angebot nicht doch annehmen?«

Mein Mund wurde trocken. Worauf wollte er hinaus? Nie im Leben würde ich einfach so meine Koffer packen und gehen.

»Nein, ich bleibe«, teilte ich ihm meinen klaren Standpunkt mit.

Er drückte auf einen Knopf und verdunkelte damit die Scheiben der Limousine, sodass ich draußen kaum noch etwas erkennen konnte.

»Darf ich fragen, wo wir hinfahren?«

Ich bekam keine Antwort. Stirnrunzelnd wiederholte ich meine Frage. »Könnten Sie mir sagen, wohin wir fahren oder zumindest, wie lange wir weg sind? Ich habe heute Abend nämlich noch was vor und muss daher pünktlich zurück sein.«

Wieder gab er keinen Ton von sich. Als ich ihm aufmerksam in die Augen blickte, verstand ich plötzlich, was Sam und Chase mir die ganze Zeit zu erklären versucht hatten. Da war diese Kälte in ihnen, die jegliche Emotionen abblockte. Eine Gänsehaut zog sich über meine Arme.

»Mr. De La Cruz, ich würde gerne wissen, was Sie vorhaben und warum Sie mir nicht sagen, wo es hingeht.«

Erst nach einigen Sekunden unangenehmer Stille räusperte er sich. »Miss Kingsley, wurde Ihnen schon mal die Wichtigkeit eines Jobs verdeutlicht?«

»Wie bitte?«, fragte ich perplex.

»Ich möchte von Ihnen wissen, wie viel Sie über Samuels Job wissen.«

Irgendetwas an seiner plötzlichen Stimmlage gefiel mir ganz und gar nicht.

»Na ja, ich weiß, dass er eine durchaus wichtige Position in Ihrem Unternehmen übernehmen wird und dass er darauf fokussiert ist, dieser gerecht zu werden.«

Er lehnte sich zurück in den Ledersitz. »Da haben Sie vollkommen recht. Und ich bin mir sicher, dass Sie es verstehen, wenn ich Ihnen sage, dass Ablenkung jeglicher Art keinen guten Einfluss auf meinen Sohn hat.«

Ich biss mir fest auf die Unterlippe.

»Ich verstehe, worauf Sie hinausmöchten«, sagte ich ruhig. »Doch diese Entscheidung liegt nicht bei Ihnen, sondern bei Sam. Er hat schließlich das Recht, in seinem Leben zu bestimmen, welche äußeren Einflüsse für ihn gut sind und welche nicht.«

Ein Ruckeln ließ meinen Blick aus dem Fenster schnellen. Ich kniff die Augen zusammen, konnte jedoch nur erkennen, dass es immer dunkler wurde. Panik stieg in mir auf und schoss wie ein Pfeil durch meine Adern.

»Was wird das hier?«, fragte ich mit einem leisen Keuchen in der Stimme.

Harry De La Cruz schüttelte nur mit dem Kopf. »Ich hatte wirklich gehofft, Sie wären schlauer, Miss Kingsley. Dabei sollten Sie doch mittlerweile wissen, dass es niemand bis ganz nach oben schafft, ohne sich zwischendurch die Hände schmutzig zu machen.«

Ich riss die Augen auf, was sein Grinsen jedoch nur noch breiter werden ließ.

»O ja, auch Samuel weiß sehr gut, wie man sich lästige Menschen vom Hals schafft, die versuchen, das Geschäft zu stören. Leider ist er jedoch für das brutale Beiseiteschaffen von Menschen nicht zu gebrauchen. Ein Trauerspiel.«

Meine Finger krallten sich in das Leder des Sitzes. Ich schreckte auf, als plötzlich die Tür neben mir geöffnet wurde. Ich hatte gar nicht bemerkt, dass der Wagen zum Stehen gekommen war.

»Nur zu«, deutete Sams Vater an.

Angespannt stieg ich aus der Limousine. Ich staunte nicht schlecht, als ich erkannte, wohin er mich gebracht hatte. Um uns herum gab es nichts als Stahlträger und einige Steinhaufen. Der Geruch von Verbranntem stieg mir entgegen. Ich rümpfte angewidert die Nase. Scheiße, wo war ich?

Als ich mich in der Lagerhalle umsah, erkannte ich am Ende eine Person, deren ekelhaftes Gesicht einen Würgereiz in mir hervorrief.

»Willkommen, willkommen, Juniper. Wie findest du meinen kleinen Spielplatz?«

Adams dreckige Lache erfüllte die Halle. Er kam gut gelaunt auf mich zu. Harry De La Cruz war ebenfalls ausgestiegen und blieb einige Meter hinter mir am Wagen stehen.

»Was habt ihr vor?«, fauchte ich, jedoch mehr ängstlich als standhaft.

Adam trat näher an mich heran. Instinktiv wich ich einige Schritte zurück, direkt in die Arme des Chauffeurs, der mich fest packte.

»Ey!«, schrie ich und wollte mich wehren, doch gegen den Griff des dunkelhäutigen Muskelpakets hatte ich keine Chance. Das dreckige Lachen kam immer näher, und erst als Adam nur noch einen Meter von mir entfernt war, blieb er stehen.

»Ich hätte nicht gedacht, dass wir beide uns so schnell wiedersehen. Eigentlich hatte ich befürchtet, dass du nach unserem Aufeinandertreffen auf der Gala deinem allerliebsten Samuel mein kleines Drogenexperiment petzt. Doch wie es scheint, habe ich mich in dir getäuscht.«

Ich riss meine Schulter nach vorne, konnte mich jedoch auch damit nicht aus dem Griff des Mannes befreien. Innerlich ärgerte ich mich, dass ich gestern Abend nichts gesagt hatte. Da war diese Unsicherheit, ob wirklich er derjenige war, der mir die Drogen eingeflößt hatte. Die Angst, eine falsche Person zu Unrecht zu beschuldigen, hatte schließlich gesiegt. So hatte ich mich den Abend über bedeckt gehalten.

»Was willst du?«, giftete ich ihn an, doch er lachte nur, während er mit der Hand nach hinten griff und etwas Kleines, Schwarzes zum Vorschein brachte. Mein Herz begann zu rasen, als ich die Pistole erkannte, die er mir fröhlich vors Gesicht hielt.

»Weißt du, was man hiermit machen kann?«, fragte Adam und wackelte mit den Augenbrauen. »Man kann damit wunderbar anderen Menschen Leid zufügen, ohne sich selbst anstrengen zu müssen. Praktisch, nicht wahr?«

Er trat einen Schritt nach vorne und hielt meinen Kiefer zwischen seinen Fingern fest. Amüsiert drehte er mein Gesicht von links nach rechts.

»Wie schade, so ein hübsches Gesicht verunstalten zu müssen«, meinte er seufzend. »Aber was nimmt man im Leben nicht alles in Kauf.«

Meine Beine wurden plötzlich schwach. Hätte mich der Typ hinter mir nicht festgehalten, wäre ich einfach zusammengebrochen. Ich zitterte am ganzen Körper, als mir bewusst wurde, was er vorhatte.

Er hielt mir die Mündung der Waffe gegen den Kopf. Sofort schossen mir Tränen in die Augen.

»Bitte nicht«, flehte ich ihn an und sah ihm direkt in die Augen. »Was habe ich denn getan?«

Adam lachte auf, senkte seinen Arm und kam mir so nahe, dass seine Nasenspitze beinahe meine berührte.

»Weißt du, was ich überhaupt nicht leiden kann? Wenn Menschen, die es nicht verdient haben, urplötzlich Einblicke in die Geschäfte der High Society erhalten und ihre neugierige Nase in Angelegenheiten stecken, die sie nichts anzugehen haben.«

Seine Stimme wurde mit jedem Wort immer lauter und wütender. Mit einem Mal tanzten schwarze Punkte vor meinem Blickfeld. Ich kniff die Augen einmal fest zusammen, bevor ich meinen Blick senkte.

»Ach, übrigens …« Adam wandte sich von mir ab. »Ihre Arbeit ist nun auch getan, Harry. Und ich bin dafür, dass sie für alle Zeiten getan ist.«

Mit diesen Worten hob er seinen Arm und ein ohrenbetäubender Knall schallte durch die Lagerhalle. Ich schrie auf, als direkt danach noch ein zweiter Schuss den Körper von Sams Vater traf und dieser einige Sekunden später reglos auf den staubigen Boden fiel.

Mein Magen krampfte sich zusammen und die Kraft verließ endgültig meine Knochen. Tränen strömten über mein Gesicht, während Adam auf den leblosen Körper zutrat und ihn mit dem Fuß umdrehte, sodass er das Gesicht von Sams Vater sehen konnte. Auch ich erhaschte dadurch einen Blick auf ihn. In den Augen, in denen vor wenigen Minuten noch absolute Kälte gewüstet hatte, stand nun Leere. Absolute und uneingeschränkte Leere.

»Der dürfte tot sein. Wurde Zeit, dass diesem Arsch mal jemand das Licht ausschaltet.«

Er drehte sich zu mir. »Siehst du, macht doch Spaß, oder? Einen Konkurrenten weniger im Kampf um die Krone der High Society.«

»Du Bastard!«, zischte ich weinend zwischen zusammengebissenen Zähnen hervor. Wie sehr ich mir in diesem Moment wünschte, man könnte mit Blicken tatsächlich jemanden töten!

Schweißperlen liefen mir übers Gesicht. Trotz der Tatsache, dass jeder Zentimeter meines Körpers von einem heftigen Zittern erfasst wurde, gab ich nicht nach.

Adam musterte mich vergnügt und richtete die Waffe so auf mich, dass ich direkt in ihre Mündung blickte.

»Irgendwelche letzten Worte?«, fragte er mit einem sarkastischen Unterton. Der Typ, der mich festhielt, stieß ein kurzes Lachen aus.

»Ja«, entgegnete ich mit fester Stimme. Als er innehielt, sammelte ich all meine Kraft und sah ihm direkt durch seine verfluchten Augen hindurch. »Es war ein Fehler, mich zu unterschätzen.«

Ich rammte meinen Hinterkopf gegen das Kinn des Typen hinter mir und er verlor für einen Moment die Kontrolle. Gerade als ich mich losreißen wollte, ertönte erneut ein Schuss und der Griff des Chauffeurs wurde mit einem Mal lockerer.

Ich schnellte herum und erkannte eine Schusswunde an seinem Hals, nur wenige Zentimeter neben meinem Kopf. Mit zittrigen Fingern fasste sich der Mann an die blutige Stelle seines Halses und betrachtete das Blut an seiner Hand. Kurz darauf sackte auch sein Körper neben mir zu Boden.

»Scheiße!«, fluchte Adam und funkelte mich hasserfüllt an. »Wie viele Menschen muss ich noch umbringen, bevor du mir endlich vor die Kugel rennst?«

Ich hatte keine Zeit, ihn entsetzt anzustarren. Stattdessen machte ich einen Hechtsprung zur Seite und entkam erneut seinem Schuss. Etwas unelegant rollte ich mich auf dem Boden ab und ging hinter einem der Stahlträger in Deckung. Mein Puls raste und ich schnappte verzweifelt nach Luft.

»Sieh es doch ein, Kingsley. Du kannst mir nicht entkommen. Früher oder später kriege ich dich sowieso!«

Ich schmeckte Blut in meiner Kehle und rieb mir heftig übers Gesicht. Immer noch drang nichts von dem, was gerade passierte, wirklich zu mir durch.

Mit einem Satz sprang Adam zu mir hinter den Stahlträger und ich kreischte erschrocken auf. Ohne nachzudenken, schlug ich auf ihn ein und ließ ihm keine Möglichkeit, von der Waffe Gebrauch zu machen. Ich trat, biss und prügelte ohne Pause und mit voller Kraft auf ihn ein.

»Du verficktes Arschloch! Stirb doch selbst an deiner Kugel!«, schrie ich ihn an und schlug ihm mit geballter Faust ins Gesicht. Den kurzen Moment der Verwirrung nutzte ich und rammte mein Knie mit voller Wucht in seinen Schritt. Danach trat ich ihn noch ein zweites Mal. Sein Körper zuckte, doch er sackte nicht, wie erhofft, zu Boden. Mit einem Mal wendete sich das Blatt wieder und er drängte mich zurück, bis ich mit dem Rücken gegen den harten Stahlträger prallte.

»Du. Bist. Tot. Kingsley.«

»Ach ja?«, fauchte ich zurück. »Dafür fühle ich mich aber noch sehr lebendig.«

Ich holte aus, um ihn zu schlagen, doch er bekam mein Handgelenk zu fassen und drückte zu. Schmerz durchzuckte meinen Arm. Schneller, als ich reagieren konnte, hob er seine Waffe und schlug mich zu Boden. Benommen krabbelte ich einige Meter von ihm weg. Als er die Pistole auf mich richtete und das gehässige Grinsen seinen Weg zurück auf sein Gesicht fand, wollte ich schreien. Vor Wut. Vor Angst. Vor zu vielen Gefühlen.

Ich drückte meine Fingernägel in die Handflächen und riss die Augen auf. Eine einzige Bewegung von ihm und ich würde Sams Vater wiedersehen.

Ich hörte, wie sein Finger am Abzug der Waffe spielte und rang nach Luft, die den Weg in meine Lungen nicht mehr fand.

Plötzlich sprang eine Gestalt hinter der Limousine hervor und knallte Adam mit voller Kraft einen Ziegelstein gegen den Kopf. Mein Körper zuckte zusammen und ein keuchender Ton verließ meine Lippen, während Adam taumelnd zu Boden ging und ich erkannte, wer hinter ihm zum Vorschein kam.

»Sam«, wimmerte ich und sah in seine blauen Augen, die vor Schreck aufblitzten. Er sagte kein Wort, sondern hob schwer atmend Adams Waffe vom Boden auf. Als er sich wieder aufrichtete, zuckte sein Blick zur Fahrerseite des Wagens. Urplötzlich wurde er kreidebleich. Entsetzt schrie Sam auf und schlug sich eine Hand vor den Mund. Wie in Trance ließ er die Waffe wieder fallen und taumelte die wenigen Meter zu seinem Vater hinüber. Er starrte benommen auf den leblosen Körper und seine Schuhspitzen berührten beinahe das Blut, das stetig aus den Schusswunden gesickert war. Sams Beine gaben nach. Mit einem Wimmern sank er zu Boden.

Ich wollte aufstehen, wollte zu ihm und ihn festhalten, doch mein Körper war wie gelähmt.

»Dad«, hörte ich ein leises Schluchzen, gefolgt von einem inzwischen vertrauten Klicken. Adam war wieder bei Bewusstsein und hatte die Waffe auf Sams Hinterkopf gerichtet.

»Vorsicht, Sam!«, versuchte ich zu rufen, doch aus meinem Mund kam kaum mehr als ein jämmerliches Krächzen. Ich bündelte alle Kräfte, die mein Körper zusammengekratzt bekam, und drückte mich vom Boden hoch. Meine Beine reagierten wie ferngesteuert und ich rannte auf Adam zu. Mit meiner Schulter rammte ich seinen Rücken und wir gingen gemeinsam zu Boden. Der Aufprall ließ die Waffe aus seinen Fingern gleiten. Sie schlitterte über den staubigen Beton.

Adam fing sich sofort wieder, stützte sich auf die Ellbogen und griff nach der Pistole. Aber diesmal kam ihm jemand zuvor.

»Du Wichser!«, stieß Sam aus und trat ihm gegen die Rippen, bevor er die Waffe aufhob und in einer fließenden Bewegung auf Adam richtete.

Die Zeit nutzte ich, um meinen schmerzenden Körper in eine sitzende Position zu hieven. Sams Blick streifte meinen. Das Feuer darin verriet mir, dass er Adam am liebsten ohne zu zögern erschießen wollte.

»Sam, tu das nicht«, flehte ich.

Er schenkte mir keine Beachtung, sondern trat einen Schritt näher auf Adam zu, der nun völlig hilflos vor ihm auf dem Boden lag. »Du hast meinen Vater erschossen«, spuckte er ihm die Worte vor die Füße. »Wieso, Adam? Wieso? Was hat er dir je getan?«

Adam sah unbeeindruckt zu ihm hinauf. »Dein Vater war ein Arsch, genau wie all die anderen Mitglieder der High fucking Society.«

Sam zitterte so sehr, dass er die Waffe kaum in der Hand halten konnte. Ich sah, wie er mit sich rang.

»Samuel!«, schrie ich, doch er wandte seinen hasserfüllten Blick nicht von Adam ab. Sein Finger zuckte auf dem Abzug. In der nächsten Sekunde glitt eine Maske aus Gleichgültigkeit und Ruhe vor sein Gesicht, die mir verriet, dass er sich entschieden hatte. Er würde abdrücken.

Bitte, Sam, werde nicht zu jemandem, den du selbst hassen wirst.

Mit bebendem Herzen musste ich zusehen, wie die Waffe in seinen Händen zu zittern aufhörte und seine Atmung völlig ruhig wurde.

»Tu es nicht, Sam!«, schrie ich erneut, doch meine Worte erreichten ihn nicht mehr. Meine Sicht verschwamm immer mehr durch meine Tränen, doch ich brauchte Sam nicht anzusehen, um zu wissen, dass es nur noch eine Frage von Sekunden sein konnte, bis es geschah.

Meine zittrigen Hände krallten sich an den staubigen Boden. Mit einem lauten Schrei stieß ich mich davon ab. Ich spürte, dass ich kaum Kraft mehr besaß. Es war purer Wille, der meine Beine dazu brachte, mich die paar Schritte nach vorne zu tragen.

Hunderte Nadeln stachen auf meinen Körper ein, während ich meine Hand nach vorne schnellen ließ und Sams Arm in letzter Sekunde nach oben riss. Ich biss die Zähne zusammen, um das Zucken meines Körpers zu ertragen, das der ohrenbetäubende Knall des Schusses auslöste. Ein Aufschrei drang aus meiner Kehle. Unmittelbar vor Sam brach ich zusammen und sank zu Boden. Das knarzende Krachen über uns bekam ich nur am Rande mit.

Ich drehte den Kopf und erstarrte. Einer der Metallträger des Dachs hatte sich gelöst. Genau in dem Moment, als meine Augen das verbliebene Stahlseil fanden, gab dieses nach.

Fest kniff ich die Augen zusammen, denn mein Körper war nicht mehr in der Lage, auszuweichen. Finger gruben sich in meinen Oberarm und ich wurde zur Seite gerissen. Das Nächste, was ich wahrnahm, war ein ohrenbetäubendes Scheppern, das den gesamten Boden erzittern ließ.

Kapitel 27

Mein Atem ging viel zu schnell und ich hatte Schwierigkeiten, meine eigene Spucke herunterzuschlucken.

Langsam hoben sich meine Lider und ich blickte direkt in Junes aufgerissene Augen. In ihnen stand pures Entsetzen. Sie zitterte, während sie mit ihrem Zeigefinger auf den großen Metallträger deutete.

»Scheiße! Das Ding hätte uns töten können!«, krächzte sie.

Obwohl ich selbst genauso stark zitterte wie sie, streckte ich meinen Arm aus und legte meine Hand um ihre.

»Du hättest ihn wirklich erschossen …«, flüsterte sie und sah mir direkt in die Augen. Ihr Gesicht war von blutigen Schrammen übersät. »Warum?«

Ich kniff die Augen zusammen und kämpfte erneut mit den Tränen. »Ich konnte nicht anders«, presste ich schließlich hervor. Mein Herz schlug wild gegen seinen knöchernen Käfig und ich ballte die Hände zu Fäusten. »Er hat …«

Ich ließ meinen Blick über die Trümmer gleiten. Im Augenwinkel nahm ich wahr, wie June es mir gleichtat.

Adams Beine ragten unter dem Metallträger hervor. Die Wahrscheinlichkeit, dass er das überlebt hatte, war verschwindend gering. Ich machte mir nicht die Mühe, nachzusehen.

Ich stieß mich vom Boden ab und bemerkte erst jetzt, dass meine Beine unfassbar schmerzten. Ich senkte den Kopf. Als Junes gebrochener Blick meinen fand, packte ich sie und zog sie hoch in meine Arme. Ich hielt sie fest und sie klammerte sich beinahe verzweifelt an mich … Ihr Körper zitterte mindestens genauso stark wie meiner.

Immer tiefer drang der Schmerz in mein Bewusstsein. Mit jeder

Sekunde wurde er schlimmer und schlimmer. Irgendwann bemerkte ich die Tränen, die meine Wangen hinabliefen.

»Es tut mir so leid«, wisperte sie.

»Ich weiß«, hauchte ich. »Aber es ist nicht deine Schuld.«

Sie sah mich an. Ihre Augen waren glasig. In ihnen spiegelte sich ein Gefühl wider, das ich noch nie zuvor bei ihr gesehen hatte. Reue.

»Ich hätte nicht …« Sie schluckte, doch ich legte ihr behutsam meinen Zeigefinger auf die Lippen, bevor sie weitersprechen konnte.

»Du konntest nichts davon wissen.«

Ich schloss die Augen und legte meine Stirn an ihre. Sofort schoss Wärme durch meine eiskalten Adern. Ich konnte mir gar nicht vorstellen, was ich getan hätte, wäre June etwas zugestoßen.

»Wie konntest du wissen, dass ich hier bin?«, hauchte sie. Ohne mich aus ihren Armen zu lösen, griff ich in ihre zerrissene Hosentasche und beförderte ihre Spielkarte zum Vorschein.

»Die hat einen eingebauten Peilsender, damit ich jederzeit sehen kann, wo du dich rumtreibst. Deswegen solltest du sie immer bei dir tragen.«

Ich ließ die Karte zurück in ihre Tasche gleiten.

»Sam?«, wisperte sie so leise, dass ich sie kaum verstehen konnte. »Ich habe Angst.«

Ihre zerbrechliche Stimme jagte mir eine Gänsehaut über die Arme. Bevor ich ihr sagen konnte, dass sie in Sicherheit war und keine Angst mehr haben musste, fügte sie etwas hinzu.

»Vor dir.«

Mein Atem stockte und ich zog meinen Kopf zurück. *Was sollte das heißen, sie hatte Angst vor mir?* Verletzt sah ich sie an, doch ich hatte das Gefühl, dass in ihrem Blick noch mehr Schmerz lag.

»Hast du es schon mal getan?«

»Was getan?«, fragte ich.

In Junes Augen standen Tränen. »Getötet …«

Ich wandte den Blick ab. Meine Hand griff nach ihrer, doch sie zog sie zurück. Sie wartete auf genau die Antwort, die ich ihr nie geben wollte. Ich schluckte den Kloß in meinem Hals hinunter und sah ihr in die Augen. »Ja, einmal … Aber es ist nicht so, wie du denkst. Ich wäre gestorben, hätte ich den Typen damals nicht erschossen.

Es war Notwehr, das musst du mir glauben.«

Ihre Lippen begannen zu beben und sie wich abrupt einen Schritt zurück. Schockiert sah ich June an.

»Du hattest die ganze Zeit Angst, ich könnte dir etwas antun?«, fragte ich mit verwirrter und zeitgleich entsetzter Stimme. Ihr Schweigen war Antwort genug.

»Scheiße, June. Ich könnte dich nie willentlich verletzen.«

Ich wischte mir mit der Hand übers Gesicht. Blut sickerte aus einem Schnitt an meiner Wange. Ich nahm einen tiefen Atemzug, der mir jedoch eher Luft nahm, als dass mir welche gab.

»Er hat meinen Vater umgebracht, June.« Ich presste die Lippen aufeinander. »Wie würdest du denn handeln, wenn jemand deinen töten würde?«

Ich versuchte meine Tränen zurückzuhalten, was jedoch kaum möglich war. June presste die Lippen aufeinander. Ihre Hände zitterten, als sie sich ihre Haare aus dem Gesicht strich und mich fest ansah.

»Jedenfalls nicht so wie du. Ich könnte niemals auf einen Menschen schießen.«

»Weil du verflucht noch mal nicht in meiner Welt lebst! In deinem zuckersüßen Ponyhof-Leben existiert Kriminalität vielleicht nicht, aber hier schon!«

Sie rührte sich nicht von der Stelle, sondern starrte mich nur völlig verständnislos an.

»Die anderen hatten recht, du bist gefährlich.«

Ihr verheulter Blick traf mich wie ein Schlag in die Magengrube, bevor sie einfach an mir vorbei in Richtung der kleinen Blechtür ging, durch die ich in die Lagerhalle gekommen war. Meine Hand schnellte nach vorne und griff nach Junes Arm.

»Fass mich nicht an!«, fauchte sie.

»June, bitte«, wollte ich sie beruhigen. »Ich … kann dich nicht auch noch verlieren.«

»Damit wirst du leben müssen.« Sie wollte mir ihren Arm entreißen, was ihr jedoch nicht gelang. Ich konnte sie nicht loslassen. Wo wollte sie überhaupt hin? Wir waren am Rande von Las Vegas und sie hatte keine Möglichkeit, Hilfe zu holen.

»Lass mich los!«, giftete sie mich an, doch ich schüttelte den Kopf.

»Ich kann nicht. Außerdem kommst du hier ohne meine Hilfe sowieso nicht weg.«

»Ich finde einen Weg«, entgegnete sie. »Hauptsache, ich muss dich nicht mehr sehen.«

»June«, begann ich, doch mir blieben die Worte im Hals stecken. »Jedes Wort, das ich zu dir gesagt habe, war ernst gemeint. Ich würde dir niemals etwas antun. Und das ist die Wahrheit.«

Endlich blitzten ihre dunklen Augen auf und sie schien zu begreifen. June hörte auf, sich gegen meinen Griff zu wehren und senkte den Kopf.

»Du kannst nicht gehen, June.«

Ihr Atem zitterte. Gespannt wartete ich auf ihre nächsten Worte.

»Ich hasse dich«, sagte sie ernst. Ich glaubte ihr. »Aber ich begehre dich auch. Das macht das Ganze so gefährlich.«

Meine Gedanken setzten aus und ein elektrischer Schlag durchfuhr meinen Körper. »Was?«, fragte ich verwirrt und ließ sie los. Jetzt war sie diejenige, die nach meinem Handgelenk griff und es festhielt.

»Ich wollte das nicht«, flüsterte sie. »Ich wollte das wirklich nicht, weil ich wusste, wie es ausgeht. Aber irgendwann konnte ich mich nicht mehr wehren.«

Mit angehaltenem Atem sah ich sie an. Angespannt zuckte ihr Blick zwischen meinen Augen hin und her. Ihre zitternde Hand umklammerte fest die meine, während ich das Gefühl bekam, ich würde jeden Moment zusammenbrechen. Ohne etwas zu sagen, zog ich mein Handgelenk zu mir. Da sie mich immer noch nicht losließ, stolperte sie gegen meine Brust. Vorsichtig strich ich June eine Haarsträhne hinters Ohr und legte meine Lippen auf ihre. Sie erwiderte den Kuss und legte ihre Arme um meinen Hals.

Noch nie hatten mir ihre Berührungen so viel bedeutet wie jetzt. Es war ein verzweifelter Kuss, doch wir wussten beide, dass nach der Verzweiflung die Genesung folgte.

»Wir stehen das gemeinsam durch. Vom Anfang bis zum bitteren Ende«, flüsterte sie.

Ich legte meine Hände um ihr Gesicht und versuchte ihr all das zu zeigen, was ich für sie empfand. Angefangen von purer Überheblichkeit, über Bewunderung und Respekt bis hin zu … Liebe?

Plötzlich schweiften meine Gedanken wieder zu meinem Vater. Hatte er das Wort *Liebe* in Bezug auf Menschen überhaupt gekannt? Ich wusste es nicht. Er war tot. Fucking tot. So tot, wie ein Mensch eben war, wenn er … tot war. Das Wort *tot* wiederholte sich in wirren Sätzen immer und immer wieder in meinem Kopf, bis mir abrupt bewusst wurde, was das alles für meine Zukunft bedeutete.

Schlagartig unterbrach ich den Kuss.

»Was ist?«, fragte June, als sie meinen fassungslosen Gesichtsausdruck sah. Bevor ich jedoch antworten konnte, tanzten kleine Punkte vor meinen Augen und ich bekam nur noch mit, wie meine Beine nachgaben und ich zu Boden sackte.

***

Schwerfällig öffnete ich die Augen und blickte an die Decke einer Limousine. Sah meine Limo nicht anders aus? Hastig hob ich den Kopf, bemerkte jedoch im selben Moment, wie mich erneut Schwindel übermannte.

»Bleib ruhig liegen«, ertönte eine vertraute Stimme. June. Sie war bei mir. Diesmal versuchte ich, den Kopf langsamer anzuheben. Etwas benommen blickte ich in ihr Gesicht und runzelte die Stirn. »Was …«

»Du hast das Bewusstsein verloren. Ich war leider nicht stark genug, um dich zu halten.« Sie deutete auf mein Gesicht. *Oh, es tat tatsächlich weh.*

Beim Versuch, meine Gedanken zu ordnen, rappelte ich mich auf und schrak kurz darauf zusammen, als ich erkannte, dass sich noch eine weitere Person im Wagen befand. Chase? Was tat er hier?

»Erinnerst du dich, was passiert ist?«, fragte June.

Mein Blick zuckte wieder zu ihr. Als ich ihr nicht antwortete, half sie mir auf die Sprünge.

»Adam …«, begann sie.

Sofort schossen die Ereignisse wie in einer viel zu schnellen Diashow durch meinen Kopf. Adam, der versuchte, June zu erschießen. Junes verzweifelter Gesichtsausdruck. Mein Vater, der … Ich stockte, als das Bild seines toten Körpers vor meinem inneren Auge auftauchte.

»Fuck!«, stieß ich aus und vergrub das Gesicht in meinen zitternden

Händen. June legte ihre kühlen Finger über meine.

»Wir schaffen das zusammen«, sagte sie leise.

Zusammen. Eine weitere Erinnerung blitzte in meinem Kopf auf. Sie hatte gesagt, dass sie mich begehrte. Doch reichte das aus, um dem schwarzen Abgrund zu entkommen, dem sich mein Körper gerade näherte?

Ich nahm die Hände von meinem Gesicht. Eine einzelne Träne löste sich aus meinem Augenwinkel, doch bevor sie über meine Wange lief, wischte June sie mit dem Daumen weg.

»Ich habe von deinem Handy aus Chase angerufen. Er ist direkt mit der Polizei gekommen. Die sind gerade dabei, das Gelände abzusperren«, erklärte sie mir ruhig. »Adam haben sie auch gefunden, zwar schwer verletzt, aber lebend. Sie haben auch eine Waffe in der Limousine gefunden. Irgendwo in einem Seitenfach, glaube ich. Vielleicht hatte sie dein Vater dort versteckt, um sich im Notfall damit zu verteidigen. Er stand auch die ganze Zeit in der Nähe der Tür, während er Adam auf mich gehetzt hat.«

Sie senkte den Blick kurz zu Boden und nahm einen tiefen Atemzug, bevor sie wieder aufsah. Ihr Blick war glasig und voller Mitgefühl. In dem Versuch, mich zu trösten, schenkte June mir ein Lächeln, das jedoch ihre Augen nicht erreichte. Sie hatte recht; ich hatte ihr so viel Schmerz zugefügt … Ich hatte June in ein Leben gezerrt, das für jemanden wie sie völlig ungeeignet war. Ein Leben, das ihr eigenes zerstört hatte. Zum ersten Mal brach es mir wirklich das Herz, ein Mädchen so sehr leiden zu sehen.

Kapitel 28

Die Nachricht von Harry De La Cruz' Tod verbreitete sich wie ein Lauffeuer. Innerhalb weniger Tage wusste die halbe Stadt, was sich in der Lagerhalle zugetragen hatte. Die Presse hatte sich wie ein Rudel hungriger Wölfe auf die Story gestürzt und veröffentlichte einen Artikel nach dem anderen.

Zwei Tote bei Auseinandersetzung: Der tragische Tod von Harry De La Cruz

So lautete der erste Artikel, den ich bereits am Morgen nach den Geschehnissen im Internet gefunden hatte. Glücklicherweise wusste die Presse rein gar nichts darüber, was wirklich passiert war.

Doch ich hatte der Polizei nicht die ganze Wahrheit erzählt. Sie wussten von mir, dass Adam durchgedreht war und um sich geschossen hatte. Dabei waren sowohl Sams Vater als auch Adams Komplize getötet worden. Anhand meiner Schilderungen hatten sie angenommen, der Metallträger habe sich durch einen Querschläger gelöst. Ich sah keinen Grund dies zu korrigieren.

Chase hatte mir versichert, dass ich richtig gehandelt hatte. Adam hatte die beiden Menschen getötet. Durch mein Eingreifen konnte ich verhindern, dass Sam ihn verletzte. Der Metallträger war ein Unfall gewesen.

Nun lag ich bereits seit 20 Minuten wach neben Sam im Bett und war froh, dass er endlich schlief. Die letzten Tage hatte er kein Auge zugemacht. Jedes Mal, wenn ich schweißnass aufgewacht war, weil mich die Geschehnisse in sehr detaillierten Albträumen verfolgten, hatte er wach neben mir gelegen und die Decke angestarrt.

Als die ersten Sonnenstrahlen ihren Weg durch die Vorhänge fanden, beschloss ich, aus der Hotelküche Frühstück für uns zu besorgen. Ich verengte die Augen zu Schlitzen und versuchte, die mittlere der drei schwarzen Uhren an der Wand zu erkennen, die die Zeit in Las Vegas anzeigte. Die genaue Stellung der Zeiger konnte ich im schwachen Licht der Morgensonne nicht ausmachen, doch auch ein frühes Frühstück konnte nicht schaden.

Ich schlug meine Decke zurück und erhob mich langsam vom Bett, um Sam nicht zu wecken. Nachdem ich mir im Bad mein Gesicht mit kaltem Wasser gewaschen und meine Haare zu einem provisorischen Dutt zusammengebunden hatte, zog ich mir eine einfache Jeans und eines von Sams schwarzen T-Shirts über. Ich wusste, dass meine Tops sehr weit unten in den Kartons lagen; da ich keinen unnötigen Krach verursachen wollte, bediente ich mich an seinen Sachen. An einer Ecke zwirbelte ich das T-Shirt ein wenig auf und steckte es mir vorne in die Jeans, sodass es wie ein Sack an mir hing. Es fühlte sich zwar seltsam an, in so einem luxuriösen Hotel aus Kartons zu leben, aber ich gewöhnte mich langsam daran.

Ich schnappte mir meine Sneakers, warf einen letzten Blick auf Sam und verließ das Zimmer.

»Guten Morgen, June«, begrüßte mich Cole, als ich die Tür zur Küche aufdrückte.

Ich runzelte verwirrt die Stirn. »Hey. Ich dachte, du arbeitest als Kellner im Casino.«

Er grinste. »Abends schon, aber morgens findest du mich meistens hier.«

Ich schenkte ihm ein Lächeln. Als mir der Geruch von frischen Backwaren in die Nase stieg, trat ich weiter in die Küche.

»Miss, Sie dürfen hier nicht rein«, beschwerte sich einer der Angestellten, der gerade einen Teller mit Speck füllte.

»Ist okay, sie gehört zu mir«, erklärte Cole und führte mich durch die Gänge der Küche. So riesig hatte ich sie mir gar nicht vorgestellt. »Also, was kann ich für dich tun?«

»Ach ja.« Ich erinnerte ich mich daran, warum ich eigentlich hergekommen war. »Hast du gerade Zeit, einen Teller für Sam und mich fertig zu machen? Er schläft noch und ich wollte, dass er etwas isst, wenn er aufwacht.«

Cole verschränkte die Arme vor der Brust. »Ich verstehe nicht, warum ihr beide die Funktion des Zimmerservices nicht versteht. Samuel kommt schon seit Ewigkeiten jeden Morgen persönlich vorbei, anstatt sich das Essen aufs Zimmer bringen zu lassen. Und jedes Mal will ich ihn fragen, warum er das macht.«

»Na ja.« Ich zuckte mit den Schultern. »Vielleicht ist es ihm wichtig, nach seinen Angestellten zu sehen.«

Er prustete los. »Natürlich, da ist mit Sicherheit die Intention dahinter.«

Ich grinste, bevor ich meinen Blick durch den Raum schweifen ließ und auf einem der Teller etwas erkannte, das meine Augen automatisch größer werden ließ. »Ihr habt Pancakes?«

»Wir haben alles, was du möchtest«, entgegnete Cole und schnappte sich zwei große Teller aus einem Fach.

»Machst du uns ein paar?«, fragte ich und zog einen Schmollmund.

Er lachte. »Ich find's ja süß, dass du fragst. Es ist mein Job, dafür zu sorgen, dass du nicht verhungerst, also könnte ich dir sowieso keinen Wunsch abschlagen.«

Er führte mich hinter eine Herdplatte, auf der bereits eine Pfanne bereitstand. Während er sie erhitzte und die erste Kelle Teig hineingoss, lehnte ich mich gegen die Arbeitsfläche neben dem Herd.

»Wie geht's ihm eigentlich?«, fragte Cole zögerlich, während der erste Pancake in der Pfanne brutzelte. Ich spürte, dass es ihn Überwindung kostete, die Frage zu stellen. Ich seufzte tief.

»Zumindest besser als noch vor ein paar Tagen. Er versucht seine Trauer zwar zu überspielen, aber das funktioniert nicht so richtig. Jeder Blinde kann sehen, wie schlecht es ihm geht.«

Er nickte leicht, bevor er den Pancake wendete. »Das ist jetzt zwei Wochen her, oder?«

»Übermorgen, ja«, antwortete ich. »Aber ganz ehrlich, es fühlt sich immer noch an, als wäre es gestern passiert.«

»Ist echt scheiße«, gab er von sich. »Ich arbeite jetzt seit über drei Jahren hier und ich habe ihn noch nie so gesehen. Selbst an Tagen, an denen es ihm nicht so gut ging, konnte er das innerhalb eines

Fingerschnipsens hinter einer Maske verstecken.« Der erste Pancake landete auf dem Teller.

»Ich weiß nicht, ob ich darüber sprechen darf, aber mir liegt da was auf dem Herzen.«

Er zog die Augenbrauen nach oben. »Nur zu, ich höre.«

Nervös kaute ich auf meiner Unterlippe herum, bevor ich zu sprechen begann. »Es gibt da so ein Spiel, wodurch ich überhaupt erst in den ganzen Schlamassel hier hineingeraten bin. Weißt du davon?«

Das kurze Aufblitzen in seinen Augen verriet mir bereits seine Antwort.

»Offiziell muss ich *nein* zu dir sagen, aber inoffiziell …« Er beugte sich näher zu mir heran. »Inoffiziell kann ich *ja* zu dir sagen«, flüsterte er und wandte sich danach wieder der Pfanne zu.

»Wirklich? Du musst mir unbedingt erklären, was es damit auf sich hat. Ich tappe seit ich hier bin nämlich nur im Dunkeln. Ab und zu bekomme ich mal ein paar Fetzen des Spiels offenbart, aber eigentlich habe ich keine Ahnung, worum es überhaupt geht. Sam meinte zwar, ich sei nicht mehr Teil davon, aber ich will es trotzdem verstehen.«

Er klatschte den nächsten Pancake auf den Teller. »Ich weiß nicht, ob ich der Richtige dafür bin, June.«

Enttäuscht verzog ich das Gesicht. »Komm schon, Cole. Uns hört doch niemand.«

»Außer die sieben Angestellten, die hier alle naslang rein- und rausspazieren«, korrigierte er mich und hob den Finger.

Genervt verdrehte ich die Augen. Aus ihm würde ich definitiv nichts herausbekommen.

»Cole?«, rief eine mir sehr bekannte Stimme nach ihm. »Ich wollte nur schnell …« Sam stockte, als er mich sah. Vergnügt wackelte ich mit den Augenbrauen.

»Ach, das ist also einer der sieben Angestellten?«, zog ich Cole auf, stieß mich von der Platte ab und gab Sam einen zarten Kuss.

»Morgen. Frühstück kommt sofort«, informierte ihn Cole, doch Sam winkte mit einer Handbewegung ab.

»Entspann dich, ich habe keinen Zeitdruck.«

Sein Gesichtsausdruck blieb neutral, als er sich aus einem der großen Obstkörbe einen Apfel schnappte.

»Die waren eigentlich für die Hamptons«, schob Cole ein und goss eine neue Kelle mit Teig in die Pfanne.

»Die sind immer noch hier?«, fragte Sam unbeeindruckt, legte den Apfel jedoch nicht weg. »Ein Apfel mehr oder weniger fällt denen doch nicht auf.«

Cole schüttete lachend den Kopf. »Du bist genau wie Rebecca.«

»Das höre ich nicht zum ersten Mal.«

Schmunzelnd drehte ich den Kopf zur Seite. Die Vorstellung, wie Sam und Rebecca zusammen Äpfel stahlen, war einfach zu unterhaltsam.

»Kurze Frage am Rande: Erwarten wir heute noch Besuch? Hier kommt ja gefühlt jeden Tag irgendein Polizist reinspaziert«, wollte Cole wissen.

Ich warf ihm einen strafenden Blick zu. Sam sah jedoch weder aufgebracht noch beunruhigt aus.

»Ja, aber erst heute Nachmittag. Da kann sich also jemand von der nächsten Schicht drum kümmern.« Er zwinkerte Cole wissend zu.

»Wer kommt denn?«, fragte ich neugierig.

»Anwältin und Notar«, murmelte er so leise, dass Cole ihn nicht hören konnte.

»Wegen des Testaments?«, hakte ich nach. Er nickte knapp.

Ich wusste, dass ihm das Testament die ganze Zeit schon Bauchschmerzen bereitete. Die Ungewissheit der letzten Tage war jedoch kein Stückchen besser.

»Möchtest du, dass ich dabei bin, wenn es verlesen wird?«

Sam legte seinen Zeigefinger auf die Lippen. »Wir besprechen das später.«

»Darf ich kurz an die Schublade hinter euch?«, fragte Cole und drängte sich zwischen uns. Er holte zwei Minigläser mit Marmelade hervor und stellte sie auf ein Tablett zu den beiden Tellern für uns. Nachdem er zwei kleine Päckchen Nougatcreme und das in Servierten eingerollte Besteck danebengelegt hatte, drückte er mir das Tablett in die Hände.

»Guten Appetit«, sagte er lächelnd. »Wenn ihr noch was braucht, klingelt einfach durch.«

»Danke, Cole«, entgegnete ich.

Nachdem wir die Küche verlassen hatten, nahm Sam mir das Tablett aus den Händen.

»Das nehme ich.«

Ich stöhnte. »Tu nicht so, als wäre ich zu inkompetent, ein Tablett zu tragen.«

Er tat so, als würde er nachdenken. »Also mir fallen da so einige Situationen ein, in denen ein Tablett auf dem Boden statt beim Gast gelandet ist.«

»Wie lange muss ich mir das noch anhören?«, fragte ich und lachte auf. Dann rief ich den Aufzug.

»Lass mich kurz überlegen … für immer«, entgegnete er, während neben uns ein junger Mann ins Hotel gesprintet kam. Als er Sam entdeckte, schlich sich ein entschuldigender Blick auf sein Gesicht.

»Du bist zu spät«, teilte ihm Sam mit.

Völlig außer Atem kam er auf uns zu. »Das tut mir leid, Mr. De La Cruz, der Verkehr ist echt schlimm heute Morgen.«

Sam deutete mit dem Kopf in Richtung Hotelküche. »Du wirst dort drinnen gebraucht.«

Der junge Mann nickte kurz, wünschte uns einen guten Appetit und eilte dann durch die große Tür in die Küche. Im selben Moment, in dem die Tür ins Schloss fiel, ertönte das Bingen, das den Aufzug ankündigte. Was den jungen Mann wohl erwartet hätte, wenn Sams Vater an seiner Stelle hier gewesen wäre?

Stöhnend ließ ich mich rückwärts auf Sams Bett fallen und schmiss die Bettdecke über meinen Kopf.

»Was ist?«, fragte Sam und lachte kurz auf. Dann stellte er das Tablett auf dem Nachttisch ab. Er zog die Decke beiseite und blickte direkt in mein gähnendes Gesicht. »Aha«, machte er. »Aber vor mir aufstehen wollen.« Er schüttelte verständnislos mit dem Kopf. »Sag mal, ist das mein T-Shirt?«

Ein Ausdruck von Scham huschte mir übers Gesicht. »Vielleicht …« Ich grinste zögerlich. »Ich wollte dich nicht wecken.«

Sam legte den Kopf schief und musterte mich. »Behalte es ruhig an, es steht dir.«

Zufrieden richtete ich mich auf und schob die Bettdecke zur Seite, sodass Sam das Frühstückstablett aufs Bett stellen konnte.

»Konntest du wenigstens ein bisschen schlafen?«, fragte ich, während ich mir das erste Stück Pancake in den Mund schob. Es war fluffig und ging erst in meinem Mund so richtig auf. Genüsslich verdrehte ich die Augen.

Sam fuhr sich durch sein noch strubbeliges Haar und seufzte. »Ein wenig, aber als ausgeschlafen würde ich mich definitiv nicht bezeichnen. Ich lag gestern Abend noch lange wach, weil mich was beschäftigt hat.«

Fragend sah ich ihn an und wartete darauf, dass er weitersprach. Er entgegnete meinem Blick kurz, wandte sich dann aber dem Essen zu.

»Du musst nicht, wenn du nicht willst«, sagte ich leise, woraufhin er leicht nickte.

»Ich suche die ganze Zeit nach dem Warum bei der ganzen Aktion. Warum mein Vater so weit gegangen wäre, um dich aus meinem Leben zu schaffen. Ich hätte ihm zugetraut, dich zu kidnappen und in einen Flieger zu setzen, aber nicht … das. Er hätte dich töten lassen …«

Ich rutschte näher zu ihm heran und legte meinen Kopf auf seine Schulter. »Ich bin hier.«

Er legte einen Arm um mich. »Was hast du eigentlich deinen Freundinnen gesagt?«

Ich schmunzelte. »Ich habe den dreien einfach gesagt, ich wäre zur Zeit des Mordes mit dir hier im Hotel gewesen und hätte keine Ahnung, wie das alles passiert ist. Außer der Polizei weiß ja niemand, dass ich mit am Tatort war. Und sollte es dazu kommen, dass wir vor Gericht aussagen müssen, dann werden die drei nichts davon wissen.«

»Und die Erklärung hat ihnen gereicht?«, fragte er ungläubig.

Ich schüttelte gequält mit dem Kopf. »Nein, ich musste sie im Videocall anrufen, um zu beweisen, dass ich hier im Hotel wirklich sicher bin. Und selbst das hat ihnen nicht gereicht. Während du vorgestern mit Chase in der Cafeteria warst, waren sie hier, um nach dem Rechten zu sehen. Aber kann man ihnen das Übel nehmen? Ich hätte bestimmt ähnlich reagiert, wäre eine meiner Freundinnen in so einer Situation.«

Jetzt wo ich es aussprach, wurde mir bewusst, wie gut ich die Sorge meiner Freundinnen tatsächlich nachempfinden konnte. Ich wollte ein spannendes Las Vegas-Abenteuer wie es im Buche stand, doch vielleicht hatte ich mich von den Sonnenseiten der Stadt zu sehr blenden lassen. Dabei hätte ich wissen müssen, dass jede Sonnenseite auch ihre Schattenseite besaß.

Kapitel 29

Nervös verlagerte ich mein Gewicht von einem auf das andere Bein. Den Schlüssel hatte ich bereits vor einer Minute ins Schlüsselloch gesteckt, doch ich hatte mich nicht getraut, die Tür zu öffnen. Noch nie war ich so angespannt gewesen, bevor ich das Büro meines Vaters betreten musste; und es hatte wahrhaftig schon viele Situationen gegeben, in denen ich dort drin mit zitternden Knien saß und eine heftige Standpauke kassiert hatte.

Als mir bewusst wurde, dass diese Standpauken nun der Vergangenheit angehörten, jagten gleichzeitig unfassbare Erleichterung sowie Traurigkeit durch meinen Körper. Egal, wie schlimm die Gespräche mit meinem Vater an so manch einem Tag verlaufen waren, war ich dennoch dankbar gewesen, ihn an meiner Seite zu haben. All mein Wissen über Erfolg im Leben hatte ich von ihm. Ich wünschte mir nichts sehnlicher, als gleich die Tür zu öffnen und ihn auf seinem Stuhl sitzen zu sehen.

Seit seinem Tod hatte niemand mehr das Büro betreten. Ich nahm einen tiefen Atemzug und drückte vorsichtig die Türklinke hinunter.

Der Raum sah aus wie immer und wirkte dennoch komplett fremd. Der Geruch meines Vaters hing in der Luft. Ich biss mir auf die Unterlippe, um nicht zu weinen. Zu gut erinnerte ich mich an unser Gespräch im letzten Jahr, bei dem er mir gesagt hatte, wie stolz er war, dass ich irgendwann sein Unternehmen übernehmen und leiten würde. Doch keiner von uns hatte zu diesem Zeitpunkt ahnen können, dass sein *irgendwann* schon so früh eintreten würde.

Ich ging um den großen Schreibtisch herum, auf dem sein Computer stand, und setzte mich auf den breiten Ledersessel. Es fühlte sich falsch an, den Platz meines Vaters einzunehmen. Noch nie war der Wunsch nach weniger Macht so groß gewesen wie jetzt. Ich hatte keine Ahnung, wie man ein Unternehmen führte oder die Verantwortung dafür übernahm. All diese Aufgaben wirkten noch so weit entfernt.

Für einen kurzen Moment schloss ich die Augen und versuchte meine Gedanken zu sortieren, die mir seit Tagen Kopfschmerzen bereiteten. Ich hatte die Vergangenheit vor mir hergeschoben und die Konfrontation mit ihr immer weiter hinausgezögert. Mir war nicht klar gewesen, dass es dadurch nur noch schlimmer wurde.

Ich ließ meinen Blick durch den Raum schweifen. Neben vielen Regalen, die mit Ordnern zugestellt waren, befand sich an der Wand neben der Tür immer noch ein kleiner Bilderrahmen. Als ich sieben Jahre alt war, hatte ich meinem Vater ein Bild gemalt, auf dem ich ihn, Mum und mich Hand in Hand gezeichnet hatte. Zugegeben, ich war noch nie sonderlich begabt gewesen, was künstlerische Fertigkeiten anging, doch es wunderte mich jedes Mal aufs Neue, dass er das Bild nie abgehängt hatte. Selbst als Mum nach Texas gegangen war, war es dort geblieben. Mich würde es umbringen, jeden Tag ein Bild mit einer Szene meines Lebens zu sehen, von der ich wusste, sie würde nie wieder eintreffen.

Ich stand auf und ging auf die Zeichnung zu. Das Männchen, das mich darstellen sollte, stand zwischen dem meiner Mutter und dem meines Vaters und lachte. Neben meiner Mum hatte ich einen Hund gezeichnet. Damals wollte ich unbedingt einen haben, doch als mich eines Tages einer im Park angegriffen hatte, war dieser Wunsch vergangen.

Mein Körper begann zu zittern, während ich das lachende Gesicht meines Vaters ansah. Augenblicklich vergrub ich das Gesicht in den Händen und musste mich gegen die Wand lehnen, um nicht umzukippen. Langsam rutschte ich an ihr hinunter auf den harten Boden und ließ den Tränen ihren Lauf. Lautlos rannen sie über meine Wangen. Meine Augen brannten und ich ließ die Schultern sinken. Auf einmal fühlte ich mich wie gelähmt. Als hätte ich gerade die Kontrolle über mich, meinen Körper und mein gesamtes Leben verloren. *Warum musste das passieren? Hatte ich nicht schon mit genügend Problemen im Leben zu kämpfen?*

All die Emotionen prasselten auf mich ein und schnürten mir die Kehle zu, sodass ich mit einem Mal nach Luft schnappte. Der Tränenschleier vor meinen Augen vernebelte meine Sicht. Ich blinzelte einige Male. Langsam spürte ich, wie sämtliche Kräfte meinen Körper verließen, als würden dieser Raum und die Erinnerungen alles aufsaugen, was von mir übrig war. Ich schluchzte, versuchte mich irgendwie zu besinnen, doch Trauer und Wut drückten mich mit aller Gewalt nieder.

Was sollte ich nur ohne meinen Vater tun? Ohne die Person, die mir jederzeit zur Seite stand, sobald es Probleme gab, die ich selbst nicht lösen konnte? Wie würde das in Zukunft ablaufen?

Verfluchte Scheiße. Wieso hatte ich mich nie für diese blöden Meetings interessiert? Wenn ich daran dachte, dass ich bald derjenige war, der all die Reden meines Vaters halten musste, zog sich mein Magen zusammen. Es war genau das, was ich immer wollte. Doch jetzt, da es soweit war, war ich mir nicht mehr sicher.

Mein Handy klingelte und riss mich aus meinen Gedanken. Ich räusperte mich, da ich um eine feste Stimme bemüht war, und nahm den Anruf an.

»Chase, was gibt's?«

»Deine Anwältin und der Notar sind da. Wo bist du?«

»In Dads Büro«, antwortete ich zögerlich.

Er stieß ein leises »Oh …« aus, bevor er einige Sekunden später hinzufügte: »Soll ich sie hochschicken?«

Ich nickte, doch erst als Chase nachhakte, realisierte ich, dass er das nicht sehen konnte. »Ja, ich empfange sie hier.«

»Alles klar, falls du mich brauchst, klingel mich einfach an, ich komme dann zu dir.«

Seine Stimme klang ermutigend, was mir in diesem Moment wirklich half, wieder zu klarem Verstand zu kommen.

»Ist gut«, schob ich hinterher, bevor ich auflegte. Erst jetzt bemerkte ich, dass ich gar keinen Anzug trug. Bisher hatte ich noch nie jemanden in T-Shirt und Jeans empfangen. Hätte ich mir heute Morgen wenigstens ein Hemd angezogen, wäre mein Outfit halb so schlimm, doch daran konnte ich jetzt auch nichts mehr ändern.

Ich schleppte mich zum Bürostuhl und ließ mich hineinfallen. Als Schritte auf dem Flur erklangen, nahm ich einen bewussten Atemzug und drückte die Schultern durch. Kurz darauf ertönte ein Klopfen an der Tür. Auf meine Aufforderung hin betraten Mr. Brown, der Notar, und Mrs. Franklin, meine Anwältin, den Raum. Ich erhob mich und schüttelte beiden die Hände, bevor ich sie mit einer Handbewegung darum bat, sich zu setzen.

Nachdem mir beide ihr herzlichstes Beileid ausgesprochen hatten, legte Mr. Brown eine schwarze Akte auf den Tisch.

»Wie Sie gebeten haben, werde ich nun das Testament Ihres Vaters im Beisein Ihrer Anwältin eröffnen. Haben Sie vorab noch Anmerkungen, die Sie loswerden möchten?«

Ich schüttelte den Kopf. »Nein, keine Anmerkungen.«

Mein Nacken spannte sich an, als Mr. Brown die Akte öffnete und ein dünnes Papier hervorzog.

Als er zu lesen begann, wagte ich kaum zu atmen, so sehr verkrampfte sich mein Körper bei jedem Wort, das seinen Mund verließ. Zwischen den einzelnen Absätzen machte er eine kurze Pause, die auch mir half, kurz durchzuatmen. Immer wieder erfasste mich die Vorstellung, wie mein Vater die Worte persönlich zu mir sagte und mir mit einem stolzen Gesichtsausdruck sein Unternehmen überließ. Meine Gedanken huschten zu der Summe Geld, die schon bald auf mein Konto überwiesen werden würde.

Als Mr. Brown eine Stelle vorlas, in der meine Mutter erwähnt wurde, wärmte es mir das Herz. Dass Dad den Anstand besaß, ihr ebenfalls einen Teil zuzuschreiben, füllte mich mit Hoffnung, dass sein Herz doch nicht so kalt war, wie ich die ganze Zeit befürchtet hatte.

Zum Schluss händigte Mr. Brown mir das Testamentsschreiben aus. »Sie können gerne noch mal einzelne Stellen nachlesen und mir danach mitteilen, ob Sie das Testament annehmen möchten oder nicht.«

Zögerlich nahm ich das Blatt Papier in die Hand und ließ meinen Blick über die Zeilen fliegen. Der letzte Wille meines Vaters …

Mir war klar, dass das Hotel sowie das Casino zusammenbrechen würden, sollte ich das Testament ablehnen. Wenn ich allerdings annahm, trug ich von jetzt auf gleich die volle Verantwortung.

Mit meiner abstützenden Hand wollte ich mein Gesicht bestmöglich verdecken, um mir nicht anmerken zu lassen, wie sehr ich zweifelte. Ich ging einen Moment in mich und versuchte mir vor Augen zu führen, welche Pflichten in Zukunft auf mich warten würden und wie viele Menschen ihren lebenswichtigen Job verlieren könnten, sollte ich versagen. Dann schob ich das Testament über den Tisch zurück zu Mr. Brown. Ich fokussierte meinen Blick, setzte mich aufrecht hin und sah ihm in die Augen.

»Ich nehme das Testament an.«

In den nächsten 15 Minuten unterschrieb ich unzählige Dokumente, hielt Rücksprache mit meiner Anwältin und bekam schließlich einen großen Ordner von Mr. Brown überreicht.

»Das hier muss ich Ihnen noch aushändigen, bevor ich gehe. Ihr Vater wollte, dass dieser Ordner nach seinem Ableben in Ihre Hände gelegt wird. Oh, und bevor ich es vergesse …«

Er griff in die Tasche seines Anzugs und förderte einen kleinen Briefumschlag heraus. »Der hier gehört nun auch Ihnen.«

Zögerlich nahm ich ihn und sah hinein. Ein zusammengefalteter Zettel kam zum Vorschein, woraufhin ich die Stirn runzelte. Mein Vater hatte eine Vorliebe für fein säuberliche Briefe. Noch heute hörte ich sein Gemecker, wenn ich ein Schreiben mal wieder falsch zusammengefaltet hatte. Dass er tatsächlich dazu in der Lage war, ein zerknittertes Stück Papier in einen Umschlag zu stecken, raubte mir fast den Atem.

Während ich den Zettel auseinanderfaltete, beobachtete ich im Augenwinkel die Gesichter von Mr. Brown und Mrs. Franklin. Beide Augenpaare waren auf mich gerichtet; natürlich.

Ich überflog die Zeilen des Briefs, bevor ich ihn hastig wieder zusammenfaltete. Um ihn Wort für Wort zu lesen, brauchte ich definitiv einen ruhigen Platz und ein Glas mit etwas Hochprozentigem.

Nur ein einziger Satz fraß sich in mein Gedächtnis.

Du wirst das Geschäft so weiterführen, wie ich es vor dir tat; ob es dir gefällt oder nicht.

Ich holte tief Luft und ließ eine lächelnde Maske über mein Gesicht huschen, bevor ich Mr. Brown und Mrs. Franklin verabschiedete.

Einige Minuten saß ich einfach auf dem Bürostuhl meines Vaters und starrte abwechselnd seinen Brief und den dicken Ordner an. Ich hatte eine Befürchtung. Eine Befürchtung, was ich in der Mappe vor mir finden würde. Gleichzeitig betete ich, dass mein Gefühl mich täuschte.

Ich wusste, dass mein Vater kein ehrlicher Mann gewesen war. Immer wieder hatte ich mitbekommen, wie er stundenlang telefonierte, um die richtigen Leute zu schmieren.

Genau diese Geheimnistuerei sorgte nun dafür, dass ich wie hypnotisiert nach dem Ordner griff und ihn aufschlug. Seite für Seite las ich die Worte, die dort geschrieben standen. Berichte, Aufträge, ausgedruckte E-Mails. Mit jeder neuen Seite, die ich zu Gesicht bekam, verengte sich der Knoten in meinem Bauch. Meine Kehle wurde trocken und ich schluckte einen dicken Kloß hinunter. *Dad, was hast du angerichtet?*

Immer schneller blätterte ich durch die Seiten und schaffte es letztendlich nur noch, sie zu überfliegen. Mein Atem wurde immer schwerer und ich bekam das Gefühl, meinen Vater nie gekannt zu haben. Plötzlich blieb mein Blick an einem Foto hängen. Ich kniff die Augen zusammen, nur um danach noch gebannter auf den Menschen zu starren, den das Foto zeigte. Adam.

Hastig überflog ich die Zeilen, bis ich die Mappe abrupt von mir stieß. Das durfte nicht wahr sein. Von allen Gangstern dieser Stadt war mein Vater der korrupteste. Vor mir lagen perfekt durchdachte Intrigen, hinterlistige Täuschungen und Druckmittel, die sich gegen Adam und seine Familie richteten.

Als ich einen erneuten Blick auf die Seite warf und das Datum betrachtete, an dem sein Name zum ersten Mal erwähnt wurde, wurde mir schlagartig schwindelig. Sieben Jahre. Sieben verdammte Jahre hatte mein Vater dreckige Geschäfte mit Adams Familie gemacht?

Mit zittrigen Fingern blätterte ich eine Seite um und traute meinen Augen nicht. Schön säuberlich mit einem Datum versehen, standen dort alle Aktionen, die Adam jemals gegen mich gerichtet hatte. Angefangen von Betrug beim Pokern über Drogenhandel und Verabreichung bis hin zum Mordversuch an June. Wut stieg in mir auf. Er hätte sie wirklich umbringen lassen …

Kapitel 30

Ich entschied, eine kleine Runde spazieren zu gehen, während Sam sich dem Testament seines Vaters widmete. Meine Lunge brauchte dringend unverbrauchten Sauerstoff.

Der Trubel in Las Vegas hatte sich kaum verändert. Ich hoffte, durch das bekannte Ambiente ein wenig Halt zu finden. Zum ersten Mal seit Wochen hatte ich das Gefühl, wieder richtig Luft holen zu können. Instinktiv ließ mein Gehirn die Geschehnisse Revue passieren, doch ich wehrte mich gegen die Erinnerungen.

Chaos war wohl das Wort, das meine Reise nach Las Vegas am besten beschrieb. Gefährliches Chaos. Wunderschönes Chaos. Prägendes Chaos.

Meine Beine fühlten sich längst nicht mehr so schwer an, als ich die Stufen zurück zum Casino hinaufging. Am Empfang erkannte ich ein vertrautes Gesicht.

»Hallo, Jeffers«, begrüßte ich ihn freundlich.

Als er mich erkannte, wirkte er überrascht.

»Miss Kingsley. Wie schön, jemanden zu sehen, der nach den Vorfällen noch lächeln kann.« Er trat einen Schritt näher. »Ich hoffe, es macht Ihnen nichts aus, dass ich über die Geschehnisse Bescheid weiß; offiziell sowie inoffiziell.«

Ich winkte ab. »Sie sind der Letzte, bei dem mich das stören würde.«

Er erwiderte mein Lächeln. »Da Ihnen die Frage auf der Stirn geschrieben steht: Ich hatte mir am besagten Tag freigenommen, um den Geburtstag meiner Frau zu feiern.«

»Oh, sie hat sich bestimmt gefreut, oder?«

Ein verräterisches Grinsen breitete sich auf seinem Gesicht aus. »Ja, das hat sie. Ich denke nur die ganze Zeit daran, was passiert wäre, wenn ich hier gewesen wäre, anstatt zu Hause …«

Ich schüttelte mit dem Kopf. »Jeffers, Sie tragen nun wirklich keine Schuld. Harry De La Cruz hätte sich mit großer Sicherheit einen anderen Weg gesucht oder Sie anderweitig abgelenkt. Ich habe mir auch eingeredet, es wäre meine Schuld, dass er tot ist. Eigentlich tue ich das immer noch, aber mein Verstand hat mittlerweile begriffen, dass ich mich mit dieser Annahme nur selbst quäle. Sie sollten versuchen, das Ganze genauso zu sehen.«

Er nickte und setzte einen dankbaren Gesichtsausdruck auf. »Vielen Dank für Ihren Zuspruch. Sollten Sie Samuel suchen, der ist gerade nach oben gegangen.«

Ich bedankte mich und huschte schnell durch die offenen Türen des Aufzugs.

Das leise Klicken der Tür ertönte. Vorsichtig warf ich einen Blick in Sams Suite. Ich hatte nach der Testamentseröffnung noch kein Wort mit ihm gesprochen, weshalb ich ihn unbedingt aufsuchen wollte. Zu meiner Erleichterung stand er vor dem Fenster und sah nach draußen. Als ich ins Zimmer schlüpfte und die Tür hinter mir schloss, dachte ich, er würde sich zu mir umdrehen, doch das tat er nicht.

Ich trat neben ihn ans Fenster und beobachtete, wie er seinen Blick starr geradeaus richtete. Auf seiner Wange erkannte ich die getrocknete Spur einer Träne.

»Wie geht's dir?«, fragte ich leise und griff nach seiner Hand. Er bewegte sich immer noch nicht. Selbst seine Hand blieb locker und verschränkte sich nicht wie sonst mit meiner. Ich sah ihn an und versuchte aus seinem Gesicht zu lesen, was gerade in ihm vorging.

»Ist etwas passiert?«

Wieder keine Antwort.

»Hey«, versuchte ich es erneut und wedelte mit der Hand vor seinem Gesicht herum.

Plötzlich zuckte er zusammen und drehte den Kopf zu mir. Anscheinend hatte er wirklich nicht mitbekommen, dass ich den Raum betreten hatte.

»So in Gedanken versunken?«, flüsterte ich besorgt, woraufhin er sich nervös durch sein dunkles Haar strich.

»Ich habe angenommen«, sagte er genauso leise und sah wieder aus dem Fenster. »Aber ich hätte niemals gedacht, dass mein Vater so ein Arschloch war. Er hat korrupte Geschäfte gemacht, was mich eigentlich nicht wundern sollte. Vielleicht hatte ich tief in mir nie die Hoffnung verloren, er sei trotz allem ein guter Mensch gewesen. Ich weiß nicht, wie ich das wieder in Ordnung bringen soll.«

Meine Hand legte sich um seine. »Du schaffst das. Versuch es. Bisher hast du doch auch alles geschafft. Ich bin bei dir und unterstütze dich.«

Kaum merklich nickte er. »Ich weiß, aber in unserem Business gibt sich niemand mit dem Satz *›Ich hab's versucht‹* zufrieden. Entweder du hältst dem Druck stand oder du stürzt ab.«

Seine Augen wurden glasig. Schnell stellte ich mich auf die Zehenspitzen und drückte ihm einen Kuss auf die Lippen. Kurz darauf löste er sich wieder von mir. Ich sah ihm an, dass ein Sturm in ihm wütete, der alles mit sich riss, was ihm Hoffnung spendete.

»Ich verstehe eure Denkweise nicht«, begann ich langsam. »Ist es so schlimm, etwas falsch zu machen oder so selbstverständlich, immer das Richtige zu tun?«

»Beides«, antwortete er. Sein gefühlskalter Blick verlor sich in meinem. Irgendetwas in ihm verdunkelte sich. Ich scheute mich davor, herauszufinden, was es war.

Er zog mich an sich und legte seinen Kopf auf meinem ab. Für einen kurzen Moment schloss ich die Augen und genoss das Gefühl, das seine Nähe in mir auslöste. Ich fühlte mich in seinen Armen geborgen, geschätzt und geliebt, aber vor allem fühlte ich mich … zu Hause.

»Rebecca möchte übrigens mit dir sprechen. Sie müsste gerade bei Chase sein. Ich sollte dir Bescheid sagen, wenn ich dich sehe. Also habe ich meine Pflicht hiermit erfüllt.«

Ich löste mich von ihm. »Jetzt noch?«

Er zuckte mit den Schultern. »Schien wichtig zu sein.«

»Dann sollte ich am besten zu ihr gehen. Verrätst du mir kurz, in welchem Zimmer Chase wohnt?«

»Das weißt du nicht?«, fragte er perplex.

Ich biss mir auf die Unterlippe und schüttelte den Kopf.

»Apartment 21«, sagte er, woraufhin ich nur einige Male blinzelte. »Apartment?«, hakte ich nach.

»O Mann, du hast dich ja gar nicht informiert«, meinte Sam und lachte. »Auf der East Side des Hotels befinden sich einige Reihen an Apartments, in denen verschiedene Leute wohnen. Stell es dir einfach so vor, als würden wir normale Apartments vermieten. Nur eben nicht in einem einzelnen Hochhaus, sondern als Teil des Hotels. Du gehst am Empfang rechts vorbei, anstatt wie gewohnt nach links. Dann kommst du an eine große Treppe, die dich direkt zu den Etagen mit den Apartments bringt. Alternativ kannst du auch den Aufzug daneben nehmen. Chase findest du im dritten Stock. Es müsste die zweite Tür sein, an der du vorbeikommst. Suche einfach nach der Nummer 21.«

In meinen Gedanken sortierte ich Sams Beschreibung. Schließlich nickte ich. »Ist gut, ich komme dann später wieder. Hunger habe ich heute Abend keinen mehr. Du kannst also gerne ohne mich essen.«

»Ich werde auch nichts mehr essen«, gab er monoton von sich. »Hab das Gefühl verloren, wie sich Appetit anfühlt.«

»Solange du nicht verhungerst«, witzelte ich und wollte mich gerade von ihm abwenden, als er plötzlich nach meiner Hand griff. Ich hielt inne.

»Pass auf dich auf«, flüsterte er und sah mich eindringlich an. Irgendetwas an seinem Blick gefiel mir nicht. Da war mit einem Mal so viel Dunkelheit.

»Mache ich«, versicherte ich ihm. Bevor ich mich bewegen konnte, lagen seine Lippen wieder auf meinen. Zeitgleich legten wir unsere Hände um das Gesicht des anderen und intensivierten den Kuss. Er fühlte sich so anders an als der vor wenigen Minuten – befreiender. Als würde Sam endlich eine Last loslassen können, an der er viel zu lange festgehalten hatte.

Mein Herz sprang auf und ab und ließ mir keine Ruhe. Irgendwann lösten wir uns voneinander und sahen uns für einen langen Moment in die Augen. Es fühlte sich an, als kommunizierten wir rein über unsere unausgesprochenen Gefühle miteinander.

»Ich sehe dann mal, was Rebecca von mir möchte. Bis später«, sagte ich, bevor ich aus dem Zimmer trat und die Tür hinter mir schloss.

Ein ungutes Gefühl verfolgte mich, während ich den Flur zum Aufzug entlangging.

Sams Beschreibung half mir wirklich dabei, den richtigen Weg zu den Apartments des Hotels zu finden. Kurz darauf stand ich vor einer weißen Holztür mit einer goldenen 21 drauf. Ich klopfte gegen das Holz und hörte, wie Unruhe im Inneren aufkam. Dann öffnete sich die Tür und Chase lächelte mir entgegen.

»June, was gibt's?«, fragte er, während danach auch Rebecca an die Tür trat.

»Sam meinte, du wolltest mit mir über etwas sprechen«, sagte ich zu ihr, woraufhin sie jedoch nur irritiert die Stirn runzelte.

»Bist du dir sicher? Ich wüsste nämlich gerade nicht, worüber. Aber du kannst gerne reinkommen, wenn du möchtest.«

Ich antwortete nicht sofort, denn in meinem Gehirn setzten sich gerade einige Puzzleteile zusammen. Plötzlich hatte ich einen Verdacht. *Konnte das sein?*

»Ich möchte euch nicht stören, außerdem wartet Sam in seiner Suite auf mich«, versuchte ich so schnell wie möglich von den beiden loszukommen.

»Okay, dann sehen wir uns morgen«, sagte Rebecca und ich nickte knapp.

Ich drehte mich um und entfernte mich, doch sobald ich hörte, wie die Tür ins Schloss fiel, rannte ich. Instinktiv hoffte ich, dass ich mich mit meiner Vermutung geirrt hatte. Als ich das Ende des Flurs erreichte, sprintete ich die Treppen hinunter. Am Empfang angekommen, hörte ich auf zu laufen, da ich die Aufmerksamkeit der anderen Gäste nicht auf mich ziehen wollte. Ich erreichte den Aufzug, der mich zur Etage mit Sams Suite brachte. Ungeduldig drückte ich auf dem Knopf herum.

»Einmal drücken reicht normalerweise«, erklärte ein älterer Mann in einem Hawaiihemd und stellte sich neben mich. Ungeduldig verlagerte ich mein Gewicht von einem Bein auf das andere. Was dauerte das denn so lange?

Nach zwanzig Sekunden entschied ich, dass ich nicht noch länger warten wollte und rannte auf die großen Treppen zu. Ich spürte den verwirrten Blick des Mannes auf mir, doch dafür hatte ich jetzt keine Zeit. In der sechsten Etage musste ich eine kurze Pause einlegen, um wieder an Sauerstoff zu gelangen. Mein Körper wusste nicht, was gerade passierte. Ohne nachzudenken, lief ich weiter die Treppen hinauf. Warum musste Sam auch so weit oben wohnen?

Völlig außer Atem erreichte ich endlich das oberste Stockwerk des Hotels und holte meine Schlüsselkarte hervor. Als ich das Zimmer betrat, schoss ein angespanntes Kribbeln durch meine Knochen. Es war leer. Von Sam war weit und breit keine Spur. Selbst die Tür zum Badezimmer stand offen. *Scheiße.*

Mein Blick landete auf einem kleinen, goldenen Briefumschlag, der auf meinem Kopfkissen lag und mich Schlimmes befürchten ließ. *Bitte, bitte nicht.* Ich riss ihn auf und starrte auf die vier Flugtickets, die mir entgegenfielen. Doch das war nicht alles. Mit zittrigen Fingern faltete ich das Blatt Papier auseinander. Während ein handgeschriebener Brief zum Vorschein kam, fiel eine kleine, schwarze Spielkarte mit goldenem Aufdruck auf den Boden. Das Herzass. Mein Atem setzte aus, während ich es aufhob und betrachtete. Es war wunderschön.

Ich las den Brief. Mit jedem Wort brach ein weiteres Stück meines Herzens in tausend Teile.

Kapitel 31

Liebste June,

ich wünschte, ich könnte dir sagen, was gerade in mir vorgeht, aber leider kann ich mir diese Frage selbst nicht beantworten. Es kommen schwere Tage auf mich zu, in denen ich wieder in Ordnung bringen muss, was mein Vater zerstört hat. Du weißt, wie sehr ich unter dem Druck gelitten habe, der mich so lange unter sich begraben hat, bis ich schließlich keine Luft mehr bekommen habe.

Las Vegas ist eine Stadt, die es innerhalb einer einzigen Nacht schafft, dein Leben auf den Kopf zu stellen. Genau das habe ich so an ihr geliebt. Ich kann sehr gut verstehen, dass auch du sie sofort in dein Herz geschlossen hast.

Ich weiß, ich bin dir einige Erklärungen schuldig. Um deine Frage zu beantworten: In diesem Spiel ging es nie um den großen Jackpot oder die Intrigen in Las Vegas. Es ging um Liebe. Kitschig, ich weiß.

Seit ich klein bin, wird mein Leben von Macht und Geld bestimmt. Die Zeit, sich wie ein normaler Teenager verlieben zu können, wurde mir nie gegeben. Genau das sollte dieses Spiel letzten Endes wieder gutmachen. Ich hätte niemals gedacht, dass tatsächlich eine Frau durch die Türen des Casinos spazieren könnte, deren Herzschlag mir bald mehr bedeuten würde als mein eigener.

Im Laufe der Zeit wurde das Spiel zu einer Art Vorwand, um mir das von jungen Frauen zu nehmen, was mir im Leben fehlte: Geborgenheit.

Dann kamst du. Ich will nicht lügen; hätten Chase und Rebecca nicht so stark auf mich eingeredet, hätte ich dich nach Hause geschickt, bevor ich mir selbst überhaupt die Chance gegeben hätte, dich besser kennenzulernen. Doch je mehr Zeit ich mit dir verbringe, desto mehr stelle ich fest, dass dich meine Welt zerstören wird. Ich habe versucht, dich mit aller Kraft im Spiel zu halten, aber heute werde ich dich gehen lassen. Ich muss, bevor du zu großen Schaden davonträgst, den ich niemals verantworten möchte.

Du hast ein reines Herz, das hast du mir mehr als einmal bewiesen. Ich weiß, dass du deinen Weg im Leben auch ohne mich finden wirst. Du hast wundervolle Menschen, die dich begleiten und dir helfen, deine Träume zu verwirklichen.

Ich bin dir unendlich dankbar für jeden einzelnen Moment, den wir beide geteilt haben. Tief im Inneren weiß ich, dass sie für die Ewigkeit halten werden.

Hör bitte niemals auf, das Gute im Menschen zu sehen.

Ich habe mich nie getraut, dir die Worte persönlich zu sagen, deshalb mache ich es nun. Ich liebe dich, Juniper. Und das werde ich immer tun.

Samuel

Tränen strömten über mein Gesicht und tropften auf das dünne Papier. Ich sackte zu Boden und schlug mir die Hand vor den Mund, um nicht aufzuschreien. Jede Faser meines Körpers zitterte. Bald fiel mir der Brief einfach aus der Hand.

Warum tat er mir das an? Warum?

Meine Lunge suchte nach neuem Atem, fand jedoch keinen, weshalb mir schwindelig wurde. *Bitte sag mir, dass ich umsonst fürchte. Bitte, Samuel.*

All die Gedanken, all die Zweifel in mir spielten verrückt. Mein Kopf fühlte sich an, als würde er jeden Moment zerplatzen. Ein erschütternder Schmerz durchzuckte mich und sammelte sich in meinem Magen zu einem brennenden Klumpen, doch es half alles nichts.

Mit einem heftigen Schluchzen zog ich mich an der Bettkante hoch. Mein Blick landete auf meinem Handy. Mit zittrigen Fingern versuchte ich, Sams Kontakt aufzurufen. Ich glitt erneut auf den Boden und hoffte, dass Samuel meinen Anruf annahm und mir versicherte, dass es ihm gut ging. Doch auch nach mehrmaligem Freizeichen geschah nichts. Erst als die Mailbox ranging, legte ich verzweifelt wieder auf. Konnte das alles wahr sein?

Meine Hoffnung sprang zu Rebecca und Chase. Schnell scrollte ich zu Rebeccas Kontakt und drückte auf *anrufen*. Bereits nach dem zweiten Klingeln nahm sie ab.

»June? Was ist los?«

»Bitte komm so schnell du kannst«, schniefte ich und ließ meinen Kopf gegen die Bettkante sinken.

»Sind sofort da!«, rief sie durchs Handy. Keine Sekunde später hatte sie aufgelegt. Das Telefon rutschte mir aus der Hand und fiel zu Boden.

Ich rieb mir energisch übers Gesicht. Wie schwere Steine kullerten Tränen meine Wangen hinunter und tropften auf mein T-Shirt. Sams T-Shirt.

Es war nicht fair. Er hatte das nicht verdient. Niemand hatte das.

Ich durfte hier nicht sitzen. Ich musste aufstehen, ihn suchen. Doch die Kräfte meines Körpers ließen es nicht zu.

Wut sammelte sich in meiner Kehle. Ich stieß ich einen so heftigen Schrei aus, dass sich meine gesamten Muskeln anspannten. Meine Lippen bebten. *Wie kannst du mir das antun?*

Schritte ertönten auf dem Flur. Erst leise, dann immer lauter. Schließlich wurde die Tür geöffnet.

»June! Was ist passiert?«, rief Rebecca und hastete zu mir.

Ich konnte ihr nicht antworten, weil sich mein Magen gerade wie wild drehte. Auch Chase kniete sich zu mir und sah mich besorgt an.

»Wo ist Sam?«, fragte er, aber die einzige Antwort, die ich ihm geben konnte, war ein Schluchzen. Ich hob die Hand und deutete auf den Brief, der vor mir auf dem Boden lag. Rebecca sah Chase an, bevor sie das Papier aufhob. Sie las die ersten Sätze und stieß einen schockierten Laut aus.

»Chase«, sagte sie mit zitternder Stimme und reichte ihm den Brief. Als er einen Blick darauf warf, fror sein Gesicht ein und er wurde kreidebleich. Die beiden ebenfalls so fertig zu sehen, zerriss mich innerlich.

Meine Gedanken überschlugen sich, erstickten sich gegenseitig. Plötzlich war mein Kopf wie leergefegt.

»Ich glaube, ich weiß, wo er ist«, brachte Chase hervor. »Es gibt einen Ort, mit dem Sam mehr verbindet, als mit sonst etwas in seinem Leben. Er war früher oft mit seiner Mutter dort, doch seit sie weggezogen ist, hat er ihn nie wieder betreten wollen.«

Meine Augen blitzten auf. Ein kleiner Hoffnungsschimmer entzündete sich und loderte in meiner Brust.

Chase und Rebecca sprangen gleichzeitig auf und reichten mir beide eine Hand. Sie zogen meinen Körper nach oben in den Stand. Sofort durchflutete mich Adrenalin. Während die beiden sich bereits zur Tür umdrehten, griff ich schnell nach der Spielkarte und hielt sie schützend in meinen Händen. Wir hasteten zur Tür hinaus in den Flur, doch für einen kurzen Moment hielt Chase inne und schien zu überlegen.

»Shit, wie kommt man noch mal aufs Dach?« Er drehte sich zu Rebecca, die in Richtung des Aufzugs zeigte. »Am besten über die schmale Wendeltreppe im Sicherungsraum. Der ist aber ganz oben auf der East Side.«

Ich hörte ihr gar nicht richtig zu; sämtliche Alarmglocken läuteten in mir. Ich wurde einfach von ihr am Arm mitgezogen. Niemand von uns verstand, was gerade passierte, doch wir alle konnten vermuten, was uns erwartete.

Nach wenigen Minuten erreichten wir eine dunkle Sicherheitstür, die Chase jedoch ohne Mühe mit einem Zahlencode öffnete. Wir huschten hindurch und rannten an Schaltkästen und Computern vorbei. Es war dunkel. Nur das Licht des hellen Flurs erleuchtete uns den Weg zur Wendeltreppe, die sich am Ende des großen Raums befand und nach oben führte.

Chase griff ans Geländer und sprintete nach oben, während Rebecca und ich Mühe hatten, mit ihm mitzuhalten. Angstschweiß rann meinen Rücken hinunter. Das Poltern unserer Schritte auf der Stahltreppe hallte durch das Gebäude.

Nachdem ich beinahe einen Schwindelanfall bekam, erreichten wir endlich eine Tür, die nach draußen führte. Chase öffnete sie und blieb ruckartig stehen. Im vollen Lauf prallte ich gegen seine Schulter. Ich lugte über sie hinweg nach draußen und erkannte Sam, der auf einer hüfthohen Mauer am Rand des Daches saß, den Blick auf Las Vegas gerichtet. Obwohl er das Poltern der Treppe durchaus gehört haben musste, schien er nicht mitbekommen zu haben, dass er nicht mehr allein war. Mein Herz schmerzte, als ich ihn in diesem Szenario sah.

»Geh du«, flüsterte Chase und drehte sich zu mir um. »Es wäre vermutlich zu viel, wenn wir jetzt alle auf ihn einstürmen.«

Er trat einen Schritt zur Seite, sodass ich an ihm vorbei aufs Dach gehen konnte. Langsam bewegte ich mich auf Sam zu. Der Wind jagte mir eine Gänsehaut über die Arme und wirbelte meine Haare umher.

Ich sah auf. Unzählige Sterne funkelten über der Stadt und verteilten ihren Glanz am Himmelszelt. Mit angehaltenem Atem beobachtete ich Sam, der regungslos vor mir saß und keinen Mucks von sich gab.

»Hey«, sagte ich leise.

Er zuckte kaum merklich zusammen, behielt seinen Blick jedoch an Ort und Stelle. »Wieso bist du noch hier?«, fragte er und legte seine Hände an der Kante der Mauer ab. Augenblicklich blieb ich stehen.

»Weil ich nicht einfach gehen werde«, antwortete ich so sanft ich nur konnte.

»June, das ist vielleicht die letzte Chance, um aus dem ganzen Scheiß hier herauszukommen.« Seine Stimme brach am Ende des Satzes. Für einen kurzen Moment schloss ich die Augen.

»Ich will aber gar nicht hier raus.« Sobald ich die Augen wieder öffnete, lösten sich daraus kleine Tränen.

»Du wolltest Spaß haben in Las Vegas. Den hattest du. Doch wenn du jetzt nicht gehst, wirst du nicht mehr in dein Leben zurückkehren können«, gab er gebrochen von sich und senkte den Blick.

»Das will ich überhaupt nicht mehr.« Vorsichtig trat ich neben die kleine Mauer und wagte es ebenfalls, nach unten zu sehen. Meine Brust zog sich zusammen und schlagartig drehte sich mein Kopf. Die Straßen und Autos wirkten winzig von hier oben. Als ich den Kopf nach vorne richtete, konnte ich beinahe ganz Las Vegas überblicken. Der Anblick war wunderschön und traurig zugleich.

»Von hier sieht die Stadt fast noch schöner aus als vom High Roller«, bemerkte ich und verlor mich erneut in den unendlichen Weiten der Nacht. Wie es diese Stadt schaffte, mich jedes Mal aufs Neue in ihren Bann zu ziehen, konnte ich mir nicht erklären. Wie hypnotisiert wanderte mein Blick über die großen Wasserfontänen, das Plaza, den Eiffelturm und schließlich zu Sam. Ich versuchte langsam, nach seiner Hand zu greifen, doch sobald ich sie berührte, schlug er sie zurück.

»June, bitte. Ich möchte nicht die Schuld dafür tragen, dein Leben zu ruinieren.«

»Das musst du auch nicht«, redete ich auf ihn ein. »Ich will das hier.«

»Du wirst daran zerbrechen, June. Ich lebe schon mein ganzes Leben mit dem Druck, doch du bist all das nicht gewohnt. Es wird dich zerstören. Perfektion ist ein Begriff, der mein Leben schon immer prägt, doch ich bin weit davon entfernt, so zu sein, wie es von mir erwartet wird.«

Ich wischte mir meine Tränen vom Gesicht. »Wir finden eine Lösung dafür. Ganz sicher.«

»Wie willst du eine Lösung finden, die es nicht gibt?«

Er stützte sich mit den Händen auf die Mauer. Für eine kurze Schrecksekunde dachte ich, er würde sich nach vorne fallen lassen.

»Was wäre ich für ein Mensch, wenn ich dich jetzt allein hier zurücklassen würde?«

Er drehte den Kopf zu mir. Seine Augen waren gerötet und der unendliche Schmerz, der ihn erdrückte, stand ihm deutlich ins Gesicht geschrieben …

»Mitleid, ist es das? Das kannst du dir sparen.«

»Seit wann habe ich Mitleid mit dir?«, fragte ich ihn. »Ich will dich das nicht allein durchstehen lassen, weil ich weiß, dass dann du derjenige bist, der zerbricht.«

»Ich werde nicht zerbrechen, June«, begann er leise. »Dafür müsste man mich schon töten. Und glaube mir, das schafft man nicht so leicht.«

Ich atmete auf und fiel ihm um den Hals. Wieso hatte ich angenommen, er könnte sich etwas antun?

»Ich weiß das wirklich zu schätzen, aber ich kann dich nicht mit gutem Gewissen hierbehalten. Es werden Probleme aufkommen, mit denen du nicht umgehen kannst. Sobald die Polizei herausfindet, dass die Waffe in der Limousine mir gehört hat, bin ich sowieso am Arsch. Wenn Adam vor Gericht gewinnen sollte, verliere ich alles. Ich habe Geheimnisse, die uns beide mit in den Abgrund reißen werden.« Er kniff die Augen zusammen und kämpfte mit den Tränen. »Verdammt, ich habe schlimme Dinge getan, June! Sollte das ans Licht kommen, wandere ich lebenslänglich in den Knast.«

»Du hast gesagt, es sei Notwehr gewesen«, wisperte ich und löste mich von ihm.

»Das meine ich nicht. Da ist so viel mehr.«

Unsere Blicke trafen sich und ich hatte die Hoffnung, er würde in meinen Augen die Zuversicht erkennen, die ich ihm versuchte zu vermitteln.

»Du hast nie etwas Böses gewollt, das weiß ich«, versicherte ich ihm und schenkte ihm den ehrlichsten Blick, den ich je jemandem gezeigt hatte.

»Die Polizei in dieser Stadt gibt sich mit einer solchen Aussage nicht einfach zufrieden.«

Für einen kurzen Moment hielt ich inne, bevor ich kaum merklich mit dem Kopf schüttelte. »Sie werden dir glauben. Du bist kein schlechter Mensch, nur weil du von einigen umgeben bist. Ich glaube, du hältst dich selbst für ein Monster, nur weil dein Vater eines war. Aber das stimmt nicht; jeder im Casino weiß das. Die Polizei kann jeden hier befragen und niemand würde auch nur auf die Idee kommen, dich als schlechten Menschen zu bezeichnen.«

Meine Kehle wurde trocken und Tränen kullerten unablässig meine Wangen hinunter. Ich wusste nicht mehr, was ich sagen sollte. All meine Worte blieben in meinem Hals stecken und nahmen mir die Luft zum Atmen.

Ich sah Sam in die Augen und hoffte, dadurch eine Verbindung herstellen zu können. Am liebsten würde ich ihm meine gesamte Hoffnung überlassen, nur damit er endlich begriff, dass er nicht allein war. Auch wenn das bedeutete, dass ich dann selbst keine mehr besaß.

»Willst du mir das wirklich antun?«, fragte ich, doch er mied meinen Blick. »Du wirst mich jetzt nicht nach Hause schicken. Freiwillig werde ich nicht gehen. Du musst mich schon persönlich vor die Türen deines verdammten Hotels setzen und mich jede Sekunde daran hindern, wiederzukommen.«

Er erwiderte nichts, sondern griff wortlos an die Seite seiner Jeans und zog eine Waffe hervor. Ich zuckte zusammen, als ich sie zu Gesicht bekam, doch er legte sie bloß neben sich auf die Mauer.

»Ich bin fertig damit. Keine Gewalt mehr.«

Ich schenkte ihm einen liebevollen Blick und griff erneut nach seiner Hand. »Hör zu, mir ist egal, wie viel Dreck deines Vaters wir beseitigen müssen. Ich werde dir dabei helfen, denn ich stecke längst mit in dieser Geschichte. In dem Moment, in dem ich *ja* zu diesem Spiel gesagt habe, war ich Teil deiner Welt.«

Vorsichtig schob ich die Waffe beiseite und setzte mich neben ihn. Zögerlich ließ ich die Spielkarte zum Vorschein kommen.

Er senkte seinen Blick.

»Du hast gewonnen, June. Mehr als nur das Spiel.«

Meine Lippen bebten. »Und wieso fühlt es sich dann an, als hätte ich verloren?«

Sekundenlang blieb es still. Die Ruhe wurde nur unterbrochen von der Geräuschkulisse der fahrenden Autos unter uns und dem surrenden des eiskalten Windes.

»Darf ich dich was fragen?«

Sam nickte kaum merklich, dennoch spürte ich, wie sich sein Körper anspannte.

»Hast du deine Worte ernst gemeint? In dem Brief?«

Er sah mir tief in die Augen. »Jedes einzelne.«

Mein Herz erwachte aus der Schockstarre und begann, wie wild auf und ab zu springen. »Dann muss ich dir etwas sagen … Ich liebe dich auch, Samuel.«

Ein Funkeln trat in seine Augen. Ich konnte gar nicht sagen, wer von uns beiden sich zuerst nach vorne lehnte, doch irgendwann trafen sich unsere Lippen. Wir spürten mehr als deutlich, dass dieser Kuss ein besonderer war. Es war ein Kuss, mit dem wir uns ein unausgesprochenes Versprechen gaben. Und dann tat ich etwas, was ich in diesem Moment für das einzig Richtige hielt.

Ich löste mich von Samuel und warf einen letzten Blick auf die Spielkarte in meiner Hand, bevor ich ausholte und das Herzass vom Wind über Las Vegas tragen ließ. Eine Stadt, die nicht zuletzt für ihre ausgefallenen Glückspiele bekannt war. Doch es gab ein Spiel, das selbst die Casinos dieser Stadt mir nicht bieten konnten. Ein Spiel, erfunden von einem einsamen Jungen, der sich nichts sehnlicher wünschte, als dem Wort Liebe endlich eine Bedeutung geben zu können. Und es würde nicht ein einziger Tag vergehen, an dem ich aufhören mochte, es zu spielen.

Ende

Danksagung

Las Vegas … ein absolutes Traumsetting, nicht wahr?

Seit ich angefangen habe zu schreiben, rede ich davon, einmal ein Buch über Las Vegas zu schreiben. Diesen Wunsch habe ich mir mit *Herzass* erfüllt.

Was mich an der Stadt so fasziniert? Es ist die Stadt, die niemals schläft. Eine Stadt ohne Grenzen. Ein Ort, an dem ich meine Krankheit für eine Zeit lang vergessen kann. Selbst, wenn ich nur durch Worte in sie eintauchen kann.

Die Geschichte von Sam und June ist für mich ein wichtiger Schritt aus meiner Komfortzone, und es gibt einige Menschen, ohne die ihr dieses Buch heute nicht in den Händen halten würdet.

Ein dickes Danke geht an:

Lara, die mir mit jedem Gespräch unfassbar viel Mut schenkt und immer mit einer neuen Idee um die Ecke kommt. Ich schätze unsere Freundschaft wirklich sehr!

Meine Familie, die sich immer wieder stundenlange Vorträge über Handlungsstränge und Charakternamen anhören muss.

Meine Angels, ohne die das Projekt definitiv den Bach runtergegangen wäre. Ich bin so froh, euch an meiner Seite zu haben. Danke, dass ihr mich täglich unterstützt!

Romeo, der in den letzten Monaten zu meiner rechten Hand geworden ist. Danke! Weil du für mich da bist, wann immer ich dich brauche!

Meine Leser*innen, die all das hier erst möglich machen! <3

Last, but not least möchte ich natürlich dem Dunkelstern Verlag meinen Dank aussprechen, ganz besonders meiner Lektorin Lisa, meiner Korrektorin Katrin und meiner Coverdesignerin Jaqueline. Die Zusammenarbeit hat mir unfassbar viel Spaß gemacht und ich freue mich, dass noch viele weitere meiner Geschichten am Sternenhimmel leuchten werden.

Fühlt euch umarmt!

Saphira